HEYNE <

JONAS WINNER

DER NACHLASS

FÜR RACHE IST ES NIE ZU SPÄT

THRILLER

WILHELM HEYNE VERLAG
MÜNCHEN

Motto auf Seite 5 aus: Joyce Carol Oates,
»Haunted. Tales of the Grotesque« (1994),
deutsch: »Das Spukhaus«, DVA Stuttgart 1996,
übersetzt von Renate Orth Guttmann.

FSC
www.fsc.org
MIX
Papier aus verantwortungsvollen Quellen
FSC® C083411

Penguin Random House Verlagsgruppe FSC® N001967

Originalausgabe 7/2021

Redaktion: Susann Rehlein
Printed in Germany
Umschlaggestaltung: Das Illustrat, München,
unter Verwendung von Motiven von
© Shutterstock (UAEWork, JB Group, kilic inan)
Satz: KompetenzCenter, Mönchengladbach
Druck und Bindung: CPI books GmbH, Leck
ISBN: 978-3-453-44088-3

www.heyne.de

»Und dies ist die verbotene Wahrheit, das unaussprechliche Tabu: dass das Böse nicht immer abstoßend ist, sondern häufig anziehend, dass es die Macht besitzt, uns nicht einfach zu Opfern zu machen, wie es Natur und Unfälle tun, sondern zu aktiven Komplizen.«

Joyce Carol Oates

Die Familie

Hedda Laurent ∞ Artur Laurent
(geb. Glass)

- Jannick ∞ Betty
  - Liam
  - Franzi
  - Mina
- Sophia & Zoe
- Theo
- Patricia ∞ Oskar
  - Natascha

Heddas Bruder: Ruben Glass

1

Totensonntag, 00.10 Uhr
Ruben Glass

Der alte Mann konnte nicht mehr gut gehen, deshalb saß er meist in seinem Rollstuhl. Früher hatte er darauf geachtet, dass sein Haar immer modisch geschnitten war. Inzwischen ließ er es nur noch notdürftig von dem Marokkaner stutzen, der ihm in Paris den Haushalt führte. Die Gesichtszüge des Mannes aber ließen nach wie vor erkennen, dass sein Geist hellwach war. Ruben Glass war Zeit seines Lebens ein intelligenter Mensch gewesen, dessen Schlagfertigkeit und Geistesgegenwart ihn bei seiner Arbeit als Journalist rund um den Globus geführt hatten.

Das allerdings, was er jetzt dort vor sich auf dem niedrigen Tisch in dem Zimmer liegen sah, in dem man ihn untergebracht hatte, erschreckte ihn mehr als alles, was er jemals erlebt hatte.

Dabei sah das Foto ganz harmlos aus. Ein ausgeblichenes Familienfoto aus längst vergangenen Zeiten. Darauf ein Garten, eine Birke im Hintergrund, eine Villa. Sommer. Ein Sommer vor vielen Jahren. Auf dem Rasenplatz vor dem Haus hatten sich die Mitglieder einer Familie versammelt. Der Vater, der alle überragte, an seiner Seite eine zierliche Frau mit Bubikopf – vor ihnen ihre vier Kinder.

»Jannick, Sophia, Theo und Patricia.«

Ruben kannte die Namen der Kinder, es waren seine Nichten und Neffen, er selbst hatte nie Kinder gehabt. Familienleben – danach hatte ihm nie der Sinn gestanden. Er kannte die vier Kinder, er kannte die Eltern, Artur und Hedda, er kannte auch das Haus, vor dem sie standen, denn es war das Haus, in dem er selbst vor vielen Jahren aufgewachsen war und in das man ihn jetzt wieder gebeten hatte.

Und doch flößte ihm dieses Foto eine Angst ein, die eiskalt durch seine Adern kroch und sein Herz spürbar schneller schlagen ließ. Mit zitternder Hand legte er die Aufnahme zurück auf den Glastisch, richtete sich in seinem Rollstuhl auf und lauschte.

Das dumpfe Rauschen, das das Haus immer dann zu erfüllen schien, wenn man ganz still war.

Zwölf Minuten nach Mitternacht. Er brauchte dringend ein wenig Schlaf. Seine Nerven vibrierten vor Erschöpfung. Er war in sein Zimmer gekommen, um auszuruhen. Aber dann hatte er das Foto auf dem Tisch gesehen. Wer hatte es da hingelegt? Und warum?

Im gleichen Moment spürte er es. Dass jemand bei ihm war, hier in seinem Zimmer.

Millimeter für Millimeter drehte er sich in seinem Rollstuhl um. Blinzelte, um das Halbdunkel, in dem der Raum lag, zu durchdringen. Er hatte noch kein Licht angemacht, hatte das Foto nur in dem Schein betrachtet, der vom Fenster hereinkam.

Mit einem Mal konnte er die Umrisse einer Gestalt erkennen, die neben dem Fenster kauerte.

»Ich wusste es nicht, das musst du mir glauben!« Er wischte sich über die Lippen. Er hatte so undeutlich gesprochen – war überhaupt etwas zu hören gewesen?

Mit aufgerissenem Mund beobachtete er, wie sich die Gestalt aufrichtete und langsam auf ihn zukam.

Ich wusste es nicht.

Ich wusste es doch!

Ich wollte es nicht!

Kraftlos griff seine Hand nach den Rädern des Rollstuhls. Es gab so viel zu erklären. Zu rechtfertigen. Richtigzustellen.

Aber dafür ist es jetzt zu spät, hörte er eine Stimme in sich flüstern.

Ruben war alt geworden, weit über achtzig. Er hatte Glück gehabt. Ein schönes Leben, alles in allem. Ein Leben, das sich nun jedoch, das fühlte er, als hätte ihn der Tod schon berührt, seinem Ende näherte.

»Es tut mir leid.« Seine Lippen zitterten. »Hörst du mich?«

Die Gestalt stand jetzt dicht vor ihm, und das Mondlicht tauchte ihr Gesicht in einen fahlen Glanz.

Ruben hörte sich selbst atmen – in kurzen, viel zu kurzen Zügen. Die Angst schien sich in flüssiges, eiskaltes Metall verwandelt zu haben, das seinen Körper auszufüllen begann. Verkrampft und unfähig, sich noch zu bewegen, lagen seine Hände auf den Rädern des Rollstuhls. Er konnte regelrecht mitverfolgen, wie der Tod in ihm die Oberhand gewann.

»Kannst du mir verzeihen?« Er nuschelte nur – wie sollte sie ihn denn verstehen?

Die Frau, die vor ihm stand, strich ihm eine schweißnasse Strähne aus der eiskalten Stirn.

»Was hier vor sich geht, ist deine Schuld, Ruben, weißt du das?« Prüfend sah sie ihm in die Augen.

Aber der Blick des alten Mannes war bereits gebrochen. Und an die Stelle des lebendigen Blitzens, das in seinen Augen immer gehaust hatte, war der stumpfe Glanz toter Fischaugen getreten.

Teil I

2

89 Stunden vorher

»Theo!«

Die aufgerissenen Augen des Jungen starrten ihn an.

»Bitte! Nicht! Du darfst nicht loslassen!«

Die Stimme des Kleinen war völlig verzerrt. Sein Gesicht eine Maske aus Panik und Verzweiflung. Er flehte um sein Leben.

»Ich halte dich, Kosta!«

Theo fühlte, wie die kleine Hand des Jungen seinem Griff entglitt. Er lag flach auf den eiskalten Stangen der Klettersteigbrücke. Unter ihm nichts als Hunderte Meter eines gähnenden Abgrunds. Tief unten, glitzernd, die schroffen Felsen der Schlucht. Direkt vor ihm: die Augen des Kleinen. Sein Mund. Seine Gesichtshaut glänzend von Tränen und Schweiß. Und Theo spürte, wie die Hand des Jungen aus dem Fäustling Millimeter für Millimeter hinausrutschte.

»Streck mir die andere Hand hoch, Kosta. Versuch es!«

Tränen liefen dem Jungen übers Gesicht. »Ich kann nicht, Theo. Ich kann nicht mehr.«

Nichts als Theos Griff um Kostas Hand hielt den Kleinen noch am Leben. Todesangst stand ihm ins Gesicht geschrieben. Als könnte der Junge die wenigen Augenblicke, die sein kurzes Leben noch für ihn bereithielt, bereits abzählen.

Mit einem Ruck – sollte Theo den Kleinen mit einem Ruck

zu sich auf die Klettersteigbrücke heraufziehen? Aber dabei glitschte die schweißnasse Hand des Jungen doch bloß aus seinem Handschuh!

»Kosta, die andere Hand, sonst kann ich dich nicht hochziehen!«

Der Kopf des Jungen war nach unten geneigt, er starrte in den Abgrund. Theo fühlte, wie er zitterte, wie die grauenvolle Tiefe an dem kleinen Leib des Jungen zog. Fühlte, wie Kostas Hand noch ein Stückchen weiter aus dem Fäustling glitt – und ganz rausrutschte. Kosta riss den Kopf in den Nacken – sein Mund ging auf – er flog …

»Theo!«

Was …

»Theo!«

Nach Luft ringend wie ein Ertrinkender kam Theo hoch.

»Was? Kosta! Um Gottes willen!« Er sprang aus dem Bett. Sein ganzer Körper bebte. Wirkte wie randvoll gefüllt mit Eissplittern der Angst. *Kosta! Nicht!*

Er wirbelte herum. Das Zimmer. Vor dem Fenster dämmerte der Morgen.

Der Klettersteig. Der Junge.

Außer sich stieß Theo seine Fäuste in die Augenhöhlen. Ein Albtraum! Kosta hing nicht an seiner Hand, er hatte es nur geträumt.

»Theo, bist du wach?« Eine weibliche Stimme drang durch die Tür seines Zimmers.

»Was? Ja! Ja, ich bin wach.«

Nur ein Albtraum! Er spürte eine Welle des Glücks durch sich hindurchpulsieren. Er war sich so sicher gewesen, den Kleinen nicht länger halten zu können. Doch es war nur ein Traum gewesen.

»Was ist denn?« Mit einem Schritt war er an der Tür und zog sie auf.

Eine schlanke Frau mit kurzen braunen Haaren stand davor. Dorine, Kostas Mutter.

»Ein Anruf für dich. Aus Berlin.«

Aus *Berlin?*

»Wo ist Kosta?«, entfuhr es ihm. »Geht es ihm gut?«

»Er ist unten, muss gleich in die Schule.« Dorine lächelte. »Wieso? Wegen gestern?«

Wegen gestern? Er fühlte einen Stich im Herzen. Mit einem Mal war alles wieder da. *Deshalb* hatte er von Kosta geträumt. Ein Albtraum, ja. Aber wirklich entkommen war er ihm durch sein Aufwachen nicht.

Dorine hatte es ihm gestern gesagt. Dass ein Mann ihren Sohn auf dem Nachhauseweg angesprochen hatte. Ob er Theo kenne, hatte der Mann den Jungen gefragt. Ob er Theo Glass kenne. Was Kosta natürlich bejaht hatte. Schließlich wohnte Theo schon seit ein paar Wochen in der kleinen Pension in den Bergen, am Rand von Interlaken. Der kleine Kosta – Sohn von Dorine, der die Pension gehörte – und Theo hatten sich ein bisschen angefreundet.

»Warte mal.« Nervös machte er einen Schritt zum Fenster, zog den Vorhang auf und starrte auf die Straße hinunter. Die schwarze Limousine sah aus wie ein Raubtier. Riesig. Glänzend. Aufgemotzt. Die Scheiben getönt. Sie parkte in zweiter Reihe, schräg gegenüber vom Eingang zur Pension. Durch die Windschutzscheibe hindurch konnte Theo die zwei Männer darin sehen. Das übliche Outfit. Basecap, Sonnenbrille, Bart. Kurz rasierte Haare, massige Statur. Wie alle Männer der Clans, überall. Mit den reichen Touristen waren auch sie hier in den Bergen angekommen. Er hätte sich niemals auf diese

Weise Geld borgen dürfen! Jetzt waren sie an ihm dran und würden nicht lockerlassen. Sogar den kleinen Kosta hatten sie schon im Visier.

Er drehte sich zu Dorine um.

»Willst du den Anruf nicht annehmen?« Ihre hübschen Augen sahen ihn an.

Aus Berlin? Und wenn das nur ein Trick war? Die Gedanken in seinem Kopf überschlugen sich. Oder sah er schon überall Gespenster?

Er hatte einfach seit Wochen entsetzliches Pech gehabt. Nur deshalb hatte er sich ja das Geld borgen müssen. Er hatte fest damit gerechnet, ein paar Spiele zu gewinnen. Aber verloren. Es war wie verhext. Eine solche Pechsträhne hatte er, soweit er sich erinnern konnte, überhaupt noch nie gehabt. Dabei verdiente er schon seit Jahren sein Geld als professioneller Pokerspieler.

»Nowotny, hat er gesagt, heißt er. Ein Notar aus Berlin.« Dorine schaute ihn fragend an. »Also was ist jetzt, gehst du ran oder nicht?«

Ein Handy hatte er schon seit Tagen nicht mehr. Selbst das Geld, um die Karte aufzuladen, musste er ja erst mal verdienen.

»Ein Notar?«

Sie nickte.

»Und was will er?«

»Hat er nicht gesagt. Nun komm schon. Dann kannst du Kosta noch Tschüss sagen, bevor er zur Schule geht. Der Hörer liegt unten auf dem Tresen.«

Kosta. Theo spürte, wie er unwillkürlich lächeln musste. Kosta war wohlauf und ging gleich zur Schule. Gott sei Dank!

3

»Der Hörer liegt auf dem Tresen.« Kosta sah von seiner Müslischüssel auf, als Theo die Treppe runterkam.

»Ich weiß.« Er warf dem Kleinen einen Blick zu.

Sie hatten ihn gewarnt. Sie hatten ihm gesagt, dass sie das Geld zurückwollten. Achtzehntausend Schweizer Franken. Er hätte es ja auch längst zurückgezahlt, wenn er nicht dieses verfluchte Pech gehabt hätte. Gestern Abend zum Beispiel. Texas Hold'em. Eine wichtige Partie. Hohe Einsätze. Es war bereits nach zwei Uhr morgens gewesen. Zwei Könige hatte er auf der Hand gehabt. King Kong – was sollte da schon schiefgehen? Ein dritter König lag sogar auf dem Tisch, als die vierte Karte kam. Drei Könige? War es etwa falsch, mit so einem Set hoch zu wetten? Mit Sicherheit nicht! Bloß wenn man Pech hatte, ging so etwas schief!

»Theo?«

Er blieb neben Kostas Platz stehen. »Was ist?«

»Bringst du mir heute Nachmittag bei, wie man pokert? Mama hat gesagt, ich darf dich fragen.«

Die dunklen Augen des Kleinen leuchteten.

»Auf keinen Fall, Kosta. Pass lieber in der Schule auf, dann brauchst du die Karten nicht.«

Theo drehte den Kopf. Durch das Fenster der Pension konnte er die schwarze Limousine auf der anderen Straßenseite parken sehen. Achtzehntausend. Er hatte davon gehört, dass sie einem auflauerten, wenn man nicht bezahlte, und sich mit einer Zange an einem zu schaffen machten. Dass sie einem mit der Zange den Daumen abknipsten.

Kennst du Theo Glass, Kosta?

Er blickte zurück zu dem Jungen, der sich wieder über seine Müslischale gebeugt hatte. Und wenn sie mit der Zange dem Kleinen zu Leibe rückten? Theo riss sich zusammen. Trat an den Tresen. Und hob den Hörer an sein Ohr.

»Glass.«

»Ah, freut mich, dass ich Sie erreiche«, hörte er eine angenehm zivilisierte Stimme am anderen Ende der Leitung. »Mein Name ist Konrad Nowotny. Ich … habe leider keine sehr erfreuliche Nachricht für Sie, Herr Glass.«

Das war ja klar.

»Wer sind Sie?«

»Ach so … Ich dachte, Sie hätten vielleicht von einem Ihrer Geschwister bereits davon gehört. Ich bin Partner der Kanzlei Nowotny und Fink in Berlin. Wir vertreten die Angelegenheiten Ihrer Mutter, Hedda Laurent.«

Ihrer Mutter? Wie lange war er nicht in Berlin gewesen?

»Glass – das ist der Name, den Sie benutzen? Richtig?«

»Ja, richtig. Hören Sie, Herr Nowotny, ich will nicht unhöflich sein, aber … könnten Sie mir vielleicht sagen, was der Grund Ihres Anrufs ist? Sie erwischen mich gerade zu einem etwas ungünstigen Zeitpunkt.«

»Ihre Mutter liegt im Sterben, Herr Glass.«

Es kam ihm so vor, als würde er langsam in Wasser versinken.

»Sie hat mich gebeten, Sie ausfindig zu machen«, redete Nowotny weiter. »Es war nicht ganz einfach, deshalb habe ich Sie erst jetzt erreicht. Ihre Mutter bat mich, Ihnen auszurichten, dass sie Sie sehr gern noch einmal sehen würde.«

Fast dreißig Jahre.

Fast dreißig Jahre war er nicht in Berlin gewesen.

Fast dreißig Jahre hatte er seine Eltern nicht gesehen.

»Wir haben veranlasst, dass Ihnen ein ausreichender Betrag für den Flug in der Western Union Filiale von Interlaken hinterlegt wird. Meinen Sie, dass Sie es einrichten könnten?«

Was ... was einrichten können?

»Herr Glass?«

Achtzehntausend ... Kosta ...

»Ja«, hörte sich Theo hervorstoßen, »sicher.«

»Gut. Wunderbar. Bitte entschuldigen Sie, wenn das vielleicht etwas schroff klingt, aber ... ich glaube, dass Sie nicht viel Zeit verlieren sollten, wenn Sie Ihre Mutter noch sehen möchten, bevor sie ...« Die Stimme am anderen Ende der Leitung verlor sich.

Im Sterben? Hatte der Mann gesagt, dass sie im Sterben lag?

»Was ... ich meine, ist sie krank?«

»Wissen Sie das nicht? Vielleicht ist es am besten, Sie rufen einen Ihrer Geschwister an, Herr Glass. Ihrer Mutter geht es wirklich nicht gut. Ihre Geschwister können Ihnen sicherlich am besten alles erklären.«

4

Der Fernsehturm stach wie eine Nadel in den wolkenlosen Himmel über Berlin. Die 737 vom Flughafen Zürich flog einen sanften Bogen und steuerte Tegel an.

Seit dem Anruf von dem Notar waren nur ein paar Stunden vergangen. Stunden, die Theo gut genutzt hatte.

Als er aus der Pension auf die Straße getreten war, war die Limousine von der gegenüberliegenden Straßenseite verschwunden gewesen. Umso besser. Er würde den Mann, der ihm das Geld geborgt hatte, in Zürich direkt aufsuchen.

Als Erstes hatte er sich auf den Weg zur Western Union Filiale gemacht und das Geld abgehoben, das dort für ihn hinterlegt war. Genug, um die ausstehende Miete für das Zimmer zu zahlen.

Zurück in der Pension hatte er seinen Koffer gepackt. Dorine hatte sanft gelächelt, als er sich von ihr verabschiedet hatte. Fast drei Monate lang hatte er in ihrer Pension gewohnt, und sie hatten sich gut verstanden. Mehr nicht. Es hätte vielleicht mehr daraus werden können, aber nicht, solange er in dieser Pechsträhne feststeckte.

Mit dem Geld und dem Koffer hatte er die nächstbeste Autovermietung aufgesucht und einen Wagen geliehen, den er in Zürich abgeben konnte. Dort angekommen, hatte er sich mit Ralph getroffen, dem Mann, der ihm vor einem knappen Vierteljahr die Achtzehntausend geborgt hatte. Geborgt, warum? Weil Theo breitschultrig war, gut gekleidet, funkelnde

Augen hatte und ein ausdrucksstarkes Gesicht wie ein offenes Buch? Vielleicht. Vor allem aber, weil Theo Glass ein Name war, den man in der Pokerszene kannte.

Das war nicht immer so gewesen. In den späten Nullerjahren hatte er jedoch eine Glückssträhne gehabt, bei der er regelrecht reich geworden war. World Series of Poker in Las Vegas, exklusive Pokerrunden in Monte Carlo. Er hatte mit den besten der Besten gespielt und einiges gewonnen. Turniere, private Hinterzimmerpartien, er hatte sogar als Lehrer des Spiels Geld gemacht.

Selbst den anfänglichen Boom von Online-Poker hatte er auf der Gewinnerseite verbracht. Und doch war vielleicht gerade das der Keim seines Niedergangs gewesen. Online. Inzwischen hasste er es.

Es hörte nicht auf. Im Netz waren die Casinos vierundzwanzig Stunden am Tag, sieben Tage die Woche geöffnet. Zu jeder Zeit konntest du dich einloggen und loslegen. Der Gewinn rund um die Uhr in Reichweite. Aber es war ein Spiel ohne Gegenüber. Einsame Nächte hatte er vor dem Bildschirm verbracht, den Blick auf die Zahlenkolonnen mit den Gewinnchancen geheftet. Als wäre in diesen verlorenen Nächten ein Gift in ihn geträufelt. Er hatte begonnen, das Spiel zu fürchten. Und seine aufgehäuften Reserven schmolzen dahin.

Das war es, was er aus seinem Leben gemacht hatte? Er hatte gespielt und verloren. Und dieser Gedanke schien es gewesen zu sein, der sein Glück endgültig beendet hatte.

»Ich werde die Achtzehntausend in Berlin besorgen«, hatte er zu Ralph und dessen Leuten in Zürich gesagt. Und gewusst, dass sie sich darauf einlassen würden.

Er hatte ihnen seinen Pass gezeigt. Der Name, der dort eingetragen war, lautete nicht Theo Glass. Das war der Name, unter dem er seine Pokersiege errungen hatte, aber nicht der Name, auf den er getauft worden war. Im Pass stand sein richtiger Name: Theodor Laurent. Er hatte Ralph gesagt, dass er nachfragen sollte: Laurent, Berlin. Und gewartet, während Ralph seine Telefonate in einer Sprache führte, die Theo nicht verstand. Ralph hatte erfahren, was er wissen musste. Die Firma, die die Häuser von Theos Mutter verwaltete, war eingetragen und auch im Internet rasch auffindbar. Unter dem Namen, den Hedda Glass bei ihrer Heirat angenommen hatte: Laurent.

Theo hatte es Ralph angesehen. Dass sie sich bereits ernsthafte Gedanken darüber gemacht hatten, ob er wohl jemals in der Lage sein würde, seine Schulden zurückzuzahlen. Dass diese neue Wendung der Ereignisse ganz in ihrem Sinn war. Immobilien in Berlin? Das roch nach Geld. Wenn *das* Theos Familie war, würde er die Achtzehntausend bestimmt in Berlin besorgen können. Zwei Wochen hatten sie vereinbart. Nach Ablauf der vierzehn Tage würde Theo zwanzigtausend zurückzahlen. Und wenn nicht?

Sie hatten ihn in der Hand. Kosta.

Hätte er zur Polizei gehen sollen? Nach all den illegalen Pokerrunden, die er in seinem Leben gespielt hatte? Und wer beschützte dann den Kleinen? Theo hatte sich mit diesen Leuten eingelassen, es gab nur einen Weg, wie er da wieder rauskam. Er musste seine Schulden bezahlen.

Langsam drehte sich die Nase des Flugzeugs. Er fühlte, wie die Sonne durch das kleine Bordfenster fiel und sein Gesicht beschien. Der Landeanflug hatte begonnen, in wenigen Minuten würde er in Berlin auf der Straße stehen.

Berlin. Die Stadt, in der er aufgewachsen war. Die Stadt, in der er als Kind mit seinen Geschwistern gespielt hatte.

Die Stadt, der er vor fast dreißig Jahren den Rücken gekehrt hatte.

Er hatte niemandem gesagt, wann er eintreffen würde. Natürlich hatte Nowotny recht gehabt, er hätte zumindest einen von seinen Geschwistern anrufen müssen.

Seine Mutter lag *was?*

Er wagte es nicht einmal zu denken.

Wie aus einem Nebel tauchten ihr Gesicht und ihre kleine Gestalt vor seinem geistigen Auge auf.

Mama.

Nicht viel älter als er jetzt war sie gewesen, als er sie zum letzten Mal gesehen hatte. Hedda Laurent. Seine Mutter. Sie hatten nicht telefoniert, einander nicht besucht. Natürlich wusste er, dass sie unglücklich war über das Leben, das er sich entschlossen hatte zu führen. Poker? Sie war eine stolze Frau. Eine intelligente Frau mit einem eisernen Willen. Niemals hätte sie verstehen können, wieso er sein Leben ... *wegwarf.*

Genau. Er wusste, dass sie so dachte. Er hatte es weggeworfen. Das Leben, das sie ihm geschenkt hatte.

Theo stützte den Ellbogen auf die Armlehne und legte seine Hand vor die Augen, um sie vor den stechenden Sonnenstrahlen zu schützen.

5

Im novemberzerzausten Berlin herrschten eisige Temperaturen. Er warf einen Blick auf die Uhr. Kurz vor eins. Am besten, er nahm ein Taxi.

Ein schwerer beigefarbener Mercedes hielt am Taxistand vor ihm. Theo zog die hintere Tür auf.

»Greenwichpromenade bitte.« Dort würde er ein Boot mieten müssen, das Geld dafür hatte er gerade noch.

Vom Flughafen Tegel dauerte die Fahrt nur ein paar Minuten.

Der Kiosk, an dem man ein Boot leihen konnte, stand noch dort, wo er sich auch vor Jahren schon befunden hatte. Der Betreiber aber hatte gewechselt. Die Frau, die Theo ein kleines Ruderboot mit Außenmotor vermietete, hatte er noch nie gesehen.

Normalerweise nahm man eins der Boote des Hauses, wenn man von Sandwerder, der Insel im Tegeler See, auf der Theo groß geworden war, zum Festland wollte oder umgekehrt. Aber er hätte zu Hause anrufen müssen und jemanden bitten, ihn an der Promenade abzuholen. Und das wollte er nicht. Wenn stimmte, was der Notar gesagt hatte, würden seine Geschwister gerade ganz andere Dinge im Kopf haben, als sich um ihn zu kümmern.

Spiegelgrau lag das Wasser vor ihm, als der knubbelige Bug des kleinen Boots es durchpflügte. Schwere Wolken waren aufgezogen und hatten die Sonne verdeckt. Es schien noch einmal kälter geworden zu sein, und Theo hoffte nur, noch rechtzeitig vor dem Regen zur Insel zu gelangen.

Sandwerder.

Eine der wenigen Inseln im Tegeler See. Nur ein paar Hundert Meter lang, nicht mal achtzig Meter breit. Auf ihr aber erhob sich ein herrlicher Gründerzeitbau. Eine Villa, deren höchsten Giebel Theo bereits über den entlaubten Bäumen, die drumherum standen, hervorblitzen sehen konnte. Kurz nach Ende des Zweiten Weltkriegs hatte Simon Glass, Heddas Vater, das Gebäude erworben. Eine verspielte Villa voller Erker und Türmchen, mit einer wunderbaren Terrasse, die nach Süden hinauslag, und Wintergärten in allen vier Stockwerken. Ein Gebäude, das Theo immer geliebt hatte und das für ihn als Kind wie ein riesiger Spielplatz gewesen war. In den Siebziger- und Achtzigerjahren hatten er, seine Eltern und seine Geschwister die Villa allein bewohnt.

Er zog das Steuer seines Boots ein wenig nach links, um Kurs auf den Landesteg zu nehmen. Mächtig und dunkel ragte die Fassade des Hauses zwischen den Bäumen jetzt auf. Ihm fiel auf, dass sich eine schlanke Gestalt von der Eingangstür aus auf den Landesteg zubewegte. Einen Moment lang fragte er sich, wer das sein könnte, da hob die Gestalt einen langen Arm und schwenkte ihn über den Kopf.

Jannick. Sein älterer Bruder.

6

»Es ist nicht nur irgendeine Krankheit, Theo ... Mama ... erst war es Parkinson, dann ist sie gefallen, und das ist nie mehr richtig verheilt. Letzte Woche kam eine Krebsdiagnose dazu. Das war der Grund, weshalb sie Nowotny gesagt hat, er soll dich anrufen.«

Sie saßen auf der Holzbank, die ihr Vater einst am Ende des Stegs aufgestellt hatte. Jannicks Gesicht war gerötet, die Augen schienen in ihren Höhlen zu brennen. Er war alt geworden. Grau, bärtig, aber immer noch riesig. Wenn Theo ihm in die Augen sah, erkannte er dort den Bruder, mit dem er seine Kindheit verbracht hatte.

»Wir haben so ein Krankenbett besorgt und mussten ein ganzes Zimmer umräumen, um es da reinzukriegen«, hörte Theo ihn sagen. »Nowotny hat gemeint, dass du kommst, also haben wir dein altes Zimmer für dich hergerichtet. Onkel Ruben ist aus Paris angereist und schläft im Gästezimmer oben, Sophia und Patty werden heute Nachmittag beziehungsweise heute Abend eintreffen und bringen ihre Familien mit.«

»Und Papa?«

Jannick stützte die Hände auf seine Knie und blickte geradeaus. »Hält sich gut. Ich bin ja schon seit ein paar Tagen hier und habe ein bisschen geholfen, aber Papa hat sich die letzten Jahre um Mama gekümmert und das schon ganz gut im Griff.« Er wandte den Blick zu Theo. »Er freut sich, dass du kommst. Endlich mal.«

Ja.

Theo schwieg. Er hatte geahnt, dass es seltsam sein würde, plötzlich zurückzukehren in diese Welt, aber jetzt, wo es tatsächlich dabei war zu geschehen, fragte er sich, wie er es überhaupt durchstehen sollte.

»Hättest du nicht mal anrufen können?« Sein Bruder sah ihn von der Seite an. »Weißt du eigentlich, wie viel Kummer du Mama und Papa gemacht hast?«

Der Wind fuhr wie mit Stacheln durch Theo hindurch.

Er stand auf. »Ich muss erst mal rein, sonst erfriere ich hier«, presste er hervor. »Meinst du, dass es einen Pullover oder so gibt, den ich mir borgen kann?«

Jannick erhob sich ebenfalls. Und breitete die Arme aus. »Entschuldige … ich … wollte dich nicht so überfallen. Herzlich willkommen zu Hause, kleiner Bruder.«

Sie umarmten einander.

»Am besten, du schaust bei Mama rein, und dann stell ich dir Betty und die Kinder vor.«

Theo ließ Jannick los und trat einen Schritt zurück. Natürlich! Über einen Bekannten hatte er vor Jahren gehört, dass Jannick geheiratet und mit seiner Frau Kinder in die Welt gesetzt hatte. »Eine richtige Bilderbuchfamilie«, hatte der Mann gesagt.

Theo nickte und grinste. »Gute Idee.«

7

»Das ist das Ende, mein Junge.«

Der Kopf seiner Mutter lag tief eingesunken im Kissen, ihre wie immer wachen und doch vom Alter ein wenig getrübten Augen waren auf ihn gerichtet. Ihre linke Hand, die sie sich verletzt hatte, lag wie die gebrochene Kralle eines Vögelchens auf der Decke. Die rechte hatte sie zu ihm ausgestreckt und Theo griff danach. Die Hand seiner Mutter war kühl und wirkte unendlich zerbrechlich. Er beugte sich zu ihr hinab und küsste sie vorsichtig auf die Wange. Ihr Blick ließ nicht von ihm ab, als wollte sie seine Züge noch einmal genau studieren. Als wollte sie an seinem Gesicht ablesen, wie es ihm in all den Jahren ergangen war. Was das Leben aus dem Jungen gemacht hatte, den sie geboren hatte.

»Setz dich, Theo. Willst du dir den Stuhl dort nehmen?«

Er nickte. »Wie geht's dir, Mama?«

»Nicht gut. Nachher will der Arzt noch mal kommen, aber so geht das schon seit Monaten.«

All die Jahre über hatte er ein Foto seiner Mutter mit auf seinen Reisen gehabt. Ein Foto von ihr aus einer Zeit, als er noch nicht zur Schule ging und sie abends an seinem Bett gesessen hatte, um ihm eine ihrer Geschichten zu erzählen. Von einem Marienkäfer, der auf seinen Reisen durch die Welt die schönsten Abenteuer erlebte. Geliebt hatte er diese Geschichten. Aber er konnte sich an keine einzige mehr erinnern.

»Hast du deine Geschwister schon gesehen?«

»Nur Jannick.«

Sie nickte. Dachte ein wenig nach, während ihr Blick langsam von ihm weg zur Zimmerwand tastete, die dem Bett gegenüberlag. »Ich weiß nicht, ob ich alles richtig gemacht habe, Theo. Am liebsten würde ich wenigstens sagen können: Ich hab es versucht – aber selbst da bin ich mir nicht sicher.«

Er saß auf seinem Stuhl und hörte ihr zu. Und kam sich beinahe so vor, als stünde er ein wenig neben sich.

»Das Leben war schön«, sagte sie, »aber richtig glücklich war ich nie.« Sie sah zu ihm. »Obwohl ich weiß, dass es undankbar ist, das zu sagen.«

»Warum warst du nicht glücklich, Mama?«

Sie sah ihn an, als wollte sie nicht zulassen, dass sie seine Frage verstand.

»Ich habe Nowotny gebeten, etwas vorzubereiten«, sagte sie, statt ihm zu antworten, »er wird es euch dann erklären.« Ihre beiden Hände, die kaputte und die gesunde, verschränkten sich. »Vielleicht hätte ich das nicht tun sollen, aber jetzt bin ich zu schwach, um es noch zu ändern.« Sie blickte ihm forschend in die Augen, als versuchte sie, eine Antwort darin zu finden.

»Es tut mir leid, dass ich so lange nicht zu Besuch gekommen bin, Mama.«

Sie nickte. »Ja.« Stolz. Verletzt. »Jetzt bist du ja da. Ich wollte unbedingt darauf warten, dass du ankommst, deshalb habe ich dem Arzt gesagt, er soll mit dem Morphium warten. ›Bis mein Theo auch kommt‹, habe ich ihm gesagt.«

Und jetzt bin ich da.

»Aber ich ertrage die Schmerzen nicht mehr«, fuhr sie fort, »weißt du.«

»So schlimm?«

Sie winkte ab. »Hilfst du mir mal hoch?« Sie stützte einen Arm hinten ab und ließ sich von ihm aufhelfen. Griff nach dem Wasserglas, das auf dem Nachttisch stand, und trank einen Schluck. Aus seiner Mutter war eine Greisin geworden. Aber es gab etwas an ihr, das ungebrochen war und von dem er das Gefühl hatte, sie würde es vielleicht über den Tod hinaus mit sich nehmen.

»Außerdem«, sie stellte das Glas wieder ab und sank zurück ins Kissen, »sollen die Temperaturen ja jetzt richtig fallen.«

»Außerdem? Was meinst du?«

»Ich meine, dass ich Doktor Erikson gesagt habe, er soll mich heute Abend besuchen kommen. Hab ich das noch nicht erwähnt?«

»Mama, ich … Wir haben so lange nicht gesprochen, ich weiß gar nicht, wo ich anfangen soll.«

»Es ist gut, Theo. Mach dir keine Sorgen. Du bist ein guter Junge.«

»Erinnerst du dich, wie ich einmal als Schüler betrunken nach Hause gekommen bin? Ich war auf einer Party gewesen, in der Schule, ich glaub, es war die Abifeier vom Jahrgang über uns? Und ich habe die Manteltaschen voller Flaschen gehabt! Papa und du – ihr habt mich an der Tür abgefangen, ihr habt euren Augen nicht getraut. Papa …«

»… hat die Schnapspullen ins Klo geleert. Ja, ich weiß.«

»Ich dachte, jetzt ist es aus, jetzt seid ihr wirklich fertig mit mir. Aber dann, am nächsten Tag, als ich von der Schule nach Hause kam, lag nur ein Buch auf dem Tisch in meinem Zimmer. Dostojewskis *Spieler*. ›Jeder schlägt mal über die Stränge‹ – sinngemäß, glaube ich, das war, was du vorne reingeschrieben hast.«

Er sah, wie sie lächelte.

»Erinnerst du dich, im Sommer, wenn wir alle sechs mit dem großen Kombi losgefahren sind? Sommerferien in Onkel Rubens Landhaus? Das ... war so schön. Wir sind in einem Stück durchgefahren bis zu den Alpen, und dann ist Papa abgefahren, und wir sind ewig die kleinen Sträßchen langgekurvt, auf der Suche nach einem guten Plätzchen fürs Picknick! Du hattest immer hart gekochte Eier und ein bisschen Salz in Alufolie dabei, Mama.« Er spürte, wie ihm die Tränen übers Gesicht liefen. »Es war so schön, Mama, als Kind bei euch zu sein. Es tut mir so leid, dass ich das nicht weitergegeben habe. Ihr habt so gut für mich gesorgt, und ich hab das alles nur vergeudet.«

Ihre Hände lagen verschränkt auf der Decke, und sie hörte ihm zu.

»Erinnerst du dich an die Kindergeburtstage, als ich noch kleiner war? Du hast ganze Backbleche mit Pizzabrot für alle Kinder gemacht, und Jannick hat geholfen, Spiele vorzubereiten, und alle waren richtig gut gelaunt. Ich hatte alle meine Freunde um mich – da warst du jünger als ich jetzt, Mama. Wie kann das denn sein, dass das wirklich passiert ist, und wir uns jetzt nur noch daran erinnern, als ob es eigentlich nie stattgefunden hat?«

»Ich denke schon, dass es stattgefunden hat, Theo. Ich habe das gern gemacht mit den Kindergeburtstagen. Und Jannick war eine große Hilfe, das stimmt.«

»Aber als ich größer war, nach der Grundschule, war das vorbei. Keine Kindergeburtstage mehr – warum eigentlich nicht?«

Er sah, wie sie sich abwandte. Ohne zu antworten.

»Du hast immer mal wieder gesagt, dass du aus dem Haus ausziehen willst. Warum? Das Haus gehörte euch doch. Und es gehört euch ja jetzt noch, oder?«

»Sicher. Das Haus hat mein Vater gekauft, nach dem Krieg, das gehört uns, das weißt du doch.«

»Und warum wolltest du dann ausziehen?«

»Es war zu teuer, Theo. Das große Haus – nur für uns? Es schien wie eine Verschwendung. Weiter nichts.«

»Ja?«

»Aber sicher.« Sie griff nach seiner Hand, plötzlich drängend. »Hör zu Theo, manchmal muss man einfach Vertrauen haben. Man kann lange hin- und hergrübeln, zweifeln, zögern, aber irgendwann muss man sich sagen, dass man entschieden hat und es gut ist. Du wirst sehen ... wenn du zu viel zweifelst, machst du dich nur ganz wirr im Kopf.«

»Aber ...« Doch er brach ab, denn er glaubte, in ihrem Blick zu sehen, dass sie für einen Moment unsicher war, ob er sie jemals verstehen würde. »Ist gut, Mama.«

Sie atmete aus und ließ seine Hand los. Eine Last schien von ihr abzufallen. »Du wirst sehen, manchmal bekommt man auch was dazu, Theo.«

Aber er wurde das Gefühl nicht los, dass sie das, was sie eigentlich hatte sagen wollen, nicht ausgesprochen hatte.

8

1982

»Willst du die Geschichte jetzt hören, oder nicht?« Jannick hatte seinen stechenden Blick auf die kleine Schwester gerichtet.

»Komm schon, Janni, du weißt doch, dass sie nur schlecht davon träumt«, mischte sich Sophia ein.

Die vier Kinder lungerten auf den Sofas im Wohnzimmer des großen Hauses herum. Abendessen hatten sie schon gehabt, aber morgen war Sonntag, und keiner hatte Lust, ins Bett zu gehen.

»Mama hat es doch ausdrücklich gesagt, bevor sie gegangen sind«, beharrte Sophia und klang dabei, als wollte sie die Rolle der Mutter übernehmen, jetzt wo die Eltern außer Haus waren. »Keine Spukgeschichten, keine Gruselfilme und nur eine Portion Eis für jeden.«

»Hat sie sie denn wirklich gesehen?«, wisperte die kleine Patty so leise, dass man sie kaum verstand.

»Was?« Jannick und Sophia, die beiden Ältesten, beugten sich zu ihr vor.

»Ob sie sie wirklich gesehen hat«, wiederholte die Vierjährige mit den großen braunen Augen.

»Siehst du!« Jannick richtete sich auf und starrte Sophia an. »Ich bin es gar nicht, der immer wieder davon anfängt, Patty *will*, dass ich es ihr erzähle!«

»Weil du damit begonnen hast«, war Theo zu hören, der den Kopf in ein Buch gesteckt hatte, die Beine lang auf dem weinroten Sofa ausgestreckt.

»Patty, du weißt doch, was passiert, wenn Jannick solche Sachen erzählt.« Sophia hatte sich zu der kleinen Schwester gehockt und streichelte den flauschigen Stoffhasen, den Patty in ihren Händchen hielt. »Der Hase und du, ihr bekommt beide Angst!«

Patty nickte, die Lippen fest aufeinandergepresst. »Aber ich will ja nur wissen«, wisperte sie nach einer Weile, »ob sie sie wirklich gesehen hat.«

Sophia drehte sich zu Jannick um. »Und?«

»Ob sie sie wirklich gesehen hat? Aber ja!« Jannick zog seine langen Teenagerbeine zu sich auf die Sitzfläche und fuhr im Schneidersitz fort: »›Die Frau mit dem Pfauenkranz‹ hat sie sie genannt.«

»Pfauenkranz?« Theo schielte über sein Buch hinweg zum Bruder.

»Ja, Pfauenkranz ... wie so ein Rad vom Pfau.« Jannick nahm beide Hände zur Hilfe, um mit einer Bewegung über seinem Kopf anzudeuten, was er meinte. »Der Kranz ragte hinter ihrem Kopf in die Höhe wie ein mächtiger Kragen. Wie die Federn eines Pfaus, wenn er ein Rad schlägt. Räderkranz – so hat sie es auch genannt.«

»Wer – diese ...«

»Die Frau, deren Tochter unserm Großvater das Haus verkauft hat, genau.«

Theo ließ das Buch sinken. »Die Frau hat gesagt, sie hat eine Frau mit einem Pfauenkranz gesehen?«

»Als Kind!« Jannick legte beide Handflächen aneinander. »Als kleines Mädchen, da war sie nicht viel älter als Patty jetzt.« Er warf der Kleinen einen Blick zu. Pattys Augen schienen bei dem Gedanken, ein anderes Mädchen ihren Alters könnte so etwas gesagt haben, noch einmal größer geworden zu sein. »Da hat sie davon angefangen. ›Mama! Papa!‹ Sie ist zu ihren Eltern gelaufen, ›die Frau mit dem Pfauenkranz – ich hab sie wieder gesehen, ganz bestimmt.‹ Mitten in der Nacht, versteht ihr? Die Eltern wollten schlafen, aber sie konnten ja sehen, dass ihr kleines Mädchen völlig aufgelöst war. ›Und wo hast du sie gesehen?‹ ›Am Fußende von meinem Bett‹, rief sie, ›ich hab geschlafen, und irgendwas hat mich aufgeweckt, und als ich die Augen aufschlage, steht sie da!‹ Das Mädchen schlug die Hände vor sein Gesicht« – Jannick zeigte genau, wie sie es gemacht hatte – »und fing bitterlich an zu weinen. ›Ich hab solche Angst.‹«

Die Geschwister hatten sich inzwischen alle aufgesetzt und lauschten seinen Worten.

»Also stand der Vater auf und brachte seine kleine Tochter zurück in ihr Bett. ›Du brauchst keine Angst zu haben ...‹«

»Wo war das? Hier, in diesem Haus?«, unterbrach ihn Pattys helle Kinderstimme.

»Aber ja, gleich oben im ersten Stock, wo unsere Zimmer liegen.«

Pattys Händchen hatte sich auf ihre Lippen gelegt, vollkommen selbstvergessen sah sie zu ihrem Bruder.

»Wo, in welchem Zimmer genau?«, fuhr Theo ungeduldig dazwischen.

Jannick sah zu Sophia. »Naja ...«

»Hör bloß auf. Sag jetzt nicht, in welchem Zimmer das war«, ging seine Schwester ihn an.

»Wieso?« Patty sprang auf. »War es in meinem?«

»Natürlich war's in deinem!«, rief Theo ihr zu. »Warum

meinst du, würde Sophia sonst wollen, dass Janni dir das nicht sagt?«

»Wirklich?« Die Kleine lief zu ihrem großen Bruder und griff mit beiden Händen nach seinem Arm. »Stimmt das, Janni, in meinem?«

Er sah sie ernst an und schien einen Moment überlegen zu müssen. »Äh … ich weiß nicht genau. Das … muss nicht unbedingt sein. Da oben gibt es ja eine ganze Menge Zimmer.«

Patty atmete so tief aus, dass alle es hören konnten.

»Also jedenfalls«, setzte Jannick noch mal an und schaute zu Theo, um dem Blick der Kleinen direkt vor ihm ein wenig auszuweichen, »brachte der Vater das Mädchen in ihr Bett, und dort ist sie dann friedlich eingeschlafen. Aber …«, er zog die Mundwinkel wie in einer Grimasse des Bedauerns zur Seite, »kaum war der Vater zurück in seinem Bett, hörte er die nackten Füßchen seiner Tochter schon wieder über die Dielen patschen. Die Tür zum Schlafzimmer ging auf, und sie kam ans Bett der Eltern getapst. ›Papa, Mama, die Frau mit dem Pfauenkranz – an meinem Bett – sie steht wieder da – genau jetzt!‹«

9

76 Stunden vor Totensonntag

»Wie viel?«

»Naja, rechne es doch zusammen …«

»Genau das ist es ja, was ich nicht tun möchte, Oskar.«

Patty schaute ihren Mann misstrauisch an. Verstand er das nicht? Wollte er es nicht verstehen? Mama lag nebenan im Sterben – Theo war gerade bei ihr – und ihr Mann wollte *worüber* reden? Über die Erbschaft? Ob es etwas zu erben gäbe? Es war ihr so peinlich, sie hätte ihn am liebsten angeschrien. Aber das ging natürlich nicht. Aus einer ganzen Reihe von Gründen. Weil im Haus einer Sterbenden nicht geschrien werden sollte. Weil sie auf keinen Fall wollte, dass die anderen merkten, dass zwischen ihr und Oskar irgendetwas nicht stimmte. Weil ihre Tochter Natascha sie hören würde. Weil … sie Oskar noch nie angeschrien hatte.

»Nein, ich habe ja nicht gesagt, dass *wir* das bekommen sollen«, hörte sie Oskar neben sich murmeln, »ich meine doch bloß, dass du es mal zusammenrechnen sollst. Spaßeshalber? Wie viele Mietshäuser hat dein Großvater Hedda damals vererbt? Ungefähr fünfzehn waren das, oder? Das hast du zumindest immer gesagt. Und zwar in den besten Lagen Berlins. Charlottenburg, Schöneberg, Kreuzberg – das hat er ja ganz billig bekommen vor x Jahren, und jetzt sind die Häuser ein Vermögen wert.«

Ja.

»Deshalb … ich habe mich in München mal ein bisschen erkundigt, bevor wir losgefahren sind. Nicht offiziell, nur bei einem Freund, okay? Was die fünfzehn Häuser heute ungefähr wert sein müssten.«

Sie hörte ihm zu, obwohl sie ihm am liebsten ins Gesicht gesprungen wäre. Alles in ihr schrie danach, ihm ins Wort zu fallen, bevor er damit anfing, mit Zahlen um sich zu werfen. Aber so war ihr Verhältnis nie gewesen. Oskar war fast sechs Jahre älter als Patty und schon immer sehr selbstbewusst aufgetreten. Perfekt gekleidet, casual und doch teuer. Geschliffene Manieren, und nicht dumm. Eine gewisse Bauernschläue, so hatte Patty es nach zig Jahren Ehe für sich entschieden, konnte man ihm einfach nicht absprechen. Nur dass er diese Schläue eben vor allem für ein Ziel einsetzte: um sich selbst ein angenehmes Leben zu verschaffen.

»Er ist nicht gerade von des Gedankens Blässe geküsst«, so hatte es ihre Schwester Sophia ausgedrückt, als Patty ihr den Mann vorgestellt hatte, den sie heiraten wollte. »Aber das ist ja vielleicht gar nicht schlecht für dich, Patty, mit dem hast du einen, der handelt, statt groß zu reden. Nur Vorsicht. So wie der auftritt, kommt er bei Frauen gut an. Und das könnte zu einem Problem werden.« Damals war Patty stinksauer gewesen, aber mittlerweile fand sie Sophias Einschätzung ganz treffend.

»Fünfundsiebzig Millionen, wenn du mich fragst.«

»Was?« Sie starrte ihn an. Das perfekt frisierte dichte, wallende Haar. Der Bartschatten. Die geschmackvolle Brille. »Fünfundsiebzig Millionen Euro. Plus die Wertpapiere. Eure Mutter hat wirklich ganz schön was zu vererben.«

Fünfundsiebzig Millionen Euro.

»Blödsinn!«, entfuhr es Patricia. »Und selbst wenn … das bekommt sowieso alles Papa erst mal.«

»Du meinst, sie zahlen die Erbschaftssteuer zweimal? Einmal, wenn es an deinen Vater geht und in ein paar Jahren sozusagen noch mal, wenn ihr Kinder erbt? Das glaube ich nicht. Außerdem … hast du nicht mehrfach gesagt, zwischen deinen Eltern stünde es nicht immer zum Besten?«

Patricia hielt ihre noch immer kalten Hände zum Kaminfeuer, das in dem Salon, in dem sie standen, fröhlich knisterte. Sicher, von inniger Liebe gezeichnet war ihr der Umgang zwischen ihren Eltern nie vorgekommen. Und doch … bald sechzig Jahre waren die beiden inzwischen verheiratet.

»Wie kommst du darauf, dass alles Mama gehört?«

Jetzt hatte er mit diesen Erbschaftssachen angefangen – bei den Zahlen, mit denen Oskar da jonglierte, konnte sie so schnell gar nicht an etwas anderes denken. Obwohl sie in München eigentlich ganz gut von dem lebten, was Oskar mit seiner PR-Firma verdiente. Und sie selbst zog ja auch den einen oder anderen Marketingauftrag an Land.

»Das sind doch *deine* Eltern, Pat, ich meine ja nur. Du hast mir erzählt, dass Hedda schon darauf geachtet habe, von deinem Vater unabhängig zu sein. Und da sie die Häuser von *ihrem* Vater geerbt hat, könnte ich mir vorstellen, dass sie auch vor allem ihr gehören.«

Fünfzehn Mietshäuser. Das stimmte so in etwa.

»Also, auch wenn du die Wertpapiere erst mal weglässt und nur die Mietshäuser nimmst«, hörte sie Oskar sagen, »… mein Freund in München … ich hab ihm ein bisschen erzählt, was für Häuser das sind. Er hat gesagt, über den Daumen gepeilt kann man etwa fünf Mio pro Haus veranschlagen. Bei fünfzehn Stück komme ich auf fünfundsiebzig …«

»Mama?«

Patty fuhr herum. Mit rosigen Wangen und offenen Haaren kam völlig außer Atem Natascha auf sie zu – das Zentrum ihrer Ehe mit Oskar, ihr einziges Kind. Was auch immer Oskar für ein Windhund sein mochte – sein Stolz auf die inzwischen zwanzigjährige Tochter war Patty stets echt vorgekommen.

»Onkel Theo ist gerade aus Omas Zimmer gekommen!«

»Und?«

»›Und?‹ Das fragst du? Ist dir nicht klar, dass ich ihn noch nie zuvor gesehen habe? Da kommt ein Mann aus Omas Zimmer und sagt, er ist mein Onkel Theo, aber ich kenn sein Gesicht nur von Fotos!«

10

»Nein, ich genieße es wirklich«, sagte die blonde Frau gerade, »und den Kindern gefällt es auch sehr.«

Patty versuchte, sich nichts anmerken zu lassen. Und doch bohrte sich jeder Satz, den die Blondine zu ihr sagte, wie eine glühende Lanze in ihre Brust.

Die Blondine war Betty, Jannicks Frau. Sie war mit ihren Kindern gegen Mittag zum Shoppen nach Berlin reingefahren und gerade zurückgekehrt.

Das Haus in Luxemburg. Die drei ach so wohlgeratenen Kinder. Jannicks Job in der Bank. Natüüürlich als leitender Angestellter und mit einem Jahresgehalt von … Patty wollte es gar nicht wissen.

»Unsere Jüngste ist vom Klavier ja nicht mehr wegzubekommen«, flötete Betty, »und ich sage mir: Soll sie doch. Was ist daran schlimm, wenn eine Achtjährige ihre Leidenschaft für die Musik entdeckt?«

Patty versuchte zu lächeln. »Ja, meine Tochter …«

»Aber ich kann auch Jannick verstehen«, fiel Betty ihr ins Wort, »er hat eben Angst, dass das Kind zu wenig Sport treibt.«

Patricia atmete aus und ließ der Schwägerin die Freude, von ihrer Familie zu schwärmen. Patricia kannte ihren Bruder Jannick doch. Natürlich setzte er alles daran, mit seiner Vorzeigefamilie, seinem Vorzeigejob und seinem Vorzeigeleben zu glänzen. Darunter aber, unter all dem Lack – das wusste sie als seine jüngste Schwester nur zu gut – schlummerten noch eine ganze Menge weitaus weniger vorzeigbare Dinge. So sehr er sich auch darum bemühte, das vergessen zu machen: Jannick war einer von ihnen, ein Laurent, und Patty wusste, wie sie zusammen aufgewachsen waren. Irgendetwas war merkwürdig daran gewesen. Irgendetwas war an der Villa … der Insel … ihrem Leben zu sechst auf Sandwerder *zutiefst verdorben* gewesen.

Oder etwa nicht? Patty war überzeugt davon, dass das auch der Grund gewesen war, weshalb Theo, kaum dass er achtzehn geworden war, sie verlassen hatte und niemals zurückgekommen war. Es war der Grund, weshalb sie selbst nichts Eiligeres zu tun gehabt hatte, als Oskar zu heiraten – nur um endlich von dieser Familie wegzukommen. Einzig Jannick hatte sich den Schuh angezogen und krampfhaft sein Leben lang versucht, der gewünschte Vorzeigesohn zu sein. Für seine Eltern war das eine Selbstverständlichkeit gewesen, Jannick allerdings hielt es seit Jahren gehörig auf Trab.

»… heute Nacht«, hörte sie ihn jetzt sagen.

Jannick war neben seine Frau Betty getreten, sprach aber nicht zu Patricia, sondern mit seinem Vater Artur, der gemeinsam mit Heddas Zwillingsbruder, Onkel Ruben, erst kurz vorher das Wohnzimmer betreten hatte.

»Heute Nacht … *was*?« Patty wandte sich Jannick zu.

»Soll Dr. Erikson noch mal kommen.« Jannicks Augen wirkten leicht entzündet. »Ich habe versucht, es Mama auszureden, aber sie will es so. Trotzdem. Wenn du mich fragst, ist es nicht richtig.«

Patricia schüttelte den Kopf. Lag es an ihr, oder sprach er in Rätseln? Was meinte er denn? Sie machte einen Schritt auf ihn zu und nahm ihn beiseite. »Ist doch gut, wenn der Arzt noch mal nach ihr schaut.«

»Patty, er kommt, um es zu beenden, ist dir das nicht klar?«

Sie blinzelte. Zu beenden?

»Papa und Erikson … und auch Mama haben seit Wochen darüber gesprochen. Sie will nicht mehr. Die Krebsdiagnose hat ihr den Rest gegeben. Alles tut weh, Hoffnung gibt es nicht mehr. Und jetzt, wo wir alle hier sind, hat Erikson grünes Licht. Er kommt heute Abend, spritzt Morphium, und das wird das Ende sein.«

11

1982

»Das hohle Ticken der großen Uhr in der Fassade der Villa Sandwerder hatte ihr schon immer Angst eingejagt. Es klang, als würden bloße Knochen über das spiegelglatte Parkett des Hauses hinwegticken. Jede Minute ein Tick, jede Stunde ein Rasseln, mit dem sich die Federn und Rädchen des Uhrwerks aufzogen.« Jannick hockte auf dem Sofa, und Sophia, Theo und Patricia hatten sich um ihn versammelt.

»›Ich hab sie wieder gesehen, Papa‹«, fuhr er mit der hellen Stimme des kleinen Mädchens fort, »›die Frau mit dem Pfauenkranz. Nicht ihr Gesicht, nur die Umrisse, aber der Kranz hat wie ein riesiger Kragen hoch über ihr aufgeragt und ihren Kopf umstrahlt.‹

›Mäuschen, es war nur ein Traum …‹

›Aber ich bin *aufgewacht* und hab sie gesehen, am Ende von meinem Bett!‹«

Jannick hielt inne und schien seinen Worten nachzulauschen. Niemand sagte etwas.

»Das kleine Mädchen sah seine Eltern verzweifelt an, und Tränen standen ihr in den Augen. Den Eltern zerriss es das Herz. Was sollten sie denn bloß tun? Sie konnten es ja ganz deutlich sehen – die Angst hatte das zarte Gemüt ihrer kleinen Tochter fest im Griff. Offensichtlich war die Gesundheit ihres Mädchens von den starken Eindrücken, denen es unterlag, bereits angegriffen. Also beschloss ihr Vater, die nächste Nacht auf einer Matratze im Zimmer der Kleinen zu schlafen. Tatsächlich verbrachte sie die Nacht ruhig und ohne Zwischenfälle. In der folgenden Nacht allerdings …«

»Er hätte bei ihr bleiben müssen!«, schrie die kleine Patty. »Wieso hat er sie denn allein gelassen?«

»Sollte er ab jetzt etwa jede Nacht auf der Matratze vor ihrem Bett liegen?« Jannick schob die Hände unter seine Schenkel. »Sie musste doch lernen zu schlafen, auch ohne dass ihr Vater da war.«

Pattys große Kinderaugen hingen an seinen Lippen.

»Und in der Tat«, fuhr Jannick fort, »gelang es dem Mädchen mit der Zeit, seine Angst ein wenig unter Kontrolle …«

»Ganz verschwunden war sie nicht!«, rief Patty. »Sie hat sie nur heruntergeschluckt, ihre Angst. In ihr, in dem kleinen Mädchen drin, war sie ständig da!«

»Jannick, merkst du es nicht? Hör auf mit dem Quatsch, Patty ist schon völlig durcheinander.« Sophia hatte die Handflächen um eine Tasse mit heißem Tee gelegt und sah den älteren Bruder vorwurfsvoll an.

»Oh bitte Janni, bitte erzähl weiter«, flüsterte Patty, die merkte, dass Jannick kurz davor stand, aufgrund der Ermahnung Sophias seinen Bericht zu beenden.

Er musterte sie skeptisch. »Bist du dir sicher, dass du das hören willst, Patty?«

»Hm«, hauchte sie. »Ja.«

Jannick nickte. »Na schön. Also pass auf. Das kleine Mädchen, das damals in dem Haus hier lebte, hörte nicht auf, die Frau mit dem Pfauenkranz nachts in den Fluren und Zimmern zu treffen. Wenn sie noch spät in die Küche schlich, um sich ein Glas Milch zu holen … wenn sie sich an einem dunklen

Wintermorgen auf den Weg in die Schule machte … immer wieder begegnete sie der schweigenden schwarzen Gestalt. Der Frau mit dem Pfauenkranz. Schweigend und schwarz schien sie wie eine düstere Vorahnung das Mädchen heimzusuchen. Ihren Eltern aber sagte die Kleine bald nichts mehr davon, denn sie sah ja, wie sehr ihre Mutter und ihr Vater beunruhigt waren, wenn sie davon anfing. Aber beunruhigen wollte sie sie nicht. Und nutzen tat es ja auch nichts, wenn sie davon sprach. Also schwieg sie, warf der schwarzen Pfauenkranzlady einen scheuen Blick zu, schlich an der über ihr aufragenden Gestalt vorbei und betete und hoffte, dass mit der Zeit das Wesen von ihr ablassen würde.«

»Und? Tat es das? Hat die Pfauenkranzlady das Mädchen in Ruhe gelassen?« Patty hatte sich neben Jannick aufs Sofa gekuschelt und den Rücken gegen ihn gelehnt, um seinen Mund ganz nah an ihrem Ohr zu haben und alles, was er sagte, genau mitzubekommen.

»Naja, auf jeden Fall hat das Mädchen weiter in dem Haus gelebt, ist groß geworden und hat selbst eine Tochter bekommen …«

»Das war dann die Frau, die Großvater das Haus hier verkauft hat?« Theo hatte sein Buch zur Seite gelegt und starrte ins Feuer.

»Genau, ihre Tochter hat Opa das Haus verkauft. Aber die Frau selbst, die die Pfauenkranzlady gesehen hat, ist die düstere Nachtbegleitung nie losgeworden und im Lauf der Jahre … wie soll ich sagen … ein wenig dünnhäutig deshalb geworden.«

»Hätte sie nicht einfach ausziehen können, das Haus hinter sich lassen?« Sophia nahm einen Schluck aus ihrer Tasse.

»Sie liebte das Haus – du etwa nicht?« Jannick sah sie lächelnd an.

»Doch, schon …«

»Eben. Sie liebte es, und in gewisser Weise begann sie sogar zu glauben, die Pfauenkranzlady könnte so etwas wie die Seele des Hauses sein. Das aber war, wie sie schließlich erfahren musste, nicht richtig, denn …«

Patty hatte sich zu ihm umgedreht und barg ihr Gesicht an seiner Brust. Vorsichtig legte er einen Arm um die kleine Schwester.

»… denn eines Abends«, er hob den Finger und lauschte in den Raum. »Hört ihr das?«

Auch die Geschwister lauschten. Das Knistern des Feuers in dem Kamin. Das Knacken der Dielen. Das feine Zischen des Windes, der über den See und um die Ecken des Hauses strich. Und ganz leise und doch unüberhörbar ein Ticken. Eine kurze Pause. Und dann das schwerfällige Rasseln und hohle Schlagen der Stunde. Die Uhr in der Fassade der Villa.

Sie zählten mit. Elf Schläge.

»Elf.« Jannick überlegte. »Wie damals.«

Sie schwiegen. *Wie damals?*

»Sie war fast dreißig Jahre alt«, fuhr er langsam fort, »und hatte nicht aufgehört, der seltsam lang gezogenen Gestalt der Pfauenkranzlady zu begegnen. Manchmal machte sie sich sogar auf, um nach der Frau zu suchen, so sehr war sie ihr zu einer selbstverständlichen Begleiterin in dem Haus geworden. Eines Nachts aber, als sie wieder allein durch die einsam und schweigend daliegenden Räume lief …«

»Und ihre Tochter?«, war Pattys Stimme gedämpft zu vernehmen. »Wo war die?«

»Die Tochter schlief im Kinderzimmer, in dem Zimmer, das die Frau selbst schon als Kind gehabt hatte. Ihr Mann war verreist oder so, das weiß ich nicht genau.« Er musste kurz nachdenken. »Vielleicht hatte sie auch keinen, seltsam, wie sie wegen der Sache war.«

»Und? Und dann?«, hauchte Patty.

»Sie lief also durch die Zimmer des Hauses, sie konnte einfach nicht schlafen, obwohl es bereits kurz vor elf war. Ruhelos durchquerte sie Zimmer um Zimmer und stieg schließlich sogar, von einer inneren Rastlosigkeit vorwärtsgetrieben, die schmale Wendeltreppe zum Dachboden hoch. Über dem Nachthemd trug sie ihren seidenen Morgenrock und einen dünnen Schal, um sich vor der Kälte der sternenklaren Novembernacht zu schützen.«

Sophia seufzte und stellte ihre Tasse zurück auf den Tisch.

»›Wo bist du?‹, rief sie«, fuhr Jannick fort, »›lass uns endlich reden.‹ Aber eine Antwort erhielt sie nicht. Schwarz lag der Dachboden vor ihr, erfüllt nur vom klickenden Ticken des Uhrwerks, das stählern und verschraubt vor sich hinzählte.«

Er spürte, wie Pattys kleiner Körper, der sich dicht an seinen drängte, leise zu zittern begonnen hatte.

»Gerade wollte sie die Dachkammer wieder verlassen, da bemerkte sie eine Art Leuchten am Ende des Raums, gleich hinter den Stangen des Uhrwerks. Vorsichtig hob sie einen Fuß, um über die Rohre, die vor ihr verliefen, hinwegzusteigen und bewegte sich auf das Schimmern zu – als plötzlich ein dumpfes Dröhnen das Gebälk erbeben ließ.«

»Die Uhr«, stieß Theo hervor, »sie hat zu schlagen begonnen!«

»Elf Uhr, genau wie eben.« Jannick nickte. »Die Frau war so überrascht, dass sie für einen Augenblick schwankte, sich an dem Stahlrahmen der Uhr abstützte und schon umkehren wollte – als sie spürte, dass irgendetwas sich verhakt hatte.«

Er hob den Blick und sah in die Runde. Sophias ernste

Augen, Theos gerunzelte Stirn, Pattys Hinterkopf an seiner Brust.

»Sie wollte sich losreißen, aber statt sich zu befreien, fühlte sie, wie sich der Griff, der sie umklammerte, nur noch verstärkte. Sie riss an dem Schal, den sie umhatte, aber die Enden des Tuchs waren in die Zahnräder der Uhr geraten und während die Schläge der riesigen Mechanik vorandröhnten, zog sich die Schlinge um den Hals der Frau nur immer fester zusammen. Sie schrie um Hilfe, versuchte die doppelte Umschlingung, mit der sie den Schal um ihren Hals gewickelt hatte, zu lösen, wurde zugleich aber von dem unerbittlichen Zug nur immer weiter in das Uhrwerk gezerrt. Acht. Neun. Zehn ... So sehr, dass ihr die Luft abgedrückt wurde und sie nur noch röchelte, statt zu rufen. Während das Rasseln der Uhr immer lauter, knirschender und böser geworden zu sein schien. Dong, Dong, Dong ... Es kam ihr so vor, als würde der Tod selbst mit seiner Sense gegen die Glocke schlagen, und mit jedem Schlag die Herzschläge herunterzählen, die ihr noch blieben.«

Stille trat ein. Etwas Eiskaltes schien sich in dem Raum zwischen den Kindern niedergelassen zu haben.

»Sie – sie hat noch gelebt?« Sophia starrte ihn an, und der Lidschatten, den sie vorhin am Schminktisch der Mutter, kaum dass die Eltern das Haus verlassen hatten, aufgetragen hatte, gab ihrem Gesicht eine geradezu unheimliche Wirkung.

»Sie hat noch gelebt«, sagte Jannick und wandte den Blick von Sophia ab, als wollte er sich vor ihrem Anblick schützen. »Aber nur noch Sekunden, denn die Uhr hatte den Schal so fest um ihren Hals geschlungen, dass sie keine Luft mehr bekam. Und während ihr die Sinne schwanden, erhaschte sie einen Blick auf die Scheibe der Dachluke, gleich neben sich, in der sich der Raum schemenhaft spiegelte. Dort sah sie sie zum letzten Mal: die Pfauenkranzlady. Die Frau mit dem Pfauenkranz, mit dem Strahlenkranz, der wie ein riesiger Kragen über ihrem Kopf aufragte. Eine Silhouette nur, schwarz und schweigend, aber eindeutig. Denn der Kranz war nichts anderes als das Zahnrad der Uhr, und es ragte über ihrem eigenen Kopf auf wie das riesige Rad eines Pfaus. Sie selbst war die Pfauenkranzlady, und sterbend sah sie ihr Spiegelbild in der Dachluke.«

12

71 Stunden vor Totensonntag

»Ist deine Freundin auch da, mein Schatz?« Die jetzt immer ein wenig trüb wirkenden Augen der alten Frau waren auf ihre Tochter gerichtet, auf die Mittlere, Sophia.

»Ja, Mama, Zoe ist da, sie ist unten im Salon bei den anderen.«

Hedda betrachtete das ebenmäßige, durch einen Hauch Strenge gekennzeichnete Gesicht Sophias. Von ihren vier Kindern sah Sophia ihr am ähnlichsten.

»Das ist gut«, sagte sie, »du weißt, wie froh ich bin, dass du«, sie unterbrach sich und warf Patricia einen Blick zu, die ebenfalls bei ihr saß, »ihr alle ... dass ihr alle Partner gefunden habt, mit denen ihr glücklich seid.«

Glücklich ist wohl was anderes, schoss es Patty durch den Kopf, aber sie wollte ihre Mutter nicht unterbrechen. Sollte ihre Mutter doch glauben, ihre jüngste Tochter wäre mit ihrem Mann glücklich, das schadete bestimmt nichts.

»Theo ist allein gekommen«, sagte Sophia, »soweit ich weiß, ist er ... Single, oder?«

Hedda lächelte verschmitzt. So wie sie immer lächelte, wenn sie absichtlich etwas nicht ganz richtig gemacht hatte, aber wusste, dass man ihr das schon verzeihen würde. »Stimmt! Theo ... ihr kümmert euch um ihn, oder?« Ihre gesunde Hand kam nach oben und versuchte, nach dem Bügel zu greifen, der über ihrem Bett angebracht war. »Hilf mir mal auf, Sophia.«

Sophia beugte sich vor und stützte sie.

»Er hat sich ein bisschen verloren, fürchte ich«, sagte Hedda, während sie sich hochzog und Sophia ein großes Kissen aufschüttelte und hinter ihren Rücken stopfte. »Aber das gibt sich wieder. Ihr müsst für ihn da sein, hört ihr? Gerade ihr zwei Schwestern, ihr habt euch doch mit Theo immer gut verstanden?«

Patty nickte. Klar. Sie hatte immer geargwöhnt, dass Theo Mamas heimlicher Liebling war, aber gewundert hat sie das nicht. Und gestört auch nicht wirklich. Dafür war sie Papas Liebling, nicht wahr?

»Komm Patty, hock dich auch hierher zu mir aufs Bett.« Hedda klopfte mit der Handfläche leicht auf die andere Seite der Matratze.

Und dann saß die alte Frau zwischen ihren beiden Töchtern, und für einen Moment schwiegen sie.

»Als ihr klein wart«, sagte Hedda schließlich, »Jannick vielleicht vierzehn und du, Patty, gerade neugeboren, ich glaube, da war meine glücklichste Zeit.«

Sie wirkte winzig, eigentlich nur noch Haut und Knochen, aber ihr starker Wille war immer noch spürbar, ja er schien geradezu von ihr abzustrahlen.

»Ich weiß, dass ich eigentlich dankbar für das Leben sein müsste, das ich habe führen dürfen. Selbst jetzt, wo ich sterbe, muss ich dankbar sein.« Da war es wieder – das verschmitzte Lächeln.

Vorsichtig legte Patty einen Arm um die knochigen Schultern ihrer Mutter. Heddas Gesicht zeugte von den Jahrzehnten, die sie durchlebt hatte, und war zugleich doch unverkennbar das Gesicht, das Patricia vertrauter war als jedes andere. Das Gesicht ihrer Mama.

»Ich hoffe, ihr macht nicht den gleichen Fehler wie ich«, fuhr die alte Frau fort, »aber im Moment sieht es ja nicht danach aus.«

Patty konnte sich schon denken, was sie meinte.

»Ich wollte, ich hätte etwas aus meinem Leben gemacht.«

Gearbeitet – das war es, was Hedda meinte. Patty wusste, ihre Mutter hatte immer bedauert, nach der Hochzeit mit Artur nicht berufstätig geblieben zu sein. Sie hatte bei einer Zeitung gearbeitet, die Stelle wegen der Hochzeit, der Kinder dann aufgegeben.

Uns aufzuziehen, war nicht genug, musste Patricia unwillkürlich denken.

»Mama?« Patty warf Sophia einen Blick zu und schaute dann zu ihrer Mutter. »Ist es das, was dich bedrückt?« Denn etwas arbeitete in dieser alten Frau, etwas ließ ihr keine Ruhe, selbst jetzt nicht, auf dem Sterbebett. »Dass du nur für deine Familie da warst und … nicht selbst einen Beruf gehabt hast?«

Hedda zog die Augenbrauen hoch, für einen Moment offenbar doch um Worte verlegen.

»Ihr ward ja ganz klein«, sagte sie schließlich langsam, »ihr ward so süß als Babys, ich sag ja … natürlich bin ich dankbar dafür.«

»Aber?«

»Aber …« Sie beendete den Satz nicht.

»Sag doch mal.«

Heddas Blick ruhte jetzt auf Patty, und mit einem Mal hatte Patricia das Gefühl, eine Stimmung in den Augen ihrer Mutter zu erkennen, die sie bisher immer vor ihren Kindern verborgen hatte.

»Gibt es noch etwas?«

Ja, schienen die Augen zu sagen, aber was Hedda aussprach, war: »Nein, natürlich nicht, meine Kleine.«

»Das klingt, als würdest du uns was vorwerfen«, kam es gewohnt scharfzüngig von der anderen Seite, und Sophia schob sich in Patricias Blickfeld, »aber nie sagen, was eigentlich genau. Dass wir deine Kinder waren, dass du dich um uns gekümmert hast? Ist dir eigentlich klar, was du da machst, Mama?«

Es klang in Patricias Ohren nicht richtig. So sollte Sophia mit Mama nicht reden! Sah sie denn nicht, wie weit ihre alte Mutter sich bereits vom Leben entfernt hatte?

»Sophia meint es nicht so«, beeilte sich Patty zu sagen, »komm schon, Sophia … Mama *hat* sich um uns gekümmert, willst du ihr das jetzt etwa absprechen?«

»Nein, klar, ich bin auch schon völlig durcheinander.« Tränen glitzerten in Sophias Augen. »Aber gibt es da etwas, was du uns noch nicht gesagt hast, Mama? Was es eigentlich ist, das dir keine Ruhe lässt?«

Was meinte Sophia denn? Zugleich spürte Patricia instinktiv, dass Sophia nur ausgesprochen hatte, was sie ja auch selbst fühlen konnte – und immer gefühlt hatte. Es gab etwas, das ihre Mutter von ihnen trennte, das jedoch nie zur Sprache gekommen war.

War es nicht ganz deutlich, auch jetzt? Hedda saß zusammengesunken an ihr Kissen gelehnt, die Augen auf ihre von dicken Adern durchzogenen Hände gerichtet – und schwieg. Ihr Blick war nicht nur vom Alter getrübt, sondern durchzogen auch von jener unendlichen Traurigkeit, die ihre Mutter in den sonnigsten Momenten nie ganz abgelegt hatte.

Ein Geräusch ließ Patty aufschauen. Sie sah, wie die Tür

aufschwang und ein Mann eintrat. Es war, als würde ihre Haut zu brennen anfangen. Das konnte nicht sein. Ohne dass sie es wollte, entfuhr ihr ein Wimmern.

Die kühle Handfläche ihre Mutter schloss sich um Pattys Hand. »Na gut, Kinder«, flüsterte Hedda, »jetzt lasst mich und Dr. Erikson kurz allein. Dann reden wir weiter.«

Was sollte das heißen? Aber was sollte sie tun? Den Arzt fortschicken? Ihre Mutter hatte ihn kommen lassen. Hundert Gedanken, Gefühle und Ängste strömten auf Patricia gleichzeitig ein. Sie fühlte sich wie ein kleines Mädchen, keinesfalls bereit, ihrer Mutter beraubt zu werden. Wer blieb ihr denn, wenn Hedda nicht mehr war? Wie sollte sie denn allein, ohne den immer aufrechten, zuverlässigen Willen ihrer Mutter zurechtkommen?

Sie sah, wie Sophia sich erhob. Natürlich! Sophia war der Situation gewachsen.

»Nimmst du Patty mit?« Hedda sah zu Sophia auf. »Sie brauchen nicht lange, Doktor, dann können meine Töchter wieder hereinkommen, nicht wahr?«

Patricia sah in das ernste Gesicht des Arztes und hörte ihn antworten, ohne zu verstehen, was er sagte.

Aber das brauchte sie nicht. Sie wusste es, sie hatten vorhin ja darüber gesprochen. Was als Nächstes passierte, war endgültig. Wenn Erikson seine Spritze gesetzt hatte, gab es kein Zurück mehr.

Ihr Blick fuhr zum Gesicht der Mutter, und für einen Moment sahen sie sich an.

Leb wohl, Mama, ich liebe dich.

13

Das war kein normaler Schlaf. Er wirkte, als wäre ihre Mutter tief unten in einem Brunnenschacht. Ein schweres Schnaufen, tiefe Atemzüge, ausatmen … wieder einatmen. Ihre Augen waren geschlossen. Ihre Arme unter der Bettdecke. Nur der schmale Kopf, der schon immer zerbrechlich gewirkt hatte und in den vergangenen Monaten beinahe gläsern geworden zu sein schien, schaute hervor und lag auf dem Kissen.

Patty wandte den Blick ab. Die Stimmen der anderen drangen aus dem Salon zu ihr hoch. Dr. Erikson hatte das Haus inzwischen schon wieder verlassen und angekündigt, dass er später noch einmal vorbeikommen würde.

Nachdenklich verließ Patricia das Zimmer, in dem Hedda lag, und ging über die große Treppe ins Erdgeschoss. Hinter ihr das schwere Atmen der Mutter.

»Sie wird wahrscheinlich nicht mehr erwachen«, hatte der Arzt gesagt.

Ein Schwebezustand zwischen Leben und Tod. Ob jetzt vor Heddas geistigem Auge ihr Leben noch einmal vorbeizog? Die Abendessen, die sie in diesem Haus für Papas Kollegen gegeben hatte? Als Kind hatte Patricia es geliebt, wenn das Haus voller Gäste war. Atemlos hatte sie den hektischen Vorbereitungen in der Küche beigewohnt, wo aufwendig Vorspeisen zubereitet wurden, in der Vorratskammer bereits die Dessertschüsseln kühlten, und der Ofen mit dem Hauptgericht, dem Braten, glühte. Später hatte sie oftmals den Auftrag gehabt, sich um den Wein zu kümmern, und nichts war aufregender gewesen, als um die Tafel mit all den Gästen herumzugehen und einem nach dem anderen einzuschenken.

»Nein, Theo«, drang ihr Sophias Stimme aus dem Salon entgegen, während sie, von der Treppe kommend, über das marmorne Schachbrettmuster im Foyer schritt, »es ist nicht nur die Atmosphäre hier. Keiner von uns, okay? Keiner hat dich in all den Jahren gesehen. Richtig?«

Patty trat durch die Flügeltür in den Salon. Alle waren versammelt. Einige standen, andere saßen in Sesseln, der Kronleuchter brannte, die Scheiben der bis zum Boden reichenden Fenster reflektierten das Licht – hinter ihnen lag rabenschwarz die Nacht auf der Insel.

»Das ist ja nichts Neues, Sophia«, erwiderte Theo, und Patty sah, wie angestrengt er war.

Auch sie hatte ihn jahrelang nicht gesehen, aber sie nahm es ihm nicht übel. Vielleicht weil sie sich mit Theo immer besser verstanden hatte als Jannick und Sophia. Sie und Theo waren einfach die beiden Jüngeren. Zwischen den beiden älteren Geschwistern gab es Dinge – so war es Patty immer vorgekommen – von denen sie nichts wusste, aber es hatte auch zwischen ihr und Theo Sachen gegeben, von denen wiederum Jannick und Sophia nichts wussten, oder?

»Nun lass ihn doch erst mal ankommen«, ergriff sie beherzt das Wort und trat in den Raum. Die Blicke wandten sich ihr zu. »Was soll das, was hackst du denn auf Theo so rum?«

Sophia lenkte ihre Aufmerksamkeit auf die kleine Schwester. »Wie geht es Mama?«

»Unverändert.«

»Was Sophia nur sagen will«, erhob sich jetzt eine männliche Stimme, »ist, dass wir uns schon fragen, warum Theo all die Jahre nicht aufgetaucht ist.« Artur. Patricias Vater. Der Vater von Theo, Jannick, Sophia und ihr.

Grauhaarig, längst nicht mehr so hoch aufgeschossen wie in der Blütezeit seines Lebens, sondern gebeugt und mager, ausgezehrt von den Monaten der Krankheit seiner Frau. Die Augen jedoch klar und strahlend wie eh und je.

»Wenn du mich fragst, ist er weggeblieben, weil er keine Lust hatte, sich von dir anhören zu müssen, dass er es doch lieber so hätte machen sollen wie du, Papa«, erwiderte Patty ihrem Vater schlagfertig.

Sie sah, wie Jannick, der direkt hinter dem Vater stand, sich abwandte, als würde er es so vermeiden, Stellung beziehen zu müssen.

Jannicks Frau Betty saß mit den drei Kindern Liam, Mina und Franzi an dem großen Tisch hinten, während Zoe, Sophias Freundin, gemeinsam mit Onkel Ruben auf dem Sofa direkt vor dem Kaminfeuer Platz genommen hatten. Aber niemand außer Patty schien Theos Partei ergreifen zu wollen – auch ihr Mann Oskar natürlich nicht, der mit seiner und Pattys Tochter Natascha hinter dem Sofa stand.

Patricia machte einen Schritt auf Theo zu und breitete die Arme aus. »Haben wir uns überhaupt schon richtig begrüßt?«

Er nahm sie in die Arme, und für einen Moment schloss sie die Augen.

»Gut, ich weiß schon, wie das jetzt klingt«, hob Sophia hinter ihr wieder an, »aber ... also Theo, nimm mir das bitte nicht übel, aber ein bisschen ... wundert mich das einfach. Zig Jahre lang hört und sieht man nichts von dir und dann – Simsalabim – plötzlich geht die Tür auf, rein kommt ein Mann, und sieh an: Theo ist wieder da.«

»›Rein kommt ein Mann ...‹, was sollte das denn?« Patty

trat einen Schritt von Theo zurück. War das Verlegenheit, was seine Züge so seltsam gefroren erscheinen ließ?

Sie drehte sich zu Sophia um. »Freu dich doch, dass er da ist, Soph!«

»Ja, *wenn* er es denn überhaupt ist!«, fiel ihr die Schwester ins Wort. »Klar, wird schon so sein, und – sorry Theo – so aussehen tut man wahrscheinlich nach etlichen Jahren in Spielcasinos, aber ... ich meine ja nur.«

»Du meinst *was*?«

»Herrje, dass sie sich schon fragt« – Jannick unterbrach sich und fing noch einmal an. »Theo, Bruderherz, sollen wir jetzt anfangen, dir Fragen zu stellen, um zu sehen, ob du es wirklich bist? Ein bisschen kann ich Sophia schon verstehen.« Er grinste. »Wobei ... wenn ich ehrlich bin, Soph – ich zweifle kein bisschen. Du etwa wirklich? Das ist Theo! Du erkennst ihn nicht mehr? Ernsthaft?«

Patty warf ihrer Schwester einen Blick zu und sah, wie Sophia lächeln musste.

»Aber«, sprach Jannick weiter, »die ganzen Jahre ... eine lange Zeit ist das schon, Theo. Wir alle haben unsere Leben gelebt ... Was ich nur sagen will: Wir wissen gar nichts von dir, ja? Was für ein Leben lebst du inzwischen eigentlich?« Er überlegte einen Moment. »Ich will den Teufel ja nicht an die Wand malen, aber pokern? Um sich seine Brötchen zu verdienen? Vor ein paar Jahren hab ich deinen Namen ab und zu noch gefunden, wenn ich mir mal die Mühe gemacht und die Nachrichten aus der Pokerwelt durchforstet habe. Aber das ist inzwischen auch schon wieder ein bisschen her.« Er schnaufte. »Schon hart.«

Patty sah zu Theo, der offensichtlich nicht recht wusste, was er darauf erwidern sollte.

»Jetzt tun wir alle so, als könnte man in dieser Situation nicht darüber sprechen, und dann ist es plötzlich so, als seist du nie fort gewesen«, fuhr Jannick fort, als Theo nichts sagte. »Wir haben uns heute wiedergesehen. Die Frage stellt sich: Können wir dir, also entschuldige, wenn ich das so unverblümt ausspreche, aber können wir dir überhaupt einfach so blindlings ... vertrauen?« Er warf seinem Vater einen schnellen Blick zu. »Papa, ich versteh schon, wie das klingt, aber es geht ja doch auch um ... um ...«

»Um die Erbschaft?«, kam es endlich von Theo. Er hatte vorhin schon etwas gesagt, aber als Patty seine Stimme jetzt hörte, fühlte sie ein Kneifen im Herzen. Hatte er schon immer so geklungen? Oder war es bloß aus Verlegenheit, dass er plötzlich so heiser wirkte?

»Oh bitte, bitte.« Artur hob beide Hände und sah zu seinem Schwager, der weißhaarig und ebenfalls fest im Griff des Alters auf dem Sofa saß. »Darüber müssen wir jetzt nicht sprechen, wirklich nicht.«

Ruben schüttelte nur den Kopf, als sei ihm vollkommen schleierhaft, wie es möglich war, dass das Gespräch eine solche Wendung genommen hatte, hüllte sich jedoch in Schweigen.

»Gut, ich glaube auch, das ist das Beste«, sagte Theo, und im gleichen Moment trafen sich sein und Patricias Blick.

Du bist es doch, schoss es ihr durch den Kopf. *Wir haben uns nur ewig nicht gesehen, stimmt's?*

14

Totensonntag, 03.04 Uhr
Artur Laurent

Artur zog die Tür hinter sich zu und verharrte einen Moment. Fahl fiel das Mondlicht durch die hohen Fenster und tauchte den Raum in einen blausilbrigen Schimmer. Er blickte auf das breite Ehebett, dessen eine Hälfte bereits seit längerer Zeit nicht mehr aufgedeckt worden war. Seit Hedda mit ihrem großen Hightech-Krankenbett in einem anderen Zimmer lag, verbrachte Artur die Nächte in ihrem alten Schlafzimmer allein. Für einen Moment hatte er das Gefühl, ihre Anwesenheit trotzdem spüren zu können. Ihr Kostüm an dem Haken. Die Fläschchen und Tiegel auf der Frisiertoilette. Der Hocker, auf dem sie so oft gesessen und sich geschminkt hatte. Das Glas des Spiegels. Hatte sich ihr Anblick auf irgendeine versteckte Weise vielleicht darin verfangen?

Er ging langsam um das Bett herum. Die vergangenen Stunden hingen wie Gewichte an seinen Gliedern. Das Grauen. Die Angst. Lange hatte er ein behagliches Leben geführt – jetzt war es beinahe, als würde sich alles Unheil, das ihm bisher erspart geblieben war, auf einmal entladen.

Er blieb vor den Fotos stehen, die gleich neben dem Schminktisch in verschieden großen Rahmen an der Wand hingen. Heddas Eltern. Ruben als junger Mann. Ein Bild von Artur und Hedda, als sie noch nicht einmal verheiratet waren.

Die Kinder. Sophia im Taufkleid. Jannick als Teenager zu einer Zeit, als er sein Abitur gemacht haben musste. Theo auf einem Foto, das er von einer Reise geschickt hatte. Patty als Baby im Laufstall.

Es kam Artur so vor, als würden die Erinnerungen auf ihn einstürzen. Als würde er fast darin ertrinken. Als hätten die Erlebnisse der letzten Stunden eine Schleuse in ihm geöffnet, die eine gefährliche Flut von vergangenen Eindrücken entfesselt hatte.

Schwer ließ er sich auf dem Hocker nieder, auf dem Hedda so oft gesessen hatte. Sie war erst seit Kurzem tot, aber wegen der vielen Besuche, der Hektik war er bisher gar nicht dazu gekommen, in Ruhe durchzuatmen. Jetzt, da er es tat, wurde ihm mit geradezu beängstigender Schärfe bewusst, wie sehr sie ihm fehlte. Als würde er erst jetzt begreifen, dass er die letzten Jahrzehnte über immer im Austausch mit ihr gelebt hatte, und nun feststellen, niemanden mehr zu haben, dem er sich wirklich öffnen konnte. Dem er wirklich vertrauen konnte.

Seine rechte Hand legte sich auf seine Augen. Als könnte er auf diese Weise für einen Moment die abgrundtiefe Einsamkeit, die auf ihn lauerte, aufschieben.

Jannick, Theo, Sophia, Patricia. All die Jahre über war es Hedda gewesen, die einen echten Draht zu den Kindern gehabt hatte. Hatte er jemals mit ihnen geredet – *wirklich* geredet? War er ihnen eigentlich nicht immer nur ausgewichen? Froh gewesen, wenn er sich *nicht* mit ihnen beschäftigen musste? Sicher, er hatte alles dafür getan, dass Hedda ihm Kinder schenkte. Aber warum? War es ihm nicht viel mehr darum gegangen, nach außen hin vorweisen zu können, ein ganzes Quartett von prächtigen Kindern zu haben, als darum, wirklich diese jungen Geschöpfe kennenzulernen?

Wenn er ehrlich zu sich war, musste er sich eingestehen, seine Kinder im Grunde genommen *vernachlässigt* zu haben. Ja, er war bei der Familie geblieben. Doch wirklich interessiert hatte er sich nur für seine Arbeit. Und Hedda? War es nicht so gewesen, dass sie die Kinder eigentlich nie hatte haben wollen?

Erinnerte er sich nicht? Wie hohlwangig, verschreckt und verwirrt die Kinder zum Teil gewesen waren? Wie sie hilflos versucht hatten, zu ihm durchzudringen und seine Aufmerksamkeit zu bekommen? Natürlich wusste er es noch. Er war ihnen ausgewichen, hatte all seine geschmeidigen Ideen verwendet, um nur ja nicht in den Abgrund gezogen zu werden, von dem er ja wusste, dass er sich in diesem Haus seit Langem schon aufgetan hatte. Er hatte gewusst, dass etwas nicht stimmte. Dass zwischen seinem Ältesten und Sophia eine ungute Nähe herrschte. Dass Theo, der kleine Bruder, darunter litt. Dass Patty verwirrt war und mit Ideen zu kämpfen hatte, die sie als kleines Mädchen bei Weitem überforderten.

Mit einem Strumpf in der Hand, der nackte Fuß auf das Knie gelegt, die Boxershorts noch an, das Unterhemd schlabbrig, das Oberhemd bereits abgelegt, saß er auf dem Hocker und versuchte, die Gespenster der Vergangenheit abzuwehren.

Es war die Übermüdung! Heddas Tod! Kein Wunder, dass er ganz durcheinander war. Was nach der Beerdigung eingesetzt hatte … vielleicht spielte sein überreizter Geist ihm einfach einen Streich. Konnte es sein, dass dieser Albtraum tatsächlich im Gange war? Die Nadel? Der Herd?

Der Strumpf entglitt seiner Hand, sein Kopf drehte sich, und aus dem stumpfen Glas des Spiegels sah ihn ein Gesicht an, das wirkte wie ein Totenschädel. Die Augen in schwarzen Höhlen, die Falten an den Mundwinkeln tief wie Schnitte.

Er zuckte zusammen.

Fühlte, wie sein Hinterkopf gegen den Rumpf einer Gestalt gedrückt wurde, die wie aus dem Nichts plötzlich aufgetaucht war.

Sein Blick sprang zur Tür. Sie stand jetzt offen. Zuckte zurück in das Glas des Spiegels, aber der Kopf der Gestalt war ins Dunkel getaucht.

Eine behandschuhte Hand hatte sich fest auf seinen Mund gepresst.

Die wenige Kraft, die in Arturs alten Gliedern steckte, floss aus ihm heraus wie Wasser durch einen Abfluss. Verzweifelt rang er nach Luft, aber das Leder des Handschuhs schien seine Lippen luftdicht zu verschließen. Er fühlte, wie das Pochen in seinen Schläfen ein Lichtflackern in seinem Blickfeld auslöste.

»Hm – hnke – as eh mm hmägg.«

Nicht, bitte, lass es mich erklären, aber dass er das sagen wollte, war nicht zu verstehen.

Es wird kein Entkommen mehr geben. Die Erkenntnis traf ihn wie ein Hammerschlag. Dabei hatte er Zeit seines Lebens doch bewiesen, wie man mit ein wenig Charme, Intelligenz und Rücksichtslosigkeit jede Situation zu den eigenen Gunsten drehen konnte.

Nicht mehr.

Seine Pupillen rutschten in die Augenwinkel, und er sah etwas in der freien behandschuhten Faust des Angreifers aufblitzen. Sah es auf sich zukommen und fühlte es eiskalt in seinen Hals eindringen. Warme Flüssigkeit trat aus, lief auf Arturs Brust und rann über seinen Bauch. Es war nicht einmal Schmerz, was er verspürte, eher ein Reißen, wie es ein Baum erleben mochte, der von einem Bagger samt Wurzel aus dem Erdreich gebrochen wurde.

Arturs Arme wurden schwer, fielen herab, und sein ganzer Körper sackte in sich zusammen. Sein Oberkörper, nicht länger gestützt, kippte nach hinten, und er rutschte vom Hocker. Spürte, wie er auf dem Teppich neben dem Bett aufschlug, während das Schwarz einer endlosen Nacht seinen Geist bereits auszufüllen begann. Seine Augen waren geöffnet, und sein Blick ging nach oben. Wo ihn der Blick der Gestalt traf, die ihm die Klinge durch die Kehle gezogen hatte.

Du?

Sterbend sah er zum ersten Mal in seinem Leben wirklich klar.

15

69 Stunden vorher

Sie hatten extra ein Zimmer hergerichtet, um das Krankenbett darin unterbringen zu können.

Sophia stand im Flur, von dem das Zimmer abging, und schaute durch die halb offene Tür. Sie konnte das komplizierte Bett sehen, in dem ihre Mutter lag und schlief, der Atem rasselnd, als käme er aus einem Abgrund, aus dem sich niemand jemals wieder hocharbeiten konnte. Schon gar nicht Hedda, die in den letzten Monaten so schwach und hinfällig geworden war.

Links von dem Bett stand Artur, der Sophia bemerkt hatte und jetzt zu ihr auf den Flur kam. Auf der anderen Seite stand Dr. Erikson über seine Arzttasche gebeugt, die auf einem Stuhl neben dem Bett abgestellt war.

»Er ist noch mal gekommen, um nach ihr zu sehen«, hörte Sophia ihren Vater sagen.

Sie nickte.

»Er gibt ihr noch eine Spritze. Eigentlich hatte er gedacht, dass sie den Einbruch der Nacht nicht mehr erlebt. Sie ist stark, war sie immer.«

Sophia hörte die Worte ihres Vaters und sah dem Arzt dabei zu, wie er vorsichtig die Bettdecke über den Beinen der alten Frau zurückschlug.

Sie ist schon fast nicht mehr bei uns, von der ersten Spritze wahrscheinlich bereits zutiefst beeinträchtigt, musste Sophia denken. *Sie hätte schon tot sein sollen.*

Erikson sah auf, und ihre Blicke begegneten sich. Artur war nicht mehr neben ihr. Sie stand allein im Flur. Die Beine ihrer Mutter lagen schwer auf dem Laken. Es war kein Anblick, der für sie bestimmt war. Aber was Erikson da machte … Sophia blieb. Sie war sich vollkommen sicher, dass es richtig war, jetzt bei ihrer Mutter zu sein. In diesem Moment.

Der Arzt konzentrierte sich darauf, die Spritze zu setzen. Das regelmäßige tiefe Atmen der Mutter ging unverändert weiter. Erikson schlug die Decke wieder zurück, und Heddas Gesicht, schlafend auf dem Kissen, kam erneut in Sophias Blickfeld. Keiner sagte etwas. Erikson legte die verwendete Spritze in seine Arzttasche, schloss sie und ging ohne ein Wort zu sagen an Sophia vorbei aus dem Zimmer.

Mama?

Ich war lange bei euch, bei dir, hatte Sophia fast den Eindruck, ihre Mutter sagen zu hören, *jetzt ist meine Zeit hier zu Ende.*

Sophia trat in das Zimmer und setzte sich auf einen Stuhl an der Wand. Wartete. Die Stunden vergingen. Das Atmen wurde mit jedem Zug schwerer und tiefer.

»Wieso denn, ich geb mir wirklich Mühe, Sophia. Aber bei deiner Familie – sieh dir doch bloß mal die Villa hier an. Man muss ein *Boot* nehmen, um herzukommen!« Zoes schwarze Locken umrahmten ihr hübsches Gesicht. »Das ist alles derartig aufgeladen«, ereiferte sie sich weiter, und Sophia ließ sie einfach reden. »Fünfundsiebzig Millionen oder was? Vorhin haben sich Bettys Kinder darüber unterhalten. Stimmt das? Ich will's gar nicht wissen! Aber du sagst, ich würde befangen wirken? Natürlich bin ich befangen! Meine Mutter hat mich in einer Neubauwohnung bei Rostock großgezogen. Das war eine andere Kindheit als hier, das kann ich dir sagen!«

Sophia lächelte schwach. »Dafür bist du die Hübschere von uns beiden.« Was stimmte. Sophia wirkte stolz, fast streng – was nicht unbedingt immer ein Vorteil war –, Zoe aber war von einer betörenden Anmut, die jeden, jeden Mann sowieso, unmittelbar für sie einnahm.

»Was hat dein Vater gemacht?«, hakte Zoe nach. »Professor an der Uni. Komparatistik? Ich weiß nicht einmal, was das ist.«

»Vergleichende Philologie, Schauerromantik in England und Frankreich, solche Sachen. Das übliche Unizeug halt.« Sophia atmete aus.

»Ich mag deinen Vater«, Zoe legte sich auf dem Bett zurück, »die ganze Professorenmasche, zurückhaltend, ein bisschen schusselig, den Kopf eigentlich immer bei der ach so wichtigen, edlen Forschung. Ich mag das, ehrlich. Besser als die Typen, mit denen meine Mutter ankam, das kann ich dir sagen.«

Zoe war nicht einmal Ende zwanzig, ein ganzes Stück jünger als Sophia. Vor gut sechs Jahren hatten sie sich in Hamburg kennengelernt, wo Sophia schon vor Längerem in der sogenannten Spitzengastronomie zu arbeiten begonnen hatte. Seit einigen Jahren betrieben sie gemeinsam ein kleines, exklusives und recht erfolgreiches Restaurant in der Nähe des Hafens.

»Lass dich bloß nicht von ihm oder sonst jemandem aus der Familie einschüchtern.« Sophia stand am Fenster und blickte zum schwarzen Wäldchen hinüber. Das schwere Atmen der Mutter schien sie bis in das Gästezimmer hinein zu verfolgen, in dem sie mit Zoe untergebracht war. Eine Zeitlang hatte Sophia noch auf dem Stuhl an dem Krankenbett gesessen, dann war sie zurückgekehrt zu Zoe, die ebenfalls nicht schlafen konnte. »Wenn man erst mal anfängt, all das hier«, ihre Hand beschrieb einen Kreis, der das Haus und die Familie, die sich darin aufhielt, zu umfassen schien, »zu ernst zu nehmen, macht man sich nur kaputt.«

»Ach ja? Wieso?«

»Sieh dir Patty an.« Sophia wischte sich eine Wimper aus dem Auge. »Sie kommt aus dem Kleinmädchenschema gar nicht mehr raus. Erst recht nicht, wenn wir alle hier sind. Einmal Nesthäkchen, immer Nesthäkchen. Dabei ist sie längst selbst Mutter. Oder Jannick. Sein Leben lang darum bemüht, Arturs Anerkennung zu erringen. Aber das wird ihm nie gelingen. Mein Vater ist in einem ewigen Dialog mit Poe, Stevenson und Mary Shelley gefangen, jeder Normalsterbliche ist dagegen ein Einfaltspinsel. Da kann Jannick sich anstrengen, wie er will.«

»Und du? Was ist mit dir?« Zoe ließ sie nicht aus den Augen.

»Ich? Bin Köchin. Vielleicht nicht gerade in einer Würstchenbude, aber trotzdem. Was meinst du wohl, was der Herr Professor davon hält? Meistens tut er ja so, als fände er natürlich ganz toll, was seine Kinder machen. Aber wenn er mal ganz ehrlich zu sich selbst ist? *Köchin? Du meinst den ganzen Tag in der Küche stehen und Leute bekochen? Meine Tochter? Wie … konnte … das … passieren?*« Sie lächelte. Aber sie war noch nicht fertig. Es war immer das Gleiche. Fing sie erst mal an, darüber nachzudenken, wurde sie ärgerlich und steigerte sich immer mehr in ihre Wut hinein.

»Und dann wir zwei, Zoe, was denkst du? Natürlich tun sie

immer so, Mama genauso wie Papa, als sei es das Selbstverständlichste auf der Welt, dass ich keinen Mann habe und niemals einen haben werde. Aber angetan? War oder … ist …« Sie unterbrach sich. »Lebt sie noch?« Sie fuhr sich mit beiden Händen an die Schläfen. »Mama war enttäuscht oder ist es, wenn sie noch lebt, darauf kannst du wetten. Und Papa auch. Jannick, Patty, Theo und ich – wir konnten machen, was wir wollten, es war doch immer enttäuschend für sie. Sie befanden sich auf einer Ebene der Selbstgerechtigkeit, auf der es uns Kindern gegenüber nur noch gespielte Anerkennung gab. Was umso unangenehmer war, da man ja spürte, dass sie nicht echt war. Den Kindern ihrer bedeutenden Freunde, die selbst gerade so eine Karriere machten wie Papa früher – ja, denen brachten sie ehrlichen Respekt entgegen. Das waren in ihren Augen wahre Erfolgsgeschichten. Wir … eher nicht. Wer Professor an der Uni wurde, ein Institut leitete, Botschafter war – und manchen von den Kindern ihrer Bekannten gelang das ja – der spielte gewissermaßen in der Liga, in der meine Eltern gespielt hatten. Oder zu spielen geglaubt hatten. Wir anderen hatten es eben nicht geschafft. Ich weiß nicht, wieso das so war. Vielleicht hat Mama einfach zu viel von ihrem Vater geerbt. Vielleicht hat Mama in Wahrheit gar nicht so gedacht, und es kommt mir nur so vor. Vielleicht hat mein Vater zu lange an seinem Professorenimage gefeilt. Ich weiß nur eins: Du sagst, was für eine tolle Familie ich habe – ich sage: Sei froh, dass dir diese Hölle erspart geblieben ist.«

Sie hatte den Blick nach draußen gerichtet, während sie sprach. Erst nach einer Weile fiel ihr auf, dass Zoe nicht mehr geantwortet hatte.

In der Reflexion der Scheibe sah sie, dass ihre Freundin sich abgewandt hatte. Sophia drehte sich um und trat an das Bett.

Zoe hatte die Augen geschlossen. War sie eingeschlafen? Oder tat sie nur so, um Sophia auf keinen Fall mit irgendeiner Bemerkung noch mehr aufzuregen?

Sophia zog den Morgenrock, den sie übergeworfen hatte, enger um sich. Die Heizung war inzwischen ausgegangen, und die Kälte hatte begonnen, ins Haus zu sickern. Aber an Schlaf war nicht zu denken. Sie löschte die Nachttischlampe und trat noch einmal auf den Flur.

Das Haus lag stumm da. Wenige Schritte den Flur hinunter stand die Tür zum elterlichen Schlafzimmer offen. Im Vorbeigehen sah sie, dass Artur auf seiner Seite des Doppelbetts lag und schlief.

Sophia ging weiter. Die Nacht schien an ihrem tiefsten Punkt angekommen zu sein. Die Tür zu dem Zimmer, in dem Hedda lag, war angelehnt.

Sophia berührte das Türblatt und beobachtete, wie es aufschwang. Die kleine Lampe auf dem Nachttisch brannte. Der Stuhl mit dem Morgenrock ihrer Mutter an der Wand. Wie oft hatte Mama ihnen, als sie Kinder waren, in diesem Morgenrock Frühstück gemacht! Die Haare zerzaust, das Gesicht vom Schlaf zerknautscht. Sophia konnte sich noch gut daran erinnern. Meist hatte Hedda selbst nicht mit gefrühstückt, aber sich zu ihnen an den Tisch gesetzt und zugesehen, dass sie ihre Frühstücksflocken aufaßen.

Sophias Blick wanderte über das Krankenbett und blieb am Gesicht ihrer Mutter hängen.

Totenstille. Kein Atmen. Kein Rasseln. Kein Schnaufen. Es hatte aufgehört. Der Kopf auf dem Kissen, der winzige Leib unter der Decke. Hedda. Sie war noch da und zugleich auch schon fort.

Mama?

Teil II

16

Der nächste Morgen brach an, aber die Sonne vermochte die schwere Wolkendecke kaum zu durchleuchten.

Bereits am Abend zuvor waren Warnmeldungen vom Wetteramt ausgegeben worden. Für die kommenden Tage wurde eisige Polarluft aus nordöstlicher Richtung erwartet. Bis zu achtzehn Zentimeter Neuschnee, Tiefstwerte um knapp zwanzig Grad minus und ein Temperaturtrend, der neue Extremwerte versprach.

Sophia hatte zunächst ihren Vater geweckt, dann ihre Geschwister. Als Erstes hatten sie Dr. Erikson gerufen, der noch bei Dunkelheit ins Haus gekommen war und den Tod bestätigt hatte. Als die Morgendämmerung eisgrau durch die Fenster sickerte, stand Sophia in der Küche und schob Obst, Brot und Marmelade auf einem Tablett zusammen. Niemand sprach laut, alle bewegten sich wie in Watte verpackt.

Im Schlafzimmer im ersten Stock lag Hedda in ihrem Bett und rührte sich nicht mehr. Hin und wieder trat jemand aus der Familie in die Türöffnung und warf einen Blick auf das, was von ihr übrig geblieben war. Es wirkte fast so, als wäre sie noch nicht weit weg. Als bewegte sich ihre Seele – wenn es so etwas denn gab – erst langsam fort von dem Zimmer, in dem ihre Hülle noch lag.

Für Mittag war der Bestatter bestellt worden, der sich um alle Einzelheiten der Beerdigung kümmern sollte. Noch davor aber lag der Besuch Nowotnys, der die vier Geschwister sowie

Ruben im Auftrag Heddas innerhalb der letzten zwei Tage angerufen und gebeten hatte, zum Haus auf Sandwerder zu kommen.

Nowotny – heute schon? Verunsichert hatte Sophia versucht, ihren Vater darauf anzusprechen, aber Artur wirkte so durchscheinend und angegriffen, dass sie nicht weiter in ihn drang. Mit leerem Gesichtsausdruck hatte er ihr zugehört und sich schließlich abgewendet, ohne geantwortet oder auch nur verstanden zu haben, was sie eigentlich sagte. Eine Träne vergießen sah sie ihn jedoch nicht.

Nach dem Frühstück, das sie in der Küche eingenommen hatten, versammelte sich die Familie um den großen Eichenholztisch im Esszimmer. Die vier Geschwister, ihre Partner und Kinder, Artur und Ruben. Nowotny war kurz zuvor eingetroffen.

»Sie müssen wissen«, hob der kleine bebrillte Notar mit dem spärlichen Haar an, als er umständlich seinen Mantel abgelegt und am Kopfende des Tischs Platz genommen hatte, »dass ich persönlich es vorgezogen hätte, wir würden uns erst in ein paar Tagen zusammensetzen. Aber«, und damit warf er Artur, der rechts neben ihm saß, einen Blick zu, »Ihre werte Mutter, Schwiegermutter und Großmutter hat mir gegenüber keinen Zweifel daran gelassen, dass ich noch am Tag ihres Ablebens diese Versammlung hier abzuhalten habe.«

Artur nickte. Sophia sah kurz zu Jannick, aber ihr Bruder erschien seltsam entrückt. Als hätte der Tod seiner Mutter ihn innerhalb von Stunden um Jahre altern lassen. Mit einem Mal kam er ihr selbst fast alt vor, recht unsportlich, mit Haaren, die längst begonnen hatten, grau zu werden, und dicken Säcken unter den Augen.

»Die Einzelheiten, das weitere Vorgehen, genaue Zahlen –

alle diese Details müssen wir allerdings zum Glück jetzt nicht restlos klären«, ging die ruhige, professionelle Stimme des Notars weiter. »Was Ihrer Frau, Herr Laurent«, wieder Blick zu Artur, der – wie Sophia jetzt bemerkte – nicht nur bereits einen Anzug trug, sondern auch eine seiner altmodischen Krawatten umgebunden hatte, »jedoch wichtig war, ist, dass die wesentlichen Eckpunkte ihrer Verfügung bereits heute im engsten Familienkreis besprochen werden.«

Es geht um die Erbschaft. Der Gedanke durchfuhr Sophia, als hätte ihr jemand einen Stromstoß versetzt. *Jetzt? Heute?* Für einen Moment dachte sie, sie müsste aufspringen und aus dem Saal stürzen. Sie konnte sich am Tag, an dem ihre Mutter gestorben war, unmöglich mit so etwas wie der Erbschaft beschäftigen! Sollte doch einfach erst mal Artur alles bekommen, und sie konnten sich dann, wenn Mama begraben und ein wenig Zeit vergangen war, damit auseinandersetzen.

Um wie viel ging es? Ein Vermögen! Und der Bestatter war noch nicht einmal da gewesen, ja Hedda lag noch oben in ihrem Bett!

»... auf den ersten Blick vielleicht fragen, ob eine solche Vereinbarung überhaupt rechtens ist«, redete unterdessen Nowotny weiter, »tatsächlich hat die Vererbende jedoch in dieser Hinsicht alle Vorkehrungen getroffen und mich zudem schon vor Monaten mit der Ausarbeitung der juristischen Rahmenbedingungen beauftragt. Was ich Ihnen heute also mitzuteilen habe, ist nichts, was zur Diskussion steht. Aber ich bin sicher, das ist Ihnen auch vollkommen klar, denn Sie alle kannten Hedda Laurent und ihren bemerkenswerten Durchsetzungswillen ja sehr gut ... Wo war ich?« Er lächelte etwas unbeholfen und schob die Papiere, die vor ihm lagen, zusammen, fuhr dann jedoch, bevor jemand etwas sagen konnte, fort: »Was ich Ihnen also heute zu sagen habe, wird für Sie alle, auch für Sie, Herr Laurent, sicherlich ein wenig überraschend kommen. Gleichwohl ist es eine Regelung, die, wie Sie mir glauben können, einwandfrei beurkundet ist, sowie, das füge ich der Vollständigkeit halber am besten gleich hinzu, absolut durchsetzbar.«

Sophia atmete aus. Das Tanzen der Schneeflocken vor den Fenstern hatte zugenommen, der eisgraue Rasen bereits einen weißen Schleier. Rechts neben sich fühlte sie Zoes Anwesenheit. Letztes Jahr hatten sie eigentlich heiraten wollen, es dann aber doch wieder verschoben – spielte das bei Erbangelegenheiten eine Rolle? Wie konnte Mama Wert darauf gelegt haben, ihnen all diese schrecklichen Fragen heute bereits aufzudrängen?

Sie sah, wie Jannick Theo einen nervösen Blick zuwarf. Theo schien voll und ganz auf die Tischplatte vor ihm konzentriert zu sein. Im Gegensatz zu Jannick wirkte er frisch und noch nicht vollends aller jugendlichen Dynamik beraubt. Gleichwohl kam er ihr an diesem Morgen beinahe vor wie fest umklammert von einer eisernen Faust.

»Lassen Sie mich jetzt zum Kern des Testaments der verstorbenen Hedda Laurent, geborene Glass, kommen.« Nowotny nahm die Brille ab und blinzelte in die Runde. »Wie Sie vielleicht wissen, geht es um ein Vermögen von siebzig bis achtzig Millionen Euro. Der genaue Wert ist von zahlreichen weiteren Faktoren wie Aktienkursen, schwankenden Marktwerten und so weiter abhängig, ich habe jedoch den Finanzexperten unserer Kanzlei gebeten, eine ungefähre aktuelle Schätzung der Vermögenswerte vorzunehmen, und das ist die Summe, die er genannt hat.«

Siebzig bis achtzig Millionen *Euro*.

»Ich werde Ihnen eine Abschrift des Testaments dalassen, damit Sie den genauen Wortlaut auch selbst nachlesen können. Mit allen Zusätzen umfasst das Papier knapp siebzig Seiten. Ich werde deshalb den Kern des Nachlasses mit eigenen Worten erläutern. In den kommenden Tagen werde ich ohnehin rund um die Uhr zu Ihrer Verfügung sein.«

Sophia legte die Hände zusammen. Worauf um Himmels willen steuerte er zu? Hatte Mama ihr Vermögen einem Tierheim gespendet?

»In den drei vor Ihnen liegenden Tagen – ausgenommen Sonnabend, an dem die Beerdigung stattfinden wird – also heute, Donnerstag, morgen, Freitag, und Sonntag werde ich Ihnen täglich genau neun verschiedene Aufgaben mitteilen.« Nowotny hob das zuoberst vor ihm liegende Papier hoch, und Sophia konnte flüchtig erkennen, dass offenbar so etwas wie eine Liste darauf verzeichnet war. »Jede dieser Aufgaben, und hier habe ich den ersten Block, richtet sich an Hedda Laurents volljährige Kinder und Kindeskinder, deren Partner, ihren Mann und ihren Bruder. Also an Artur, Ruben, Jannick, Sophia, Theo, Patricia, Betty, Zoe, Oskar und Natascha, insgesamt zehn Personen. Diese zehn Personen sind auch namentlich hier genannt.« Er legte das Papier wieder vor sich ab. »Bei jeder dieser siebenundzwanzig Aufgaben handelt es sich in gewisser Weise um einen Wettkampf. Wer rennt am schnellsten? Wer singt am schönsten – eine Abstimmung entscheidet das. Derjenige, der in einer Aufgabe gewinnt, derjenige also, dessen Lied am meisten Stimmen erhält, beziehungsweise derjenige, der am schnellsten rennt, bekommt einen Punkt.«

Einen was? Einen Punkt?

»Wer sich weigert, an einer Aufgabe teilzunehmen, bekommt einen Punkt *Abzug*. Der- oder diejenige, der oder die am Ende des Wettkampfs die meisten Punkte gesammelt hat, wird das gesamte Vermögen von Hedda Laurent erben. Fragen Sie mich nicht«, beeilte sich der Notar angesichts des einsetzenden Gemurmels hinzuzufügen, »wieso sich Frau Laurent entschieden hat, diesen Weg zu wählen. Ich bin sicher, Sie kennen sie sehr viel besser als ich, und wenn Sie sich innerhalb der Familie darüber unterhalten, werden Sie im Lauf der Zeit vielleicht verstehen, warum sie dieses Testament gemacht hat. Alles, was ich Ihnen zu diesem frühen Zeitpunkt sagen kann, ist, dass das Testament rechtsgültig ist, dass also die genannte Erbmasse dem Gewinner des Wettbewerbs zufallen wird, und dass ich bereits heute Nachmittag mit der Verkündung der ersten Aufgabe beginnen werde.«

17

»Wusstest du das, Papa? Wusstest du davon?«

Jannicks Haltung wirkte angriffslustig – und zeigte zugleich doch auch, dass er sich seinem Vater, der da zusammengeschnurrt und zerbrechlich vor ihm stand, immer ein wenig unterlegen gefühlt hatte.

»Ich wusste, dass eure Mutter mehrfach Nowotny hierher hatte kommen lassen, dass sie ein Testament aufsetzen ließ. Was genau darin stand, jedoch nicht.«

»Aber ihr habt doch sonst keine Geheimnisse voreinander gehabt«, warf Sophia ein, die mit Artur und Jannick auf dem kleinen Golfcart, der zu dem Haus gehörte, zum Waldrand gefahren war, um Kaminholz zu holen. »Oder etwa doch?«

Nowotny hatte das Anwesen vor einer guten halben Stunde verlassen.

Artur sah seine Tochter an und lächelte schief. »Wie lange bist du mit Zoe jetzt zusammen? Sechs Jahre? Fünfzig Jahre Ehe, oder wie viel das inzwischen waren … das ist was anderes.« Er beugte sich zu dem Holzstapel und begann, ein paar Scheite auf seinem Arm aufzuschichten.

»Und wie stellst du dir das jetzt vor?« Jannick griff ebenfalls ein paar Brocken.

»Nowotny hat es doch erklärt. Neun Aufgaben, drei Tage lang jeden Tag. Dann wissen wir mehr.«

»Ich soll einen Wettlauf machen, einen Gesangswettbewerb …«

»Davon geht doch die Welt nicht unter, Jannick.« Artur warf seine Scheite auf die kleine Ladefläche des Carts.

»Und wer die meisten Punkte hat, erbt.« Jannicks Stimme war verzerrt. »Das Haus hier, die Mietshäuser – alles. Was … warum … ich meine, ich wusste überhaupt nicht, dass Mama so … so wütend war! Sie hat uns gehasst. Ist es das? Wusstest du das, Papa?«

Arturs fein geschnittenes Gesicht wirkte angespannt. »Eure Mutter hat sich ihr Leben lang für diese Familie … ja, vielleicht sogar aufgeopfert. Sie hat alles für mich und euch vier Kinder gegeben. Sie hat die Mietshäuser von ihrem Vater geerbt. Es stimmt schon, vielleicht ist sie nie hundertprozentig glücklich damit gewesen, nicht selbst berufstätig gewesen zu sein, sondern nur für die Familie gelebt zu haben. Offenbar wollte sie ihr Erbe jetzt nicht einfach so weitergeben. Das … nun gut, es stimmt schon, in der Richtung hat sie schon mal was gesagt. Oder nicht wirklich gesagt, aber angedeutet. Sie will, dass ihr es euch verdient. Zumindest glaube ich jetzt, angesichts dessen, was uns Nowotny eröffnet hat, ihre Andeutungen von vor ein paar Monaten so zu verstehen.«

»Und du musst ausziehen, wenn du nicht gewinnst?« Sophia hatte sich gegen einen Kotflügel des Golfcarts gelehnt.

»Ach, aber wieso denn?« Energisch wischte Artur ihre Frage beiseite. »Ihr müsst das nicht so verbissen sehen. Wir machen die Aufgaben, sehen, wie es ausgeht, und dann können wir immer noch alles anders entscheiden.«

Die emotionalen Verwerfungen, die Begegnung mit dem Tod, die Anwesenheit aller Kinder, die vergangenen Monate des Wachens an Heddas Krankenbett hatten Arturs Erscheinung ein fast gespenstisches Aussehen gegeben.

»Ich will sowieso nicht allein in dem Haus wohnen, aber

auch wenn«, fuhr er fort. »Wer erbt, kriegt so viel, da kann er oder sie mich auch einfach hier wohnen lassen. Wobei ... das ist mir alles, ehrlich gesagt, herzlich gleichgültig. Viel Zeit bleibt mir ohnehin nicht mehr.«

Uns aber schon, musste Sophia denken.

Jannick warf eine weitere Ladung Holzstücke auf den Wagen. »Du meinst, es ist eher eine Art Spiel, bei dem es bloß um zig Millionen Euro geht? War sie schon ein bisschen verwirrt vielleicht, als sie das Testament gemacht hat?«

»Vielleicht ein bisschen?« Artur ließ die Arme hängen, und für einen Moment fiel Sophia die Ähnlichkeit zwischen ihrem Bruder und ihrem Vater auf. »Was ich vor allem nicht will«, sagte der alte Mann jetzt, »ist ein Streit unter uns um das Erbe.«

»Aber das genau scheint Mama ja im Sinn gehabt zu haben.« Jannick sah ihn an.

»Glaube ich nicht«, gab Artur zurück. »Sie wollte nicht, dass der ganze Geldsegen euch einfach so in den Schoß fällt. Ihr sollt euch ein bisschen anstrengen. Und am Ende kann doch der, der das Erbe bekommt, den anderen was davon abgeben. Genug ist es ja.«

Ach so? Sophia fühlte, wie sehr dieser Gedanke sie erleichterte. Ihr Vater hatte recht. Was wie eine fürchterliche Auseinandersetzung auf sie gelauert zu haben schien, könnte sich am Ende als halb so schlimm herausstellen.

»Na gut.« Ihr Vater schaute zu ihr. »Fahr du mit Jannick zurück, Sophia, ich gehe zu Fuß. Ich schnupper gern noch ein bisschen frische Luft, bevor es nachher losgeht.«

Sophia nickte und schwang sich hinter das kleine Steuerrad. Der Wagen schwankte, als Jannick seinen massigen Leib in den Beifahrersitz warf. Sie trat das Gaspedal durch, und der kräftige Elektromotor trieb das Mobil an dem Holzplatz vorbei, zurück auf die große Rasenfläche.

Vor ihnen zeichneten sich die Giebel und Türmchen der Villa Sandwerder vor dem grauen Novemberhimmel Berlins ab.

»Wettlauf«, schnaubte Sophia. »Wie soll ich da gegen dich gewinnen, Janni?«

Er antwortete nicht. Sie sah ihn von der Seite an. Aber Jannick schien vollkommen in Gedanken.

»Ich freu mich, dass wir uns endlich mal wiedersehen, großer Bruder«, hob sie noch einmal an.

Er sah kurz zu ihr, die Augen zu Schlitzen verengt. »Hm, auf jeden Fall.«

Ihr Wagen holperte über eine Kuhle im Sandweg, die Scheite polterten durcheinander.

Es wird sich niemals ändern, ging es ihr durch den Kopf. *Egal wie alt wir sind.*

»In der Bank alles gut?«, fragte sie.

»Bestens.«

»Hör mal, Janni …«

»Nicht«, fiel er ihr rasch ins Wort, »lass es.«

»Was denn?«

Keine Antwort. *Gleich sagt er, ich soll anhalten, er will laufen.*

Sie beschloss, es noch mal anders zu versuchen. »Betty und die Kinder sehen wirklich toll aus. Wenn du willst, kann eins von ihnen ja mal ein Praktikum bei uns im Restaurant machen oder so. Wäre das nicht vielleicht was?«

Sie fühlte, was sie immer neben ihrem großen Bruder gefühlt hatte. Eine seltsame Euphorie, die zugleich vergiftet war von dem Bewusstsein, immer kurz vorm Auseinandergehen zu stehen. Eine Zeitlang waren sie und Jannick unzertrennlich gewesen. Aber während sie es genossen hatte, hatte sie zugleich gespürt, wie sehr er darunter gelitten hatte. Wie er darum bemüht gewesen war, Abstand von ihr zu gewinnen. Etwas, das ihm endgültig gelungen war, als er Betty kennengelernt hatte.

»Ich glaube, Betty hat schon andere Pläne mit den Kindern«, murmelte er. »Aber danke.«

»Betty entscheidet das alles allein?«, hörte sie sich zischen, durchflutet von der Genugtuung zu wissen, wie sehr die kleine Bemerkung ihn wütend machen musste.

»Halt mal kurz, Sophia.«

Aber wieso denn, wir sind doch gleich beim Haus.

Sie wollte einfach weiterfahren, aber seine Hand griff hart ins Steuer, riss es herum – der Wagen kippte leicht nach rechts, fiel dann jedoch schwer zurück auf alle vier Räder. Innerhalb eines Sekundenbruchteils war ihr das Adrenalin in den Kopf geschossen, und sie fühlte ihr Herz in ihrer Brust stampfen, das Blut in den Ohren rauschen.

»Wenn du mir drohst, Schwesterchen«, Jannicks kräftiges Gesicht war dicht vor ihr, sie konnte das Blitzen in seinen Augen sehen, »mach ich dich fertig.«

Wenn du mir drohst …

»Lass meine Familie in Ruhe.« Seine Stimme war hart wie gefrorener Boden. »Lass die Vergangenheit ruhen, Sophia, klar?«

Seine Wut und Entschlossenheit nahmen ihr fast den Atem. Sie starrte ihn an, das Herz in der Kehle, und fühlte plötzlich so etwas wie Glücksgefühl in sich aufsteigen.

»Ich erzähl Betty gern mehr von uns, Janni, wie willst du das denn verhindern?«

Sie konnte es in seinen Augen ablesen. Die Ohnmacht, die

Angst, die Verletzlichkeit. Mit einem entschiedenen Stoß gegen seine Brust verschaffte sie sich Luft und drehte das Steuer zurück Richtung Haus.

»Keine Angst, Janni, du bist bei mir sicher.«

Knirschend rollten die Gummiräder zurück auf den Weg.

18

Sechs Monate vor Totensonntag

»Diese Plaques – das Schlimme daran ist, dass sie unauflöslich sind, Hedda. Hast du nicht zugehört, als Erikson das erklärt hat?«

Artur sah seine Frau an. Wie lange waren sie jetzt verheiratet? Eine Ewigkeit. Er hatte mit angesehen, wie aus dem wachen, intelligenten Gesicht, das sie als junge Frau gehabt hatte, das Gesicht einer alten Frau geworden war. Sie war vielleicht nicht im eigentlichen Sinne schön gewesen, wie man eine Schönheitskönigin oder eine makellose Schauspielerin schön fand – aber es hatte ihn wie ein Schlag getroffen, als er sie zum ersten Mal gesehen hatte. Der unbestechliche Blick? Die Feinheit der Züge? Das Eigenwillige? Was genau es gewesen war, hatte er nie zu ergründen vermocht. Eins aber wusste er: Dass der Zug an ihr, der ihn von Anfang an in den Bann geschlagen hatte, auch jetzt noch erkennbar war. Natürlich war ihr Gesicht nicht mehr so strahlend wie damals, als es auf ihn gewirkt hatte, als würde er die Kontrolle über sein eigenes Leben verlieren, aber er sah das Leuchten noch immer in ihren Augen, und somit erschien sie ihm im Grunde genommen noch immer so anziehend wie damals.

Ihre Antwort auf seine Frage allerdings hatte er überhört.

»Die Zellen schaffen es einfach nicht, diese Ablagerungen loszuwerden«, fuhr er fort in seiner Überlegung, »und diese

Plaques, diese Ablagerungen, stören die Reizübertragung zwischen den Hirnzellen. Ein Albtraum! Was du erlebst, ist eine … naja, wenn man die Dinge beim Namen nennen will, muss man schon sagen: eine krankhafte Veränderung deines Gehirns. Kein Wunder, dass du unruhig bist.«

Sie hatte den Blick von ihm abgewendet und auf ihre geschundene Hand gerichtet, die zusammen mit der anderen auf dem dunkelblauen Rock in ihrem Schoß lag.

Sie nickte, und er sah, dass ihre Augen sich mit Tränen füllten. Artur stand auf, trat an den Sessel, in dem sie saß, und legte seinen Arm um sie.

»Die Gedächtnisleistung verschlechtert sich«, kamen ihm Eriksons Worte wieder in den Sinn, »das Denkvermögen verschlechtert sich und die Urteilsfähigkeit auch. Natürlich ist das eine Art Persönlichkeitswandel. Ihre Frau verändert sich, Herr Laurent, und wenn sie Ihnen grantig, misstrauisch und aggressiv vorkommt, so liegt das daran, dass sie spürt, wie ihr die Welt in gewisser Weise entgleitet. Sie hat Angst, sie ist desorientiert, ihre Hirnrinde schrumpft, und es gelingt ihr nicht immer, die Emotionen, die damit einhergehen, zu kontrollieren. Das äußert sich in den Schreien, es kann sich aber auch äußern in Schlägen. Ihre Frau fühlt sich hilflos und überfordert. Achten Sie darauf, sie nicht zu sehr mit ihren Defiziten zu konfrontieren.«

»Ich liebe dich trotzdem«, murmelte er.

»Trotzdem?« Ihr Blick hob sich, und sie sah ihn mit tränenverschleierten Augen an. »Trotz was, Artur? Was habe ich denn getan?«

»Ich sage doch, ich liebe dich – du hast nichts getan.«

»Trotz was, Artur? Weich mir nicht aus.«

»Herrje, trotzdem, trotzdem – das war ein Scherz, Hedda.

Weißt du, dass ich dich liebe, oder weißt du es nicht? Und zwar egal, was du machst.« Er konnte es an ihrem Blick erkennen: Sie wusste es. »Ich liebe dich, obwohl du die ganze Nacht geschrien hast und nicht mehr zu beruhigen warst.«

Ihr Gesicht zog sich zusammen, als hätte er sie angebrüllt.

»Erikson hat es erklärt, Hedda, es sind diese Plaques …«

Sie stieß ihn zurück und barg ihr Gesicht in den Händen. »Es sind nicht die Plaques oder wie immer das heißt. Es ist falsch, Artur … alles. Mein Leben … du weißt das. Es war falsch. Ich habe …« Ihre Stimme verlor sich. »Alles falsch gemacht, und jetzt ist es zu spät, das zu ändern«, kam es nach einer Weile unter den Händen hervor, und sie klang wie die junge Frau, in die er sich vor etlichen Jahrzehnten verliebt hatte.

»Mit uns, mit mir und den Kindern – das war alles falsch?«

»*Ja*, etwa nicht?« Sie stemmte sich aus dem Sessel hoch. »Was willst du denn hören? Du hast immer gemacht, was du wolltest. Keinen Fingerbreit bist du abgewichen von deinem Weg, Artur. Du *weißt*, dass es nicht richtig war. Ja, ich war zu schwach, etwas zu ändern, aber du warst derjenige – auch das weißt du genau –, der mich schwach gemacht hat. Und daran hast du nichts geändert, weil du grausam bist. Rücksichtslos. Selbstverliebt.«

Sie ist nicht sie selbst, ging es ihm durch den Kopf.

Er versuchte sie erneut in seine Arme zu schließen, aber sie stieß ihn von sich, und er konnte sehen, wie sehr ihre nie wieder richtig zusammengewachsene Hand dabei schmerzte.

»Altersbosheit?!«, schrie sie, und er zuckte zusammen.

Für einen Augenblick schien die Hedda, die er kannte, das Zimmer verlassen zu haben und an ihre Stelle eine andere

Greisin getreten zu sein, die mit seiner Frau nur das Aussehen gemein hatte.

»Ich bin nicht böse – ich muss mich gegen euch wehren! Hätte ich das bloß früher getan. Soll ich mich auch jetzt noch von dir aussaugen lassen, wo ich nur noch Haut und Knochen bin und rund um die Uhr Schmerztabletten schlucke? Willst du mein Geld, Artur, ist es das? Lauert ihr *gemeinsam* auf das Erbe?«

Sie zitterte am ganzen Leib und stützte sich mit beiden Händen auf die Lehne des Sessels, in dem sie gesessen hatte. »Willst du mir einreden, da sind Plaques in meinem Kopf? Während mir in Wahrheit nur eure Geldgier zu schaffen macht?!«

Die Angst schien in ihr zu lodern. Angst vor dem Außen, das sie nicht kontrollieren konnte. Angst vor dem Innen, vor sich selbst, denn sie spürte, dass sie sich auf sich selbst ebenfalls nicht mehr verlassen konnte.

»Wir haben dir dein Leben gestohlen, Hedda? Glaub das nicht. So einfach ist das nicht.«

»Du weißt, dass es so ist, Artur, du widerst mich an. Hört uns jemand zu? Niemand ist heute im Haus außer uns. Sag es, spuck es aus, sprich es aus. Sag, dass genau das passiert ist. Du – nicht die Kinder – *du* hast mir mein Leben gestohlen, und jetzt lauert ihr gemeinsam aufs Erbe. Aber genau diesen Gefallen werde ich euch nicht tun. Ich kann nicht mehr aufrecht stehen, meine Hand ist verknotet, ich habe verfluchte *Plaques* im Gehirn. Ja? So sei es denn! Das wird mich nicht abhalten, euch die Suppe zu versalzen. Gott ist mein Zeuge« – jetzt rannen ihr die Tränen übers Gesicht, und die Verzweiflung darüber, ein falsches Leben gelebt zu haben, schien Hedda fast zu zerreißen – »dass es nicht recht war, wie du mich gezwungen hast, die Kinder in die Welt zu setzen.«

19

58 Stunden vor Totensonntag

»Ich weiß nicht, was soll es bedeuten,
dass ich so traurig bin.
Ein Märchen aus alten Zeiten,
das kommt mir nicht aus dem Sinn.«

Sie *sang*. Kaum waren die ersten Töne erklungen – ganz ohne Begleitung, nur Pattys Stimme – war Theo ein Schauer über den Rücken gelaufen. Richtig, auch früher hatte Patty manchmal gesungen, auch damals schon, noch als Kind, war er davon wie verzaubert gewesen. Ihre ganze Erscheinung schien sich zu verändern, wenn sie sang, gerade als würde sie schweben. Alle Sinne nach innen gekehrt, ganz darauf konzentriert, einer inneren Stimme zu lauschen, die ihr vorgab, wie sie es anstellen musste, so schön zu klingen.

Sie hatten sich im großen Kaminzimmer versammelt, und das Singen war bereits die zweite Aufgabe. Begonnen hatte es mit einem Wettlauf.

Ein Wettlauf?

Ruben hatte nur den Kopf geschüttelt. Es fiel ihm schwer, überhaupt ein paar Meter, an seinen Stock geklammert, zu laufen, und jetzt sollte er bei einem Wettrennen mitmachen? Auch die Frauen waren verstimmt gewesen, weil sie den Männern in dieser Runde unterlegen sein würden. Oskar hingegen war sogar in sein Zimmer gegangen, um seine Turnschuhe anzuziehen, die er für sein tägliches Joggen mitgebracht hatte. Tausend Meter, hatte Nowotny verkündet, der eigens zur Bekanntgabe der Aufgabe angerufen hatte. Daraufhin hatten sie die Strecke abgemessen, vom Haus bis fast zum Waldrand. Mitgemacht hatten schließlich doch alle, sogar Ruben hatte sich an den Startpunkt begeben, um ja keinen Strafpunkt zu kassieren. Sie hatten sich gegenseitig aufgezogen, und Jannick hatte es übernommen, das Startkommando zu geben. Theo war losgetrabt – nur um kurz darauf Jannick vor sich zu sehen, der es wie Oskar offensichtlich doch nicht ganz so locker nahm, wie es zuerst den Anschein gehabt hatte, und ziemlich losgesprintet war.

»Es ist doch nur ein Traum
Das bloße Haschen nach dem Wind.
Wer weiß es schon genau?
Die Uhr an deiner Wand
Sie ist gefüllt mit Sand.«

Zu Asche, zu Staub – der Kultsong aus *Babylon Berlin*. Zoe war dran, und auch sie sang nicht schlecht. »Jeder trägt ein Lied vor, am Ende wird abgestimmt, wer am besten war«, hatte die Anweisung Nowotnys gelautet. Patty saß inzwischen wieder, und Zoe hatte sich neben dem Kamin aufgebaut. Woher konnten sie alle diese Lieder?

Theo verschränkte die Arme vor der Brust. Was für ein Irrsinn! Den Wettlauf hatte Oskar für sich entschieden. Und jetzt Singen? Theo konnte sich nicht erinnern, überhaupt in seinem Leben schon mal was vorgesungen zu haben. *Alle meine Entchen*? Er wusste ja nicht einmal den *Text* eines Liedes! Geschweige denn die Melodie. Und singen konnte er schon mal gar nicht. Aber sollte er sich wirklich weigern? Den Punktabzug kassieren?

Siebenundzwanzig Aufgaben in drei Neuner-Blöcken. Und er kam sich jetzt schon ausgelaugt und verloren vor. Was würde noch alles kommen? Da war ja das Laufen noch besser gewesen. Wenigstens nicht so peinlich. Ein bisschen ins Zeug gelegt hatte er sich dann ja doch. Wovon ihm jetzt noch die Muskeln wehtaten. Tatsächlich aber war nicht daran zu denken gewesen, Oskar noch einzuholen.

Er sah Zoe dabei zu, wie sie sich wieder setzte. Als Nächstes war Jannick dran, dann er selbst. Theo spürte, wie der Blick seines Bruders ihn streifte. Jannicks Gesicht schien zu glühen. Unwillkürlich musste Theo daran denken, dass ihre Mutter einmal auf die Idee gekommen war, sie reihum vorm Abendessen eine Rede halten zu lassen. Ein bisschen kam ihm das jetzt genauso vor. Auch damals waren sich er und Jannick entsetzlich dämlich vorgekommen, während sich die Schwestern ganz gut geschlagen hatten.

»*Im Licht liegt die Wiese so sommerlich warm*«, fast sprach Jannick mehr, als dass er sang, »*der Hirsch läuft in Freiheit waldein.*«

Theo kannte den Text. *Cabaret.* Einer der Songs von Kander und Ebb, den viele inzwischen allerdings für ein echtes Nazipropagandalied hielten. Blixa Bargeld hatte es ein paarmal gesungen, und Theo konnte sich daran erinnern, dass er mit Jannick Ende der Achtzigerjahre das Lied in Kreuzberg bei einem Konzert gehört hatte.

»*Doch sammelt Euch alle, der Sturm ist nah,*
der morgige Tag ist mein.«

»Der morgige Tag ist mein«. Was für eine Ansage. Beeindruckt sah Theo seinem Bruder dabei zu, wie er den Refrain hervorstieß. Und im gleichen Moment schoss ihm noch ein anderer Gedanke durch den Kopf.

Wieso kann Jannick das so gut? Singen ist doch nie Jannicks Stärke gewesen!

Wusste er, dass es diese Aufgabe geben wird?

»Theo?«

Er zuckte zusammen.

»Du bist dran.«

Theo fühlte, wie sich die Blicke der anderen auf ihn richteten.

Der Augenblick dehnte sich.

Er sah das seltsam weiche Gesicht des Bestatters vor sich, der vorhin da gewesen war. Eine knappe halbe Stunde lang hatte der Mann sich mit zwei Gehilfen im Zimmer der Toten aufgehalten. Dann waren sie noch einmal hereingebeten worden. Ihre Mutter hatte nicht mehr in ihrem Krankenbett gelegen, sondern in einer Art Tragesarg, der auf dem Boden neben dem Bett stand. Theo war aufgefallen, wie anders Hedda plötzlich ausgesehen hatte. Sie hatte sich gegen die fremden Handgriffe des Bestatters und seiner Helfer nicht wehren können. Ihre Hände waren auf dem Bauch gefaltet, ein Blumensträußchen zwischen die Finger gefädelt. Das Gesicht war noch immer das Gesicht seiner Mutter gewesen, seiner gestorbenen Mutter, und doch hatte es gewirkt, als hätte sich etwas anderes, Fremdes, ihrer Hülle bemächtigt. Der Tod. Der die Bestattungsspezialisten als Handlanger hatte.

»Wie die Frösch quak quak,
wie die Frösch quak quak
die haben ja kein Haar,
die brauchen sich nicht zu kämme-lemme-lemm,
das ist ja wunderbar.«

Als hätte sich auch seiner etwas anderes bemächtigt. Das jetzt aus ihm herausquakte, als hätte er sich selbst in einen riesigen Frosch verwandelt, *der nichts anderes ist als der Tod in Froschgestalt.*

Theo verstummte, und die Laute, die er von sich gegeben hatte, schienen noch im Raum zu hängen.

Ich habe singen sollen – bitte sehr, wollte er die anderen anschreien, deren Blicke auf ihm ruhten, als würden sie einen interessanten Käfer betrachten.

Mama war nicht mehr sie selbst.

Als er sie mit den Blumen in den toten Händen auf der Bahre hatte liegen sehen, war dies nur der letzte Schritt eines Verwandlungsprozesses gewesen, der lange davor bereits eingesetzt haben musste. Oder etwa nicht? War es nicht so? Er und seine Geschwister zappelten wie Marionetten an Fäden, die eine verwirrte Greisin – inzwischen eine Tote! – in den Händen hielt.

Er sollte das alles nicht tun. Er sollte mit dem nächstbesten Boot übersetzen und die Stadt verlassen. Vor der Beerdigung?

Und dann fühlte er noch einen anderen Gedanken in sich aufwallen, von dem er sich so weit wie möglich fortwünschte, der ihm aber anklebte wie eine ordentliche Ladung Vogeldreck.

Und die Achtzehntausend?

Die Scham nahm ihm fast den Atem. Wegen der Achtzehntausend lief er nicht davon?

»Na schön. Jetzt die Abstimmung. Ich bin für Patty«, hörte er Jannick sagen.

»Ja, Patricia war sehr schön«, pflichtete Betty ihrem Mann bei.

Theo nickte. Selbst Zoe schien plötzlich für Patty stimmen zu wollen, nur Sophia fand, Zoe sei besser gewesen.

»Gibst du Nowotny Bescheid, Sophia?« Wie selbstverständlich nahm Jannick die Rolle des Moderators ein. »Damit wäre dann ja auch schon die zweite Aufgabe geschafft«, fuhr er fort, als Sophia nickte. »Frag ihn doch gleich, was die dritte Aufgabe ist.«

Sophia nahm ihr Handy ans Ohr.

Sie spielen sich die Bälle zu, musste Theo denken. *Jannick und Sophia. Wie immer!*

»Was?«, tönte Rubens Stimme ärgerlich aus dem Sessel, in dem der alte Mann Platz genommen hatte. Aber er hatte sich nicht an Theo, sondern an Sophia gewendet, die gerade mit Nowotny sprach.

»Wer der oder die Schönste ist«, flötete sie, »wir sollen abstimmen.«

»Na gut«, ergriff Jannick das Wort, bevor jemand anderes etwas sagen konnte, »ich schlage vor, wir sehen uns in einer knappen Stunde wieder, um das zu entscheiden.«

20

Theo schlenderte den Gang hinunter. Nachdem er die letzten zwei Nächte praktisch durchgewacht hatte, war er ziemlich erschöpft und wollte die Pause nutzen, um sich kurz langzumachen.

Das schöne Parkett auf dem Boden, die Wände mit dunkelgrünen Seidentapeten bespannt. Er war achtzehn gewesen, als er das Haus verlassen hatte, seine Erinnerungen an die Villa von damals waren inzwischen nur noch vage, aber viel schien sich nicht verändert zu haben.

Er blieb stehen und sah sich einen der Stiche an der Wand näher an. Mächtige Wellen türmten sich auf, Fischungeheuer streckten ihre wulstigen Mäuler aus den Fluten. Hoch aufgerichtet mit einem Dreizack in der Faust: Neptun, das Haar wie geronnenes Wasser, der Blick auf den Betrachter gerichtet.

Er ging weiter. Hinter ihm waren die Stimmen der anderen zu hören, von denen ein Teil im Salon geblieben war, die übrigen waren auf dem Weg in die Zimmer. Durch das Fenster am Ende des Gangs fiel sein Blick in den Garten, das Schneetreiben dauerte noch immer an, die Farben waren erloschen zu schwarzweißen Schattierungen.

Er gelangte ins erste Stockwerk. Dunkel konnte er sich daran erinnern, als Junge oftmals stundenlang durch die Gemächer des verschachtelten Baus getobt zu sein. Manchmal allein, meistens aber mit den Geschwistern.

Fahl glommen Wandleuchter in dem Korridor, den er erreicht hatte, fast kamen sie ihm wie bleiche Arme vor, die aus der Mauer ragten und in den Fäusten Lampen trugen. An die Stelle der Stiche waren hier oben Fotografien getreten. Berlin, noch gezeichnet von den Verwüstungen des Weltkriegs, in den ausgeblichenen Kodachromefarben vergangener Zeiten. Der Kurfürstendamm. Strandbad Wannsee. Richtfest in einer futuristischen Satellitenstadt.

Als er ein gerahmtes Foto des damals kuppellosen Reichstags näher in Augenschein nahm, fiel ihm eine Kerbe auf, die sich in der Wand rechts und links davon befand. Er trat einen Schritt zurück und stellte fest, dass die Kerbe ein Rechteck beschrieb. Breit und hoch wie eine Tür. Aber ohne Klinke oder Schloss. Vorsichtig drückte er dagegen und konnte fühlen, dass das Foto offenbar auf einer Holzplatte hing, die an dieser Stelle in eine Maueröffnung eingepasst war. Bespannt allerdings mit der gleichen Tapete, die auch die übrige Wand bedeckte, sodass es nicht gleich auffiel.

Aber ja doch, die »Geheimtür«, wie sie diese Pforte damals genannt hatten, natürlich!

Theo ließ sich auf die Knie nieder und fuhr mit der Hand über die Scheuerleiste, erspürte den kleinen Griff, der daran angebracht war – und zog.

Lautlos schwenkte die Holzplatte auf und enthüllte einen tiefschwarzen Gang. Vom Licht des Flurs matt beschienen, tanzten winzige Staubpartikel darin.

Ob Jannick sich daran noch erinnerte?

Er richtete sich wieder auf und trat in den Stollen. Die Luft war so staubig, dass er sie regelrecht schmecken konnte. Zögerlich tastete Theos Hand über die dunklen Wände und erspürte die unverputzten Klinkerbausteine. Am liebsten hätte er die Holztür blockiert, um wenigstens ein bisschen Licht von draußen hereinzubekommen, aber eine Fotografie dafür abzuhängen, erschien ihm übertrieben, und etwas anderes Passendes war gerade nicht zur Hand. Also ließ er die Tür hinter sich zufallen und tapste – nun vollends von Dunkelheit umschlossen – durch den Gang weiter.

Blieb stehen.

Und hörte sich atmen.

Wie damals.

Als Kind.

Sie hatten ihm die Augen verbunden. Jannick und Sophia. Patty war schon auf der Welt gewesen, aber ganz klein noch. Wenn er sich richtig erinnerte, hatte sie in ihrem Gitterbettchen geschlafen. Die Eltern waren auf einer ihrer ewigen Abendeinladungen gewesen. Erst hatte Theo das nicht gewollt. Aber sich dann doch breitschlagen lassen, angesteckt von der Begeisterung, die Jannick und Sophia ergriffen zu haben schien.

»Du wirst sehen, es ist völlig anders. Erst findet man sich kein bisschen zurecht, aber dann wird man hellhörig wie ein Fuchs.« Jannick war damals vielleicht fünfzehn gewesen, Sophia dreizehn?

Blind und hilflos war Theo durch den Flur gekrochen, das ganze Haus hatte wie ein Ungeheuer auf ihn gewirkt, das nur darauf wartete, ihn zu verschlingen.

Er fühlte, wie die Wand zu seiner Linken endete, umtastete eine Ecke, und schob sich weiter. Blinzelte und sah auf. Milchig. Abgeblättert. Aber fast den ganzen Querschnitt des Gangs einnehmend: Eine Scheibe. Glas. Seit Jahrzehnten nicht mehr geputzt.

Und dahinter? War schemenhaft eine Bewegung zu erkennen.

Theo atmete durch. Die Scheibe war so verstaubt … er trat

noch einen Schritt heran – bis sein Blick mit einem Mal nicht mehr auf dem Staub hängen blieb, sondern das Glas dahinter durchbrach.

Eine Frau. Der Schemen auf der anderen Seite. Das Haar offen. Gehüllt in den fließenden Stoff eines dünnen Morgenrocks. Sie stand vor einem Schminktisch, der sich in dem Zimmer befand, in das Theo hineinschauen konnte, und hatte dem Glas, hinter dem er aufragte, den Rücken zugewandt.

Hat sie mich gehört?

Mit einem Mal wusste er es wieder genau. Schon als Junge hatte er sich hierhergetastet, war an das Ende des Gangs gelangt und hatte die Augenbinde abgenommen. Die Scheibe – das Glas. Von dem Zimmer aus war es keine Glastür, sondern ein Spiegel. Mannshoch. Uralt. Fast blind.

Seine Nase berührte die Scheibe.

Zoe. Sie war allein. Langsam drehte sie eine Schulter der Schminktoilette zu, den Blick unverwandt auf ihr Spiegelbild gerichtet. Theos Blick folgte dem Bogen ihrer Schulter. Und mit einem Mal wurde ihm klar, dass sich darüber – über der Spiegelung ihrer Schulter in der Frisiertoilette – der Spiegel zeigte, hinter dem er selbst stand. Dort aber war nicht er *hinter* dem Glas zu erkennen, sondern Zoes Rücken und Seite darin. Sie stand zwischen beiden Spiegeln, um sich von allen Seiten betrachten zu können. Eine Hand auf ihrem Schenkel, der nackt und seidig durch den Spalt ihres Morgenmantels hindurchgeglitten war, eine Hand auf dem Brustbein.

Er fühlte, wie ihr Anblick ihm zusetzte. So selbstvergessen, wie sie ihre Reize prüfte, war sie von beinahe überwältigender Schönheit.

Er sollte gehen!

Sie löste sich von dem Schminktisch, nun ganz dem Einwegspiegel zugewandt, und kam durch das Zimmer auf ihn zu. Die Augen in Selbstbetrachtung versunken, die Pupillen geweitet. Beide Hände jetzt sanft um die Aufschläge des Morgenrocks gelegt. Sodass sich ihre schweren Brüste unter dem Stoff abzeichneten und das winzige Höschen zum Vorschein kam, das sie noch trug.

Kurz vor dem Spiegel blieb sie stehen. Ihr Blick verfestigte sich. Eine Falte durchschnitt senkrecht die Stirn.

Er hielt die Luft an. Jetzt schien es, als versuchte sie, mit dem Blick das Glas zu durchdringen. War der Spiegel so alt inzwischen, dass man, wenn man genau hinsah, doch auch von ihrer Seite aus hindurchschauen konnte?

Er konnte sich erinnern, dass er als Kind die Augenbinde wieder übergestülpt hatte und weiter durchs Haus getappt war. Bis er mit einem Mal ein leises Wispern vernommen hatte. Ein Wispern, dem er gefolgt war. Sodass er von diesem Moment an nicht mehr zu sehen brauchte, sondern nur vom Hören gelenkt wurde.

Sie waren in der Bibliothek gewesen. Lautlos hatte er sich mit verbundenen Augen bis zur Tür der Bibliothek geschlichen. Jannick und Sophia. Die Stimmen gedämpft und gepresst vor Aufregung. Was sie miteinander flüsterten, hatte er nicht verstehen können. Und doch … irgendetwas an ihren Stimmen hatte ihn irritiert. Seltsam berührt. Als gäbe es da etwas, das er nicht hören sollte. Hatten sie ihm deshalb die Augen verbunden?

»Theo? Bist du das?« Zoe hatte eine Hand über die Augen gelegt, um die Reflexion abzuschatten, und spähte unter der Handfläche hindurch zu ihm in den Gang.

Einen Moment lang wagte er es nicht, sich zu rühren. Lachen! Sich entschuldigen! Oder einfach den Rückzug antreten!

Wie gelähmt sah er Zoes andere Hand nach dem Knauf greifen, der sich auf ihrer Seite an dem Einwegspiegel befand, und die Spiegeltür langsam aufziehen. War das ein triumphierendes Lächeln?

Sie weiß, wie schön sie ist.

»Gefalle ich dir?« Es war fast nicht zu hören, aber er konnte sehen, wie sich ihre Lippen, die sie bereits geschminkt hatte, bewegten.

Sie hat sich zurechtgemacht für die bevorstehende Wahl.

Als wäre nichts weiter dabei, griff sie nach seiner Hand und legte sie sich auf den schlanken Bauch, dass er fühlen konnte, wie sich ihre Muskeln unter der glatten Haut anspannten.

Was möchtest du jetzt mit mir machen?, schien sie zu fragen, aber zu hören war nichts als ihr leises Atmen.

Seine Hand lag auf ihrem Bauch, und das war richtig so.

»Und?« Ihr Blick hielt ihn fest. »Bin ich die Schönste?«

Ja.

21

Er schrak hoch. Das Laken verknüllt zwischen den Beinen. Das Herz ein dumpfer Schlaghammer. Von der unfreiwilligen Erregung gepackt.

Verwirrt stemmte Theo sich von der bloßen Matratze hoch. Draußen war es taghell. Sie waren auseinandergegangen, eine Zeitlang war er durch die Villa geirrt, dann auf dem Bett in seinem Zimmer fest eingeschlafen.

Zoe.

Er griff sich an die Nasenwurzel. Was war bloß los mit ihm?! Die Rückkehr in dieses Haus. Die Geschwister. Der Tod der Mutter. Es war alles auf ihn eingeprasselt, er hatte es geschehen lassen – und spürte erst jetzt, wie durcheinander er war.

Im gleichen Moment fiel es ihm wieder ein: Dorine. Kosta. Seine Spielschulden. Seine Tage in Interlaken schienen nicht nur Stunden, sondern Monate zurückzuliegen.

Der Einwegspiegel gerade eben – ein Traum. Aus dem er gerade noch rechtzeitig erwacht war.

In der letzten Nacht vor seinem Abflug nach Berlin hatte er ebenfalls geträumt, aber seine Schulden waren leider kein Traum, sondern nur zu real.

»AAAAAAhhhhh!!« Puterrot im Gesicht, rang Oskar nach Luft.

»101!« Jannick hielt das Phonometer hoch. Ein kleines

Elektrogerät mit einem Mikro, ein paar Knöpfen und einer Digitalanzeige. »Sorry.«

Es war Natascha gewesen, die den Schönheitswettbewerb schließlich gewonnen hatte, als Theo – nachdem er sich ein frisches Hemd übergezogen hatte – in den Salon zurückgekehrt war. Die anderen waren zu diesem Zeitpunkt bereits wieder vollzählig versammelt.

Inzwischen hatten sie mit der vierten Aufgabe begonnen. Ein Schreiwettbewerb. Den gewinnt, wer am lautesten brüllen oder kreischen kann.

Theo nickte Patricia aufmunternd zu, die jetzt vor Jannicks Schallpegelmesser trat. Theo selbst hatte nicht einmal 100 erreicht. Womit er nach wie vor nicht einen einzigen Punkt gesammelt hatte. Selbst Betty war mit 103 Dezibel besser gewesen.

»IIIIIIIIIIhhhhhh!!« Schrill durchblitzte Pattys spitzer Schrei den Saal.

»Bravo!« Jannick hielt das Messgerät hoch. 106.

Patricia lächelte und streckte die Zunge raus. Für einen Moment hatte Theo den Eindruck, ihr Gesicht wäre durch die gewaltsame Anstrengung ein wenig verrutscht.

»UuuuuuuargguuuuuhIIIaaaah!«

»Hey. Das ist Rekord!« Zoe, die neben Jannick stand, klatschte in die Hände, und ihr Blick suchte Sophia, die als Letzte dran gewesen war.

108.

»Der Punkt geht an Sophia.« Jannick schien nicht ganz so begeistert wie Zoe. »Habt ihr schon mit Nowotny gesprochen – wegen der anderen Aufgaben?« Fahrig warf er das Phonometer auf die Kommode an der Wand.

Sophia machte ein Zeichen, dass sie kurz Atem holen musste.

»Er hat erklärt, dass er uns die Aufgaben fünf bis sieben auf einmal mitteilen kann«, sagte sie schließlich. »So gehe es schneller, und wir bräuchten uns nicht die halbe Nacht um die Ohren zu schlagen, sondern könnten nachher noch versuchen, ein wenig Schlaf zu bekommen. Der morgige zweite Block werde es in sich haben.«

»Aha?« Jannick wirkte ein wenig verunsichert, versuchte das offensichtlich jedoch zu überspielen. »Na schön. Und? Was sind die nächsten Aufgaben?«

»Ein Wissensquiz, ein Worträtsel und wer als Erster die Antwort auf eine Frage über Mama weiß.«

Theo streckte die Beine aus. Nun ja. Das war ja alles noch recht harmlos.

»Wie tief ist der Tegeler See? Das ist das Wissensquiz. Zwölf Meter, acht Meter oder sechzehn Meter?«

Woher sollte er das wissen? Instinktiv wanderte Theos Blick zu Artur und Ruben, die am Tisch Platz genommen hatten.

»Sechzehn Meter«, war Jannicks Stimme zu hören. »Das weiß ich, das habe ich als Junge mal für die Schule recherchieren müssen. Stimmt's?«

»Warte.« Sophia griff nach dem Handy. Offenbar war Nowotny noch in der Leitung und hatte mitgehört. Sie betätigte den Lautsprecher.

»Sechzehn Meter ist korrekt«, kam die Stimme des Notars blechern aus dem kleinen Apparat.

»Hey, mein erster Punkt!« Jannick stieß die Faust mit angewinkeltem Arm in die Luft. Sein Blick streifte den des Bruders.

Theo zuckte die Schulter. Hätte er nie gewusst.

»Hier, das Worträtsel.« Sophia hielt den Bildschirm ihres

Handys hoch, dass alle ihn sehen konnten. Zwei Worte waren darauf in Großbuchstaben zu lesen.

WIEN TOR.

»Welches deutsche Wort ergibt sich durch Umstellung der Buchstaben?«

Wien? Tor? Langsam hatte Theo das Gefühl, Kopfschmerzen zu bekommen.

»Rotwein, das kenn ich.« Sophia. Schon wieder!

»Das ist richtig«, klapperte Nowotnys Stimme.

»Jawoll!« Sophia giggelte. Damit war sie die Erste mit zwei Punkten.

»Womit wir bei Aufgabe sieben wären«, knarzte die Stimme des Notars. »Die Frage zu Frau Laurent selbst. Wer war ihre erste große Liebe?«

Das wollte Mama von Ihnen? Dass sie so eine Frage beantworteten – in einem Wettstreit? Ihre erste große ... *Liebe?*

»Papa natürlich«, platzte Patty heraus, aber Artur fiel ihr gleich ins Wort.

»Nein, das ... leider stimmt das nicht.«

»Weißt du, wer es war?« Ruben richtete sich im Rollstuhl auf und schaute zu seinem Schwager.

Theo sah, wie Artur den Blick erwiderte, offensichtlich von etwas irritiert, was Theo nicht genau deuten konnte. Weil er nicht Mamas erster Liebhaber gewesen war? Das brachte ihn so aus der Fassung?

»Der junge Mann hieß Vincent«, fuhr Ruben an alle gewandt fort. »Ich habe ihn Hedda damals vorgestellt.« Er durchpflügte mit der Hand das dünn gewordene Haar. »Richtig, Artur?«

Aber statt ihm zu antworten, hatte sich Theos Vater erhoben und zur Tür gewandt. Bevor er den Raum verließ, drehte er sich noch einmal um. »Ich glaube, wir sollten dieses Spiel, das Hedda hier mit uns spielt, beenden, bevor es zu spät ist. Sie war nicht mehr sie selbst.«

»Ein gewisser Vincent, das stimmt«, kam es aus dem Telefon. »Der Punkt geht an Ruben. Ich schlage vor, Sie machen sich an Aufgabe acht. Wer von Ihnen innerhalb von dreißig Minuten am meisten essen kann. Die Waage dazu befindet sich in der Kammer neben der Küche.«

Am meisten essen.

Am meisten bluten.

Theo fühlte, wie sich der Schwindel, der ihn vorhin schon ergriffen hatte, verstärkte.

Zwanzig Aufgaben noch. Es hatte noch nicht einmal richtig begonnen.

22

Totensonntag, 7.13 Uhr
Betty Laurent

Betty hob die Hand und warf einen Blick auf ihr Handy. Kein Empfang. Ein Störsender? War denn sicher, dass es auf der ganzen Insel keinen Empfang gab?

Sie wandte sich Richtung Treppenhaus und begann, die Stufen hinunterzulaufen.

Die Haustür war nicht verriegelt. Kalt traf die Morgenluft sie, als sie auf die Eingangstreppe hinaustrat.

Der See glitzerte am Ende des Vorplatzes. In dieser Richtung war bereits alles von den anderen nach Handyempfang abgesucht worden.

Sie ging die paar Stufen bis auf den Rasen hinunter und wandte sich nach Osten. Stapfte durch das schneebedeckte Gras um das Haus herum und quer durch den Garten hinter der Villa auf den Waldrand zu, der sich schwarz vom dunkelblauen Himmel abhob.

Der Holzplatz. Die Tür des kleinen Geräteschuppens, der dort stand, war nur angelehnt. Betty hielt ihr Telefon direkt vor sich, den Blick auf die Empfangsanzeige geheftet. Und bemerkte aus dem Augenwinkel, dass etwas Rotes in dem alten Hackklotz vor dem Schuppen steckte.

Richtig, eine Axt. Hatte Jannick ihr nicht erzählt, wie gern er als Teenager Holz gemacht hatte?

Keine Balken. Kein Empfang. Womöglich musste sie durch das Wäldchen hindurch bis ans andere Ufer der Insel. Sie blieb stehen und drehte sich einmal im Kreis, das Handy über dem Kopf hochgehoben.

Nichts.

Betty nahm den Arm herunter und verharrte mit dem Rücken zum Wald, dem Gesicht zur Villa. Sämtliche Fenster in der schwarzen Front des Hauses waren dunkel.

Jemand strebte von der Seite auf das Gebäude zu. Sophia! Wo kam sie denn her?

Schon wollte sie ihrer Schwägerin etwas zurufen, als Sophia bereits die hintere Eingangstür erreicht hatte und geduckt im Haus verschwand.

Betty fröstelte. Wenn sie sich nicht bewegte, war es viel zu kalt. Mit einer entschlossenen Bewegung drehte sie sich um, um ihren Weg fortzusetzen.

Der Holzplatz. Das Gerätehaus. Der Hackklotz. Hatte in dem Klotz nicht gerade noch eine Axt gesteckt?

Betty nieste. Nein, sie hatte sich nur daran *erinnert*, dass Jannick gern vom Holzmachen erzählte! Genau. Vielleicht sollte er einfach ein paar Scheite hacken. Er war ja, seit sie in der Villa angekommen waren, kaum zu ertragen. Zuerst hatte sie geglaubt, es sei nur die Anspannung wegen des schlechten Zustands seiner Mutter gewesen. Aber als sie ganz sanft versucht hatte, mit ihm zu schlafen, hatte er sie so brüsk und taktlos zurückgewiesen, wie sie es von ihm gar nicht kannte. Es musste an dieser Villa liegen. Zu Hause bei den Eltern. Alle Geschwister ebenfalls da und die Mutter im Sterben. Wollte sie ihm da übel nehmen, dass er ganz aufgewühlt war?

Natürlich nicht.

Schwarz schlossen sich die Bäume um sie, während sie mit

erhobenem Telefon ins Unterholz trat. Auf den sich aufhellenden Himmel im Osten zu. Schwach leuchtete das Display ihres Handys vor ihr. Empfang hatte es keinen.

Natürlich hatte Jannick als Erstgeborener immer ein wenig das Gefühl, ihm stünden gewisse Vorrechte zu. Sollte Sophia etwa bevorzugt werden, oder Patty oder Theo? Das wäre ja praktisch eine doppelte Zurückweisung für ihn. Einmal, weil er benachteiligt wurde, und einmal, weil ihm als Ältestem eigentlich ohnehin ein besonderer Anteil zustand – so dachte er, das wusste sie doch! Auch wenn er selbst es vielleicht niemals so klar gesagt hätte.

Er würde es nicht ertragen, als Erstgeborener leer auszugehen. Es machte ihm regelrecht Angst.

Wie weit würde er gehen, um das abzuwenden?

Am Vorabend hatte Betty gedacht, sie könnte ihm vielleicht etwas von der Anspannung nehmen, indem sie teilhatte an seinen Gedanken. Ganz vorsichtig hatte sie versucht, das Gespräch auf Sophia zu bringen. Sie wusste ja, was für eine enge Beziehung zwischen Jannick und Sophia bestanden hatte, als sie Kinder waren. Aber er hatte beinahe fluchtartig das Zimmer verlassen. Und damit die Ahnung in Betty nur noch verstärkt, dass Sophia, dass Jannicks Schwester im Grunde genommen immer zwischen ihr und Jannick gestanden hatte.

»Du kannst es mir sagen, Jannick, du weißt doch, dass du mir vertrauen kannst.« Sie war felsenfest davon überzeugt, dass es geradezu notwendig war, einander nichts zu verheimlichen. Sie spürte doch, wie sie Jannick verlor, wenn er diese Dinge – wie abgründig auch immer sie sein mochten – für sich behielt. Sie spürte doch, dass ihn der Aufenthalt in der Villa, in der er so viele Jahre mit Sophia verbracht hatte, verwirrte. Wie konnte sie mit ihm alt werden, wenn sie nicht endlich erfuhr, was zwischen ihm und Sophia damals vorgefallen war!

Alt werden? Vielleicht kommen wir niemals hier raus!

Betty trat aus dem Schatten der Bäume hervor.

Es war wie mit Händen zu greifen gewesen, kaum dass sie auf der Insel angekommen waren: die unterschwellige Angst, die Jannick ergriffen hatte. Sie kannte das schon von vergangenen Besuchen bei seinen Eltern. Aber diesmal war es besonders schlimm. Warum? Was war es, das ihn heimsuchte, wenn er in sein altes Zuhause kam? Was war es, das in seiner Kindheit vorgefallen war? Lag es nicht auf der Hand, dass es etwas mit Sophia zu tun haben musste?

Bettys Blick war auf das Display gerichtet, aber auch hier gab es keinen Empfang.

Enttäuscht und inzwischen vollkommen durchgefroren drehte sie sich um. Und fühlte etwas Kaltes in ihr Gesicht zischen. Augen und Nase verkleben. Unwillkürlich riss sie den Mund auf, um Luft zu bekommen. Hörte es noch mal zischen. Und spürte, wie klebriger Schaum ihren Mund ganz ausfüllte. Der gleiche Schaum, der ihr die Augen verkleisterte.

Betty stand vollkommen still. Unfähig, die Masse, die ihr die Sicht nahm, abzuwischen. Sie hörte es klappern, als würde eine Dose Haarspray aufgeschüttelt, dann noch einmal zischen. Es musste eine Art Bauschaum sein. Sie konnte fühlen, wie die Substanz in ihrem Mund bereits aushärtete. Das Handy war ihrer Hand entglitten. Unmöglich zu schreien. Liam. Franzi. Mina.

Jannick? Aber es war nichts zu hören.

Im gleichen Moment wusste sie, dass sie sich nicht getäuscht hatte. Die Axt auf dem Klotz. Sie hatte sie erst gesehen – und dann nicht mehr.

Etwas traf ihre Schulter, und der Schmerz war so groß – sie wusste instinktiv, dass ihr Körper zu klein dafür war. Ein riesiger Brocken schien von ihr abzufallen. Etwas lief aus ihr heraus. Dann traf sie der nächste Hieb. Die Axt. Sie kippte. Landete auf dem nasskalten Waldboden und spürte, wie ein weiterer Hieb das Bein ganz abtrennte. Neben ihr lag ihre Hand – aber ihr Arm, an dem die Hand hing, war mit ihrem Körper nicht mehr verbunden. Bettys Mund war weit aufgerissen und so mit Schaum ausgespritzt, dass sie keine Luft mehr bekam. Durch die Schicht auf ihren Augen hindurch sah sie einen Schatten, der auf sie herunterkam. Tief wurde ihr Kopf in das Erdreich gepresst, als die stählerne Klinge der Axt sie in die Stirn traf.

23

51 Stunden vor Totensonntag

»Wie wir das messen?« Jannick hatte sich am Kopfende der Tafel aufgebaut, die bereits vollständig mit Tellern, Gläsern, Besteck und jeder Menge Dekoration eingedeckt war. »Ganz einfach. Jeder wiegt sich vor dem Essen und danach. Wer am meisten zugenommen hat, gewinnt. Die Waage hab ich hier schon bereitgestellt.«

Ein hässliches Rülpsen ertönte, unterbrochen von einem Lachen. »Sorry … entschuldigt. Ist mir rausgerutscht.« Zoe grinste Sophia zu, die gelacht hatte.

Nicht alle waren so gut gelaunt. Als Theos Blick auf Patricia fiel, bemerkte er, wie mitgenommen sie aussah.

»Voilà!« Jannick schob den Paravent an der Längsseite des Saals zurück, dahinter stand ein schwer beladenes Büffet. »Bon appétit.«

Theo trat von der Waage herunter und ging an das Büffet. Das Erste, was ihm auffiel, war eine Platte mit Tintenfischen, die offenbar noch lebten.

Er sah sich nach Jannick um. »Wer hat das Büffet eigentlich zusammengestellt?«

Jannick war bereits dabei, seinen Teller vollzuladen. »Hm? Halt dich ran, Theo, die Zeit läuft.«

Wer gekocht hat, will ich wissen.

Jannick steckte sich etwas in den Mund, was ihn aber nicht

daran hinderte weiterzusprechen. »Soweit ich weiß, haben Mama und Papa das bei einem Catering bestellt. Frag Papa. Er hat das Essen vorhin aus der Speisekammer geholt und hier aufgebaut.«

Theos Blick wanderte über die Platten. Schnecken. Muscheln. Wachteleier. Leber. Leberwurst. Zunge. Hühnerfüße. Schweineohren. Morcheln. Etwas, das aussah wie eine Schale mit knusprigen Heuschrecken ... Er schauderte. Nein. Quatsch. Das war nur an diesem Ende des Büffets so. Tief durchatmend ging er an den anderen vorbei, die sich ihre Teller bereits vollluden, und gelangte an die gegenüberliegende Seite der Tafel. Gemüse. Salat. Ein wenig Käse. Das war besser – viel besser.

»Dumplings?«, hörte er Bettys Stimme neben sich. »Ich liebe Dumplings.«

Und was ist drin? Theo zwang seine Gedanken in eine andere Richtung. Zugleich war ihm nur zu bewusst, dass er alles andere als hungrig war. *Catering? Was für ein Catering?* Aber die Uhr tickte. Sollte er die wertvolle Zeit wirklich mit solchen Fragen vergeuden?

Ich brauche den Punkt doch gar nicht. Scheiß auf das ganze Rattenrennen.

Mit ein wenig Spinat, Brie und einer Schale Obstsalat wandte er sich vom Büffet wieder ab und trat an den Esstisch. Ruben hatte Oskar gebeten, seinen Rollstuhl zu holen, hockte darin am Kopfende der Tafel und verleibte sich etwas ein, das aussah wie eine Portion ... *kleine Schlangen.*

Theo lenkte seine Schritte in die andere Richtung. Natascha. Wunderbar. Kerzengerade auf ihrem Stuhl sitzend, war die junge Frau damit beschäftigt, sich ein Salatblatt nach dem anderen in den Mund zu schieben.

Er nahm neben ihr Platz.

»Nein, ich liebe Kaviar, ich könnte mich glatt reinsetzen«, hörte er die Stimme seiner Schwester Sophia von gegenüber. Schwarz lag ein Häufchen der Fischeier ... *das war es doch, oder? Kaviar?* ... auf der Hand, die Sophia tief in die Silberschale getaucht hatte und sich jetzt vor den Mund hielt.

»Gemüse und Obst, Theo, ernsthaft?« Sie hatte die Augenbrauen hochgezogen, und er musste lachen. »Dir ist klar, dass das echt wenig wiegt.«

»Haben wir uns nackt gewogen?«, entgegnete Theo. »Nein. Ist doch sowieso alles Blödsinn. Nachher steck ich mir ein paar Gewichte aus der Küche in die Hosentaschen, und, zack!, bring ich gleich drei Kilo mehr auf die Waage.«

Er hatte es nur leichthin gesagt, aber das Gespräch am Tisch war verstummt.

Sophia hatte die Hand schon wieder in der Schüssel, den Mund noch voll. Sie schluckte herunter. »Machst du nicht.«

Theo zuckte mit der Schulter.

»Wir gehen nachher die Taschen von allen durch«, entschied Jannick. »Wer Gewichte drin hat, scheidet aus.«

»Und wer entscheidet das?« Ruben hatte mit seinem Geschlürfe innegehalten.

»Versteht sich doch von selbst.« Jannick kaute und sprach gleichzeitig. »Ich ruf nachher gleich Nowotny an und frag ihn, aber ich bin sicher, es ist so.«

22 Uhr 17. Angefangen hatten sie um zehn, dreißig Minuten hatte man zum Essen – das hatte Nowotny ja vorhin gesagt. Die Hälfte der Zeit war also bereits um. Theo sah Oskar aufstehen und zum Büffet gehen. Kurz darauf kehrte er mit einem Stück Fleisch zurück, das nicht nur über den Tellerrand hinaushing, sondern auch roh war. Er bemerkte Theos Blick und grinste.

»Keine Zeit zum Braten. Außerdem mag ich es roh sowieso lieber. Wenn es frisch ist!« Er setzte sich und warf Patty einen Blick zu, die den Kopf jedoch nicht hob.

»Du bist unmöglich, Papa.« Natascha schüttelte den Kopf.

Aber Oskar ließ sich nicht beirren. Schnitt ein Stück von dem ziemlich rohen Roastbeef ab und begann darauf herumzukauen.

Zeit ist Geld.

Theo lehnte sich in seinem Stuhl zurück. Da kam er sowieso nicht mehr mit.

»Iiiih!«, stieß Patty aus, »das hast du gesehen?« Mit aufgerissenen Augen starrte sie Artur an.

»Was ... was hast du gesehen?« Jannick beugte sich zu seinem Vater.

Der lachte, Patty kam ihm mit der Antwort zuvor. »Er hat gesagt, in den Smoothie ist beim Mixen vorhin ...« Sie brach ab.

»Was?« Zoe hielt ein Hühnerbein in der Hand und schluckte.

»... eine fette Spinne reingefallen.« Patty quiekte, und erst jetzt bemerkte Theo das hohe Glas mit dem dunkelgrünen Mixbrei, das sie in der Hand hielt. War das ein dünner Film grünen ... *Schleims,* was da auf ihrer Oberlippe glänzte?

»Ich hab dich so schlingen sehen«, verteidigte sich sein Vater, »ich dachte, ich sollte dir vielleicht ein wenig den Appetit verderben.« Seine Augen blitzten, als er Theos Blick auffing.

»War da nun eine Spinne oder nicht, Papa?« Jannick wischte sich mit einer Serviette über den Mund.

»Na, was meinst du wohl, Janni?«, mischte sich Sophia ein. Sie griff erneut in die Kaviarschüssel. »22 Uhr 25, an eurer Stelle würde ich mich ranhalten.«

Theo spürte Nataschas Unwohlsein neben sich. Das junge Mädchen hatte die Ellbogen auf den Tisch gestützt und hielt sich die Hände vor den Mund.

»... im Altersheim, der Pudding – ich sag dir«, war Zoe zu hören, die halblaut mit Sophia sprach. »Der Mann hatte einen Verband um den Arm, und als er sich dort kratzte ...«

»Hör auf, Zoe, bitte«, hörte Theo Pattys Tochter neben sich.

Zoe sah zu ihr. »Nein, das war Eiter, wie er auf jeder Wunde entsteht.«

»Und?« Sophia schob sich eine weitere Ladung schwarzer Fischeier in den Mund.

»Und als er sich am Verband kratzte – darunter, das war so voll mit dem Eiter, das Zeug ist glatt in seinen Pudding gespritzt. Ohne dass er es bemerkt hat, weil er schon so kurzsichtig war!«

Der Stuhl neben Theo fiel um, als Natascha aufsprang.

»›Hmm, köstlich, dieser Kirschsirup‹, hat er gesagt, als er dann weitergegessen hat«, kicherte Zoe, »ich schwör's dir, ich hab es mit eigenen Ohren gehört.« Sie zog den tiefen Teller Vanillepudding zu sich heran, der vor ihr stand. »Hier – mit dem Muster – gelb auf beige. Das ist kein Kirschsirup, was ist das? Orangenmarmelade?«

Betty war dazu übergegangen, die Dumplings mit der linken Hand in sich hineinzuschaufeln, um sich mit der rechten wenigstens das eine Ohr zuhalten zu können.

Sophia erhob sich. »Oh Gott.«

Betty fuhr regelrecht zusammen. »Was ist denn?«

Sophia zeigte auf Bettys Teller. »Was, habt ihr gesagt, ist da drin – in den Teigtaschen?«

Keine Embryos, verdammt!

Sophias Körper bäumte sich auf – sie taumelte und drehte sich um.

Jannick schrie. »Die *Alien*-Bauchplatzszene. Lass es, Sophia, lass es bleiben! Oskar ist mit seinem Roastbeef fast durch, den holt sowieso keiner ein.«

Sie … meinen … es … nicht so. Theo schwirrte der Kopf. *Alles vollkommen normal. Sie versuchen, einander den Appetit zu verderben, weiter nichts.*

»Hallo? Die Zeit ist um!« Artur zeigte auf die Uhr an der Stirnseite des Saals. »Aber wehe, einer verlässt den Raum. Gewichte in den Taschen, Pullover unterm Hemd – kommt nicht in Frage.«

»Nein, seht ihr das nicht?«, gellte es neben Theo, und Betty fuhr vom Tisch zurück. Ihr Haar stand vom Kopf ab, ihr Gesicht, das immer auch ein wenig ausgemergelt und besorgt wirkte, zeigte ihr Entsetzen.

Jannick erhob sich und beugte sich über ihren Teller. »Was …«

Theo bemerkte, wie Jannick erbleichte, und stand ebenfalls auf. Neigte sich vor. Und sah es. Zwischen den öligen Teigtaschen. Als würden sie in dem tiefen Teller ausrutschen. Träge und blind. Fett und weiß.

Sie quollen aus den Taschen hervor, einige hatten schon begonnen, den Tellerrand zu erklimmen.

Jannicks Augen brannten in den Höhlen, als er aufsah. »Wer hat die *verfluchten Maden* in die Dumplings meiner Frau getan?!«

24

Alle zuckten zusammen, richteten sich auf. Jemand hatte *was*? Wie? Etwa einer von ihnen?

»Red keinen Quatsch, Jannick, was soll das.« Theo trat vom Tisch zurück. »Lass uns lieber nachsehen, wo das Essen aufbewahrt worden ist.«

Eine unbehagliche Stille hatte sich ausgebreitet. Betty hatte den Raum verlassen – ihr Teller stand noch auf dem Tisch. Entschlossen griff Sophia danach und brachte ihn in die Küche. Theo konnte hören, wie sie den Küchenmülleimer per Pedal aufklappen ließ.

»Moment, Sophia.« Er ging ihr nach. »Dann sind die Viecher im Mülleimer, das ist auch nicht gut.«

Sie schaute ihn an, den irgendwie beweglich wirkenden Teller in der Hand.

»Komm, ich ...« Theo nahm ihn ihr ab. »Ich grab hinten im Garten ein Loch und schütte sie rein.«

»Kommt nicht in Frage.« Jannick hatte sich hinter ihm aufgebaut. »Wir spülen die Schweinerei durchs Klo. Ich will das Gewürm nicht in meinem Garten haben.«

Meinem Garten?

Aber gut, wenn er unbedingt wollte. Theo gab ihm den Teller. »Ich sehe mir solange die Speisekammer an.« Er ging an Jannick vorbei, der sich zu der Gästetoilette umgewandt hatte. Im Flur vor der Küchentür stand sein Vater.

»Jannick hat gesagt, du hast das Buffet aufgebaut, Papa?«

Theo sah seinem Vater ins Gesicht. »Wusstest du von dem Wettessen?«

Arturs Mund verzog sich zu etwas, das auf Theo wirkte wie ein spöttisches Lächeln. »Ach was! Ich hab mit Mama nur gedacht ... dass ihr alle kommen würdet, wussten wir ja. Dass sie kochen würde, kam nicht in Frage. Sie meinte, ich sollte das Catering bestellen. Dann hätten wir gleich am nächsten Tag was zu essen.«

»Und du hast die Sachen vorhin aus der Vorratskammer geholt?«

Artur deutete zu der kleinen Tür, die hinter der Küche von dem Flur abging. »Gestern Vormittag hab ich die Vorräte dort untergestellt.«

Theo trat an die Tür zu der Kammer und zog sie auf. Knipste das Licht an. Konserven. Gläser mit eingelegten Früchten. Alte Teller. Nur das mittlere Regalbrett war vollkommen leer. Dort mussten die Speisen gestanden haben.

»Vorhin, als ich die Sachen aufgebaut habe, waren sie völlig in Ordnung«, hörte er die Stimme seines Vaters hinter sich.

Theos Hand fuhr über das Brett, das mit einem Wachstuch bedeckt war, wie sie in den Siebzigerjahren üblich gewesen waren. Ein bisschen klebrig schien es zu sein – aber Maden? Waren keine zu sehen. Natürlich nicht, hier gab es ja keine Nahrung für sie.

Mit dem Zeigefinger tastete er über einen Riss im Putz, gleich über dem Brett. Der Mörtel bröckelte ein wenig ab. Der Spalt schien tiefer zu gehen. Er griff nach einer alten Taschenlampe, die in einem Karton gleich unter dem Regal lag, und leuchtete in die Öffnung.

»Hier. Ich wusste es doch!«

Tief im Mauerwerk verkrochen und doch vom fahlen

Lichtkegel der Taschenlampe getroffen, konnte er die weißlichen Leiberchen einiger Maden erkennen, die sich in den Spalt zurückgezogen hatten.

Das ganze Haus wimmelt davon.

»Theo, die Speisen waren verpackt. Eingetuppert! Kriechen die Viecher jetzt schon durch Plastik, oder was!« Jannick füllte die schmale Türöffnung fast aus. Er musste sich an Artur vorbeigedrängt haben.

Theo hatte das Gefühl, keine Luft in dem beengten Kämmerchen zu bekommen. »Vielleicht war ein Deckel nicht ganz verschlossen! Willst du unbedingt einen Schuldigen finden, Jannick, was soll das? Meinst du, Mama hätte das gewollt?«

»Du wirst sie nie aufgeben, was Bruderherz? Die Rolle des süßen kleinen Jungen. Ich sag dir was. Mama ist fort. Du kannst aufhören. Ich fall auf die Rolle nicht mehr rein, und Papa auch nicht. Ich wollte, es wäre alles so lieb und lustig und nett, wie du es gern hättest. Ist es aber nicht.«

»Sondern?«

»Sondern?« Jannick schluckte. Offensichtlich fiel es ihm für einen Moment doch schwer, den Verdacht noch einmal zu äußern. Er atmete aus. »Ich kann's mir ja auch nicht vorstellen. Aber ... du hast doch Bettys Teller gesehen.«

»Hier sind sie. Hier! Nimm die Lampe.« Theo stieß sie seinem Bruder in die Hand und deutete mit dem Daumen hinter sich. »Leuchte in den Spalt, dann siehst du, wo sie herkommen.«

»Aber nicht bis in die Plastikdose, verdammt noch mal!«

»Wer sagt dir das denn, Jannick? Vielleicht ist ein Verschluss verrutscht gewesen! Glaubst du immer noch, du musst den taffen Typen spielen? Bist du nicht! Warst du nie. Du hast dir gewünscht, du wärst es, aber das war schon immer eine Lüge.«

»Jannick? Theo?«

Theo sah an seinem Bruder vorbei. Vor der Speisekammer stand Sophia. »Nowotny hat sich gemeldet. Die letzte Aufgabe für heute steht an.«

Theo nickte. »Ach ja? Wer hat denn das Wettessen gewonnen?«

Sophia grinste. »Na, Oskar. Oder willst du dich auch erst noch wiegen?«

Er atmete aus. Bei den paar Bissen, die er runterbekommen hatte? War das wohl nicht nötig.

25

Wer am längsten in dem alten Regenwassertank auf dem Dachboden untertauchte? Aufgabe neun.

Das Wasser rann an Zoes schlankem Körper herunter, als sie sich aus dem Tank zog. In dem Bikini sah sie aus wie eine Nixe.

Theo wandte den Blick ab.

Ruben war nur für einen Moment eingetaucht, ohne die Einstiegsleiter zu verlassen, Natascha und Sophia hatten keine zwei Minuten geschafft. Theo war bei 2'35 wieder aufgetaucht. Seitdem stand er, wie die anderen, mit einem Handtuch um sich geschlungen, frierend und todmüde neben dem Tank und wartete darauf, dass die Letzten ihre Tauchgänge absolvierten.

»Vincent – das war der Name, oder? Onkel Ruben?« Sophia hatte sich an Heddas Zwillingsbruder gewandt. »Erzähl doch mal. *Du* hast Mutter diesen Vincent vorgestellt?«

»Tempi passati, meine Liebe.« Der alte Mann, in dessen Gesicht Theo meinte, mehr als je zuvor die Züge seiner Mutter wiederzuerkennen, betrachtete seine Fingernägel.

Jannick sah zu Betty, die jetzt im Wassertank stand und bereit war abzutauchen. »Gut. Auf die Plätze, fertig – go!«

Theo hörte das Klicken, mit dem Jannick die alte Stoppuhr startete, und das Platschen, mit dem Betty in dem schwarzen Wasser versank.

Oskar und Sophia jeweils zwei Punkte. Patty, Natascha,

Jannick und Ruben ein Punkt. Theo, Artur, Betty und Zoe null Punkte. Das war der Stand bisher.

Theo schauderte. Es war wirklich kalt. Wahrscheinlich holten sie alle sich, nass und übermüdet wie sie waren, gerade den Tod.

1'01 ... 02 ... 03 ...

Er sah Bettys rosa Umrisse unter der Wasseroberfläche, ihr halblanges Haar umfloss ihren Kopf.

Jannick konzentrierte sich auf seine Stoppuhr.

Und am nächsten Tag sollte es weitergehen.

Theo konnte sich daran erinnern, dass er sich als Junge gern hier oben versteckt hatte. Er hatte dem Knarzen der Balken zugehört, wenn es stürmte. Die Möbel unter den Leinentüchern schienen damals ein unheimliches Eigenleben gewonnen zu haben. Den alten Kinderschlitten aus den Dreißigerjahren konnte er auch jetzt wieder im Halbschatten erkennen.

»Macht sie Zeichen?« Ruben hatte sich hingehockt und sah zu Betty hinunter.

»Was?« Jannick fuhr sich durchs Haar.

»Nein, alles klar, oder?« Ruben schaute zu seinem Neffen auf.

Theo trat nach vorn, um besser sehen zu können.

1'59 ... 2'00 ... 2'01 ...

Zoe hatte 2'16 erreicht. Gut, aber chancenlos. Sogar Artur war vorhin in den Wassertank getaucht, früher, als Kinder, hatten sie oft Wetttauchen hier gespielt. Ein paarmal hatte ihr Vater mitgemacht, und damals war er immer der Beste gewesen. Diesmal hatte er immerhin zweieinhalb Minuten geschafft.

Betty klammerte sich an der untersten Sprosse der Einstiegsleiter fest, wahrscheinlich um sich besser unter Wasser halten zu können. Gleichzeitig hatte ihre Haltung begonnen, ein wenig seltsam zu wirken. Schlaff?

»Alles klar, das würde ich auch sagen«, schnaufte Jannick. »2'31. Wenn sie so weitermacht, holt sie den Punkt.«

Schweigen.

Plätschern.

»Stimmt was nicht?«

»Wieso denn, Sophia? Willst du ihr jetzt den Punkt nicht gönnen, oder was!« Ärgerlich hockte sich Jannick neben Ruben. »Betty? Alles klar?« Laut. Konnte sie ihn unter Wasser hören?

2'42.

»Wenn sie Oskar geschlagen hat, gib ihr Bescheid«, sagte Artur, »dann kann sie abbrechen.«

Jannick atmete hörbar aus. Oskar hatte 2'58 geschafft.

»Hey, nein, sieh mal.« Patty. »Sie hat die Sprosse losgelassen. Es geht ihr nicht gut!«

2'52.

Jannick fluchte.

Theo ließ das Handtuch von den Schultern fallen. »Ich geh rein.«

Es platschte. Sein Bruder war ihm zuvorgekommen.

2'55 ... 56.

Sie sahen Jannicks Schatten abtauchen – im nächsten Moment hatte er seine Frau unter den Achseln gepackt und zog sie nach oben. Ihr Kopf hing schwer herunter. Das Bild verschwamm, dann durchbrachen sie die Wasseroberfläche.

»Helft mir.« Grell jetzt. Verzerrt.

Theo fühlte, wie kalt Betty war, als er nach ihrem Arm griff, um sie aus dem Wasser zu ziehen. Ihre Augen waren geschlossen, ihr Körper schwer wie ein Sandsack. Oskars Arme neben ihm griffen ebenfalls nach ihr, Jannick schob von unten. Träge schrammte Bettys Rumpf über den Rand des Wassertanks.

Dann lag sie auf der Seite. Hilflos sah Theo auf. Sophia hockte sich neben ihn, drehte sie auf den Rücken und ließ beide Hände, zu einer großen Faust geballt, energisch auf Bettys Brustkorb niedergehen. Der Leib der regungslosen Frau zuckte, ruckelte und blieb wieder bewegungslos.

Erneut sauste Sophias Faust nach unten – und Bettys Augen öffneten sich. Wasser trat zwischen ihren Lippen hervor. Theo fing ihren Blick auf, und es wirkte, als käme sie aus großer Ferne zurück.

»Decken! Wir müssen sie warm halten.« Sophias Stimme war laut, aber klar. Sie wusste, was sie tat.

Jannick hatte den Kopf seiner Frau im Schoß und war dicht über sie gebeugt. Theo konnte sehen, wie vollkommen aus der Bahn geworfen er war. Seine Lippen bewegten sich, aber es war nichts zu hören. Bettys Blick ging zu ihrem Mann hoch, und ein Lächeln erhellte ihr Gesicht.

»Und?« Ihre Stimme war ganz leise. »Wie war ich?«

Ein Schluchzen erschütterte die massigen Schultern von Theos Bruder. Er zog sie zu sich heran und schloss sie fest in den Arm, das Gesicht von Theo abgewandt und in Bettys Haar verborgen.

Teil III

26

Patricia schielte über den Rand ihres Milchkaffees hinweg in den Park. Sie saß im Wintergarten im Erdgeschoss, trug einen weichen Pullover und hatte die Hände so weit in die Ärmel zurückgeschoben, dass sie die heiße Tasse durch den Stoff hindurch anfassen konnte. Sie hatte ausgiebig geduscht und sich auch ein wenig zurechtgemacht – immerhin war das Haus voller Leute – aber der Schlaf saß ihr noch immer in den Knochen. Was ihrem hübschen Gesicht, das wusste sie natürlich auch, umso besser stand.

Der nächste Morgen war angebrochen. In der Nacht zuvor war Jannick noch mit Betty in die Notaufnahme gefahren, aber es ging ihr gut. Sie hatten nur einen gehörigen Schreck bekommen.

Um zehn Uhr vormittags würde es mit dem nächsten Aufgabenblock losgehen, hatte Nowotny bereits gestern verkündet, jetzt aber verspätete er sich offenbar, denn es war bereits kurz nach zehn. Neun weitere Runden. Für den Vormittag des folgenden Tages, Samstag, war die Beerdigung geplant – danach, Sonntag, schließlich der dritte und letzte Aufgabenteil.

Dann wird es entschieden sein.

Geradezu unvorstellbar. Aber deutete nicht alles darauf hin, dass es genau so ablaufen würde?

Und welche Aufgaben kamen noch auf sie zu?

Patricia zog ihre Beine, die in einer weiten Leinenhose

steckten, zu sich auf den Sessel und schob den dicken Wollpullover über die Knie.

Während sie geduscht hatte, hatte sie wie üblich über ihr Handy Radio gehört. Die Kaltfront, die auf Berlin zukam, schien sich noch einmal verstärkt zu haben. Bereits jetzt war zu spüren, dass die alte Heizung der Villa kaum noch nachkam. Dabei war ja schon vor ein paar Tagen vor dem Kälteeinbruch gewarnt worden. Hatte Hedda sich deshalb das Morphium ausgerechnet jetzt spritzen lassen?

Hat Mama uns deshalb ausgerechnet jetzt *zu sich gerufen?*

Zeitlich kam es hin. Das bevorstehende Wetterphänomen hatten die Meteorologen seit gut vier Tagen im Blick. Und Heddas beziehungsweise Nowotnys Anrufe an sie alle lagen nicht länger als drei Tage zurück.

Patricia seufzte und beugte sich nach vorn, um ihre Tasse auf dem Glastisch vor sich abzustellen. Hinter der Panoramafront des Wintergartens hatte erneut ein weißliches Flirren eingesetzt. Sie ließ ihre Beine vom Sessel herunter und schlüpfte in die flauschigen grauen Hausschuhe, die sie sich von ihrem Vater geborgt hatte. Trat an die Scheibe und beobachtete Jannick, der mit seiner Frau, beide in dicke Jacken gehüllt, durch das Schneetreiben lief.

Unbedingt hatte sie gewinnen wollen, so hatte Betty es Patricia beim Frühstück zu erklären versucht, dabei sei ihr unter Wasser plötzlich schlecht geworden. Dass sie das Bewusstsein verloren habe, habe sie gar nicht mehr mitbekommen.

Noch achtzehn Runden.

Eine Bewegung am anderen Ende der Rasenfläche brachte Patty dazu, den Kopf in diese Richtung zu drehen. Zwei Gestalten waren hinter der Ecke des Westflügels aufgetaucht und liefen – irgendwie einander zugeneigt – durch die umherwirbelnden Flocken auf die dunkel aufragende Baumfront des Waldrands zu. Auch wenn Patty die Gesichter der beiden nicht sehen konnte, wusste sie sofort, wer sie waren. Theo und Sophia. Was hatten *die* denn zu besprechen?

Sie fühlte einen Stich. Früher hatte Sophia immer mit Jannick zusammengehangen, und Theo hatte eher zu ihr gehört. Aber das war natürlich lange her. Und doch … in den vergangenen Tagen war Patty aufgefallen, dass die alten Muster durchaus noch erkennbar waren. Wie gut sie selbst sich mit Papa verstand. Wie fremd Onkel Ruben ihr immer geblieben war. Wie verschworen Sophia und Jannick, die beiden älteren Geschwister, manchmal wirkten. Wobei ihr Jannick auch früher schon deshalb immer ein wenig leidgetan hatte. Sie wusste doch, was für eine Schlange Sophia sein konnte! Sie wickelte jeden um den Finger. Und keiner war so anfällig für ihre Tricks wie Jannick. Der aufbrausen konnte, laut werden konnte, rumpolterte, im Grunde genommen aber immer ein lieber Junge mit einem großen Herzen geblieben war. Einem Herzen, das sich vielleicht nichts mehr ersehnte als Sophias Zuneigung.

Patty konnte sich an Abende erinnern, an denen die Eltern außer Haus waren und Jannick nach dem Abendessen in Sophias Zimmer verschwunden war. Sie und Theo hatten dort dann keinen Zutritt! Was haben die beiden Älteren in Sophias Zimmer gemacht? »Nichts«, war die Antwort gewesen, als Patty Sophia vor etlichen Jahren mal danach gefragt hatte.

Nichts? Sie fühlte das kalte Fensterglas unter ihrer Handfläche.

Und Jannick? Den hatte sie natürlich auch gefragt. Ihr Bruder war allerdings nicht so ruhig geblieben. Knallrot war er geworden und hatte gezuckt, als hätte er in die Steckdose gefasst.

Sie hat ihm erlaubt, sie zu berühren.

Hatte Patty nicht einmal durch einen Spalt zu den beiden hineingespäht, als sie die Tür nicht ganz geschlossen hatten? Da hatte sie es doch gesehen! Sie war nur so klein gewesen damals, dass sie das Gesehene nicht richtig hatte einordnen können. Vierzehn oder fünfzehn musste Sophia damals gewesen sein, Jannick sechzehn. Patty hatte sie auf dem Bett liegen sehen, das T-Shirt über Sophias Brüste geschoben, dass sie sich weich und rund erhoben. Sophias Kopf hatte auf dem Kissen gelegen, und sie hatte zu Jannick geschaut, der ziemlich zusammengekrümmt auf dem Bettrand gesessen hatte. Natürlich hatte er nicht gewagt sich zu rühren, Sophia aber hatte seine Hand genommen und seine Finger ganz vorsichtig über ihren Bauch nach oben geschoben. War mit seinen Fingerspitzen über ihre Brust gestrichen – hatte den Kopf in den Nacken gebogen und mit einem Seufzer ausgeatmet. Jetzt wusste es Patty wieder, als wäre die Zeit zurückgedreht und ihr Auge erneut vor dem Spalt. Sie hatte die Anspannung ihres Bruders doch bis hinaus auf den Flur fühlen können! Und Sophias Erregung? Die hatte sie praktisch in sich selbst verspürt.

Dabei war es verboten! Tabu – genau, das war der passende Ausdruck. Aber Sophia hatte das nicht gestört. Sie hatte sich davon nicht abhalten lassen. Sechzehn Jahre alt war Jannick gewesen und auch damals schon groß für sein Alter, vom vielen Sport durchtrainiert, unschuldig wahrscheinlich – bis zu diesem Moment –, mit einem klaren Blick, den sie alle, Patty eingeschlossen, so an ihm geliebt hatten. Sophia hatte ihn für sich haben wollen, und sie war bis zum Äußersten gegangen.

Oder nicht?

Patricia legte die glühende Stirn an das eiskalte Glas. Sophia und Theo waren mittlerweile zwischen den Bäumen verschwunden.

Hatte Sophia Jannick … Hatte er nur ihre Brüste anfassen dürfen – oder hatte Sophia ihn … noch weiter getrieben?

Sie wusste es nicht. Eines aber wusste sie ganz genau. Gerade in jener Zeit hatte ihr Bruder Jannick sich verändert. Er war schwermütig geworden, irgendwie bedrückt. Als habe sich sein Gemüt verfinstert. Und dieser Eindruck war danach nie mehr ganz verflogen. Im Gegenteil, er hatte sich verfestigt.

Inzwischen war Jannick doch kaum noch ansprechbar. Eigentlich wirkte er auf Patty fast immer wütend und angespannt. Geldsorgen? Wenn sie ihre Schwägerin Betty richtig verstanden hatte, spielte das wohl auch eine Rolle. Seit Jahren schon arbeitete Jannick in einer Bank in Luxemburg. Offenbar hatte er vor ein paar Monaten angefangen, dort auch als Händler tätig zu sein, und es mit erheblichen Beträgen zu tun bekommen. Die Rede war von dreihunderttausend, von sechshunderttausend Euro – am *Tag*. Hatte er sich womöglich verrechnet?

War er mit seinem persönlichen Vermögen haftbar? War *das* der Grund, weshalb er Bettys Gesundheit aufs Spiel gesetzt hatte, nur um einen Punkt bei dem Tauchwettbewerb zu ergattern?

Oder ging es ihm noch immer um Sophia, neben der Betty zugegeben ziemlich farblos wirkte.

Hat er das, was damals zwischen ihm und seiner Schwester geschehen ist, womöglich nie verwunden?

27

1963

»Wer hat dir das erzählt?«

»Ruben! Du kennst ihn doch. Er freut sich immer, wenn er eine gute Anekdote zum Besten geben kann. Wird er selbst dadurch noch ein bisschen interessanter, umso besser!« Vincent lächelte sie an, und Hedda hätte am liebsten gejauchzt.

»Und du glaubst ihm?« Sie schenkte dem jungen Mann ihrerseits die Andeutung eines Lächelns, von dem sie zu ihrer Genugtuung sehr genau sehen konnte, wie es sich in seinem Gesicht spiegelte.

»Ich finde es interessant, sagen wir mal so. Wer fände das nicht spannend? Eine alte verwinkelte Villa aus Berlins bester Zeit, um die sich allerlei Gerüchte ranken. Und es stimmt schon. Jedes Mal, wenn ich euer Haus sehe, packt mich ein seltsames Gefühl. Die Villa wirkt irgendwie … ein wenig verschoben, findest du nicht? Sind das die Proportionen? Als hätten die Erbauer Wert darauf gelegt, alle rechten Winkel peinlich genau zu vermeiden.«

»Das liegt daran, dass sie nicht wie üblich das Rechteck, sondern das *Dreieck* als Grundform des Baus gewählt haben. Das ist tatsächlich so, das bildest du dir nicht bloß ein. Grundriss, Aufriss, Zimmeraufteilung und so weiter – alles im Wesentlichen Variationen eines immer gleichen Leitmotivs.«

»Des Dreiecks.«

Sie nickte. »In den Details fällt es nicht weiter auf. In der Gesamtheit aber summieren sich diese durchweg spitzen Winkel zu so etwas wie einer gewaltigen Verzerrung.« Sie lächelte, als wollte sie sich für ihre unglückliche Wortwahl entschuldigen.

»Die man jedoch eher spürt als sieht.«

Hedda nickte. *Und? Magst du das?*

Vincent trat an das Fenster, das hoch über ihm aufragte, und sah in den grauen Novembernachmittag, der sich auf den Garten gelegt hatte. »Sie trägt den Titel *Die Zyklopen*, weißt du?«

Er hatte ihr davon erzählt. Seine erste Oper. Es fiel ihm nicht leicht. Seit Monaten rang er mit den Noten.

»Manchmal denke ich«, hörte sie ihn sagen, »dass mir der Durchbruch zum wahren Kern des Stücks vielleicht gelingt, wenn ich irgendwie mit Kräften in Kontakt komme, die ...«, er drehte sich zu ihr um, »in gewisser Weise urtümlicher sind als das, was wir zwischen Autos, Fließbändern und Supermärkten heutzutage normalerweise um uns haben.«

Sie konnte ihm kaum folgen. Aber sie sah, wie sein Gesicht von den Gedanken, die er zu formulieren versuchte, gezeichnet war.

»Und du meinst, solche Kräfte ...« *findest du bei mir*, ging es in ihrem Kopf weiter, aber sie bezwang den Impuls, das auszusprechen, und sagte stattdessen: »... lassen sich hier irgendwo aufspüren?«

Er schaute sie an, und sie hatte den Eindruck, auch Vincent scheute sich, seine Gedanken auszusprechen.

»Hat dein Bruder nicht gesagt, es gibt Gerüchte, dass hier in der Villa Sandwerder ... wie hat er gesagt? Dass etwas umginge?« Er lächelte und trat auf sie zu.

Sie hob eine Hand, und wie selbstverständlich fügte sich ihre Handfläche in seinen Griff.

»War da nicht was mit der Uhr auf dem Dachboden?«, hörte sie seine Stimme leise an ihrem Ohr.

Sie sah zu ihm auf. *Willst du mich nicht küssen?*

Sein Blick war klar, und für einen Augenblick vermeinte sie schon, den Kuss auf ihren Lippen zu spüren.

»Hm?« Hatte er was gesagt? »Komm.« Sie zog sanft an seiner Hand, und er folgte ihr.

Gemeinsam betraten sie das vordere Treppenhaus und begannen, über die knarrenden Stufen nach oben zu steigen. Außer ihnen war an diesem Vormittag niemand im Haus. Artur war ein paar Tage verreist, und ihre Eltern waren bereits vor einigen Jahren gestorben. Am Ende des Westflügels gelangten sie in eines der Schlafzimmer, die schon länger nicht mehr benutzt worden waren.

Hedda drehte sich um und schloss die Tür hinter ihnen. Hob den Kopf und sah, wie er sich zu ihr herunterbeugte. Schloss die Augen und spürte, wie er sie küsste und sanft und entschieden zugleich an sich zog.

Es war mitten in der Nacht, als sie erwachte. Für einen Moment wusste sie nicht, wo sie war. Und auch nicht, was sie geweckt hatte. Dicht neben ihr lag Vincent und schlief.

Sie blinzelte und richtete sich auf, von einer plötzlichen Übelkeit befallen. Dieser entsetzliche Geruch! Muffig, oder, schlimmer noch, abgestanden – alt – abstoßend geradezu!

Sie rang nach Luft und presste sich eines der Kissen, die auf dem Bett lagen, vor Mund und Nase.

Das Zimmer lag ganz im Dunkeln, erhellt nur vom blauen Licht der Nacht. Vincents Kopf war auf einem Kissen zurückgebogen, sein schlanker Leib zeichnete sich unter der Decke ab.

Benommen schob sich Hedda vom Bett und bewegte sich instinktiv auf die Zwischentür zu, die von dem Schlafzimmer in den angrenzenden Raum führte.

Ihr Zimmer.

Das Zimmer ihrer Mutter.

»Hey, was ist denn?«

Sie sah zum Bett. Vincent hatte sich ein wenig hochgestemmt und streckte eine Hand nach ihr aus.

»Riechst du das?«

»Was?«

»Dieser … Geruch? Wie …« *In einer Leichenhalle!*

Er schüttelte den Kopf.

»Hier, komm hierher, hier ist es ganz stark.« Sie sah, wie er aufstand und nackt auf sie zukam. Zartfühlend blickte er sie an, und doch konnte sie sofort erkennen, dass er nicht wusste, was sie meinte.

»Warum rieche ich es denn dann?« Sie musste aufpassen, dass sie nicht schrie. Wie war das denn möglich?

Und zugleich spürte sie, wie ihr Atem sich beschleunigte und ihre Knie zitterten.

»Hey, beruhige dich, es ist nichts.«

»Ich rieche es, Vincent, es ist wie in einer Leichenhalle!«

Ich habe mich nicht zu ihr gesetzt, klirrte es in ihrem Kopf. *Sie hat mich gebeten, ihr einen Tee zu machen, aber es war so spät, und ich war müde. Ich habe ihr den Tee aufgebrüht, ihn in ihr Zimmer gebracht …*

»Was ist mit dir, Hedda, du …« Er brach ab, zog sie an sich, und sie konnte an seinem Gesichtsausdruck ablesen, wie aufgewühlt sie aussehen musste.

»Ich hab mich nicht zu ihr gesetzt.«

»Zu wem?«

»Zu meiner Mutter. In der Nacht, in der sie gestorben ist. Ich hatte das ganze Jahr über alles für sie gemacht, aber … aber …«

Wollte ich, dass sie endlich starb? Hat sie das gespürt?

»Ich verstehe nicht ganz, was du sagst.«

»Hier in dem Zimmer gleich nebenan.« *Und jetzt muss ich dafür bezahlen.*

»Hier nebenan ist sie gestorben?«

Hedda nickte.

»Und jetzt riechst du … *was?*«

Den Tod.

Sie fühlte seine Arme, die um sie geschlungen waren.

»Das kommt dir bestimmt nur so vor. Wegen deiner Mutter und dem, was du hier mit ihr erlebt hast.«

Sie nuschelte etwas an seiner Brust.

»Wie bitte?«

»Du hast doch selbst gesagt, dass Ruben dir davon erzählt hat. Von den Gerüchten. Hat er die Pfauenkranzlady erwähnt?«

Vincent lächelte. »Die *was*?«

Sie winkte ab und spürte zugleich, wie die Wirrnis, die sie ergriffen hatte, sich einem Netz gleich immer enger und fester um sie zog.

»Papa hat jemanden kommen lassen«, wisperte sie. »Sie haben es untersucht. Magnetfelder, Wasseradern, der Sandboden. Ob es urzeitliche Gräber unter dem Keller sind oder Nazibunker im Tegeler See. Sie haben alles versucht, aber keine Erklärung gefunden.«

»Erklärung wofür?«

»Du riechst jetzt nichts, Vincent, aber ich. Reicht das nicht?«

Doch dann durchkreuzte noch ein anderer Gedanke die Eindrücke in ihrem Kopf. *Wir hätten das nicht tun dürfen, Liebster, weißt du das nicht? Ich habe doch Artur geheiratet, wie kann ich da mit dir schlafen?*

28

38 Stunden vor Totensonntag

Pattys Blick ruhte auf ihrer Nichte. Die älteste Tochter von Jannick und Betty war gerade erst fünfzehn geworden, aber in Pattys Augen hatte das junge Mädchen alle Anlagen, ein echter Hingucker zu werden. Franzi Laurents ganze Haltung schien auszudrücken: *Ich weiß, wie niedlich ich aussehe, ich weiß, dass ihr drauf steht. Ich weiß, was ihr denkt, wenn ihr mich seht, aber – ganz ehrlich? – auf keinen Fall werde ich euch auch nur im Geringsten ermutigen.*

»Onkel Theo?«, sagte Franzi gerade, »warum hast du dich eigentlich all die Jahre über nicht blicken lassen?«

Patty schluckte. So dumm war die Frage gar nicht. Sie schaute zu Theo, der gleich neben ihr an der Theke der Kücheninsel Platz genommen hatte. Liam, Franzis Bruder, und Mina, ihre Schwester, saßen ihnen gleich gegenüber.

»… kennt ihr doch sicher auch.« Theo lächelte. Den Anfang seiner Antwort hatte Patty glatt überhört. »Ich war einfach froh rauszukommen. Sorry, Patty.« Er warf ihr einen Blick zu. »Ich weiß ja, wie sehr Sophia, Jannick und du unser Familienleben geliebt habt. Mir selbst war das immer ein bisschen viel.«

»Und du bist wirklich … was? Professioneller Pokerspieler geworden?« Jetzt hatte sich Liam, Franzis Bruder, eingeschaltet. »Mein Vater hat so was gesagt.«

Jannick war hinter seinem Sohn mit der Espressomaschine beschäftigt.

Theo grinste. »Hm. Schon. Ja.«

»Mit World Championship und so in Las Vegas?«

Franzis Kinderaugen – hatte sie sich etwa geschminkt? – ließen von Theo nicht ab.

Er nickte ernst. »Klingt alles spannender, als es dann ist.«

»Aber eine Frau und Kinder ...«

»Frag dem Onkel doch kein Loch in den Bauch, Franzi«, unterbrach Betty ihre Tochter.

»Ist schon okay, Betty«, versuchte Theo zu beschwichtigen – aber da gab Jannick dem Gespräch kurzerhand eine andere Richtung.

»Ich kann ja verstehen, dass sie uns Geschwister ums Erbe ringen lässt«, er schaute zu Theo und Patty, »aber sie hat es ja so eingerichtet, dass Oskar und Zoe« – die beide nicht in der Küche waren – »und auch du, Betty, sorry, aber ... dass ihr ebenfalls alles erben könntet? Kommt euch das nicht komisch vor? Dass Mama bereit gewesen sein soll, ihr Erbe praktisch wegzugeben.«

Betty senkte den Blick, ohne etwas zu sagen.

Theo nahm sich eins der frischen Brötchen aus dem Brotkorb.

»Ich hab Papa das auch gefragt«, ergriff Patty das Wort, »und er meinte, soweit er wisse, habe Mama das erst ganz zum Schluss noch so entschieden. Weil Zoe und du, Betty, immer so nett zu ihr gewesen seid. Und dann wollte sie Oskar nicht benachteiligen.« Sie linste zu Heddas Bruder Ruben, der in seinem Rollstuhl gleich beim Kühlschrank saß. »Papa hat gesagt, mit dir hätte Mama auch darüber gesprochen.«

Soweit Patty wusste, gab es nichts, was die beiden Zwillinge

Ruben und Hedda *nicht* miteinander besprochen hatten. Ihrem alten Bruder hatte ihre Mutter ja vielleicht mehr noch als jedem anderen in der Familie getraut, mehr noch als selbst ihrem Mann.

»Hedda war eigensinnig, das wisst ihr doch.« Ruben lächelte, und der berühmt-berüchtigte Charme der Glass-Familie blitzte in seinen Zügen auf. »In den letzten Monaten ging es ihr ja nicht mehr so gut. Vielleicht hat sie nicht mehr alle Entscheidungen ganz überblickt.«

Was sollte das heißen? Dass sie nicht mehr bei klarem Verstand gewesen ist, als sie die testamentarischen Verfügungen verantwortet hatte?

»Und Vincent?«, platzte es aus Patty heraus. »Den hätte sie dann ja wohl auch in ihrem Testament berücksichtigen können.«

Wobei sie nichts über diesen Vincent wusste – außer dass Ruben diesen Namen gestern erwähnt hatte. *Und zwar als denjenigen, in den Mama zuerst verliebt war. Vor Papa noch!*

Statt ihr zu antworten, begann Ruben, seinen Rollstuhl zu wenden.

»Oder, Onkel Ruben?«

»Ich weiß nicht.« Er zeigte ihr den Rücken, augenscheinlich gerade damit beschäftigt, ein Brotmesser in der Schublade zu suchen.

»Nein, sag doch mal.« Patty wollte diesmal nicht lockerlassen. Vincent? Was zur Hölle war denn mit diesem Vincent gewesen?

Ruben wühlte in der Besteckschublade.

»Du hast ihn ihr vorgestellt? Woher kanntest du Vincent überhaupt?«

Das Klappern des Bestecks verstummte. Patty hatte den

Eindruck, die breiten Schultern ihres Onkels würden ein wenig nach vorn sinken.

»War mit diesem Vincent irgendwas? Warum weichst du denn ständig aus, wenn es um ihn geht?« Sie hatte die Lippen gespitzt. Wenn er der erste Mann gewesen war, den Mama geliebt hatte, musste an ihm doch etwas dran gewesen sein.

Ruben drehte sich langsam um, und als sie ihm ins Gesicht blickte, bemerkte sie, wie angespannt er plötzlich wirkte.

»Wisst ihr mehr als ich?« Patty hatte beschlossen, den ironisch amüsierten Ton beizubehalten, und schaute zu ihren Geschwistern.

Jannick und Theo schüttelten den Kopf und sahen ebenfalls neugierig zum Bruder der Mutter. *Papa weiß vielleicht mehr*, ging es ihr durch den Kopf, aber Artur war noch nicht aufgetaucht.

»Vincent war mein bester Freund«, sagte Ruben nachdenklich. »Ich hab ihn sehr gern gehabt.«

Ach ja?

»Das ist natürlich schon ewig her«, fuhr er gedämpft fort. »Er war einer von diesen Jungs … weißt du? Wenn sie in einen Raum kommen, scheint der sich zu vergrößern? Kennt ihr das? Nicht, weil Vincent übermäßig groß gewesen wäre … oder, was weiß ich … autoritär oder so gewirkt hätte? Nein, gar nicht, im Gegenteil. Er sah gut aus, sicher, das schon. Vor allem aber hatte er etwas an sich, das ich bei niemandem sonst wieder so angetroffen habe. Etwas, dass man dachte: *Der sieht und versteht Dinge, die für mich und die meisten anderen Normalsterblichen wohl leider außerhalb unserer Reichweite bleiben werden.* Kann man das so sagen?« Er legte seine Hände in den Schoß. »Ich drücke mich entsetzlich aus, ich weiß.«

Patty erschrak. Das waren Tränen in Onkel Rubens Augen.

»Entschuldigt, ich … Das ist das Alter.«

Sie rutschte von dem Barhocker herunter, auf dem sie gesessen hatte, und ging zu ihm.

»Ich habe ihn wirklich geliebt«, sagte der alte Mann jetzt, und sie hatte sein gegerbtes Gesicht dicht vor Augen. »Er war so jung, so feinfühlig – ein bisschen wie von innen erleuchtet? Kannst du dir das vorstellen?«

Es war, als hätte Onkel Ruben alle anderen um sie herum vergessen.

»Er hatte gerade erst angefangen, Komposition zu studieren damals. Aber wir alle waren uns absolut sicher: Er würde einmal ein großer Komponist werden. Neue Musik – das war zu der Zeit, in den frühen Sechzigerjahren, eine tolle Sache. Nicht Rock oder Pop, sondern Schönberg, Nono … in Berlin gab es eine kleine Szene von Leuten, die das machten, und Vincent gehörte dazu.«

Sie hatte sich neben seinen Rollstuhl gehockt.

»Ich wusste, dass ihm unsere Villa hier gefallen würde«, fuhr Ruben fort, »also habe ich ihn eines Nachmittags im Spätsommer mal mitgebracht. Er hat uns alle verzaubert. Mich, unsere Eltern, die da gerade noch gelebt hatten … und natürlich auch Hedda.«

Ja.

Sie schwieg und sah dem Greis dabei zu, wie er versuchte, sich wieder zu sammeln.

Patricia suchte nach den richtigen Worten. »Aber dann … ich meine, Mama und er, was …«, *was genau ist denn dann passiert*, ging es in ihrem Kopf weiter, doch sie wagte es nicht, das zu sagen. Konnte sie es sich nicht denken? *Was passiert ist? Mama hat später nicht Vincent, sondern Papa geheiratet!*

29

»Gut«, sagte Jannick, »was ist die neue Aufgabe? Das würde mich jetzt am meisten interessieren.«

Sie hatten sich erneut im großen Salon versammelt. Nowotny war endlich mit fast einer Stunde Verspätung zu ihnen gestoßen, um zu Beginn der Wiederaufnahme des Wettkampfs dabei zu sein. Allerdings wussten sie bereits, dass er nicht lange bleiben können würde.

Der Notar lächelte, dass die perlenweiße Reihe seiner Zähne zu sehen war. »Lachen. Wer die meisten Stimmen als bester Lacher erhält.« Wirkte er ein wenig angespannt? Vielleicht kein Wunder bei der Rolle, die er übernommen hatte.

»Lacher. Sie meinen, wer … am besten lacht?«, hakte Patty nach.

»Ist das so unklar? Aber ja. Die besten Lachgeräusche. Haha. Hihi. Verstehen Sie?«

Patty schluckte. Unangenehm. In der Schulzeit hatte sie einmal eine Freundin gehabt, die die unschöne Angewohnheit hatte, ganz plötzlich das fröhliche Lachen, das Patty mit ihr geteilt hatte, zu stoppen und stattdessen abrupt eine ernste Miene aufzusetzen. Sodass einem selbst das Lachen, in dem man sich gerade eben noch so wohlgefühlt hatte, im Halse stecken blieb. Verraten war sie sich dabei stets vorgekommen, als hätte sie sich von ihrer Freundin hereinlegen lassen.

»Hahahaha – ha – hahaha. So? Ist es das, was Sie meinen?« Betty. Es hatte schief geklungen und schräg.

Nowotny nickte. »Ganz recht. Jeder zeigt, was er auf diesem Sektor kann, und am Ende entscheidet die Abstimmung.«

»Haha.« Ruben winkte ab. »Arme Hedda.« Er sah zu Artur. »Sag mal, was war denn mit ihr los am Ende?«

Es war eher ein Schnauben als ein Lachen, was Pattys Vater als Antwort vorbrachte. Aber es schien zu gelten, denn jetzt sah Nowotny zu ihr.

»Hi, hi, hi, hi.« Sie kicherte. Einen Augenblick lang fast von dem eigenen Spiel hinweggetragen. Was jedoch auf der Stelle verpuffte, als sie sah, wie die anderen ihr zuschauten.

»HahaHOHOHOHOHOHO, hahaha!« Jannick hatte sich in die Mitte des Zimmers gestellt und die Hände in die Seite gestemmt. »HAHAHAAAA!« Offensichtlich war er fest entschlossen, die Runde für sich zu entscheiden. »HUARH-UARRHUAAAAARR …«

Patty bemerkte, wie rot er bereits im Gesicht war. Dass ihm das nicht peinlich war? Andererseits … was war daran peinlich, mit ein paar unschönen Lachgeräuschen Millionen zu verdienen?

»UARRRRRARRRR …«

Jannicks herausgepresste Laute erfüllten den Raum. Inzwischen klang es mehr wie ein Schreien. Aber Jannicks Haltung ließ keinen Zweifel daran, dass er noch richtig gut Luft hatte.

»In Ordnung, Janni«, versuchte Sophia sich Gehör zu verschaffen. »Uns klingeln schon die Ohren. Mach halblang. Wir wählen dich, oder?«

»HAHAAAAhihihihihihi …«

Keiner ging auf Sophia ein.

»HÖHÖHÖHÖHÖHÖHÖHÖHÖHÖHÖ …«

Jannick baute sich vor Artur auf und schrie ihm förmlich seine abscheulichen Krächzer ins Gesicht.

War das alles inzwischen zu viel für ihn?

Patty bemerkte, dass sie zu schwitzen begonnen hatte. »EchECHECHECHECH.«

Das war kein Lachen mehr, egal wie weit man es fassen wollte, nur noch ein Husten und Keuchen.

Stille.

Betty war an Jannick herangetreten, der sich offensichtlich völlig verausgabt hatte, jetzt die Hände auf den Oberschenkeln abstützte und den Kopf hängen ließ. Patty konnte sich erinnern, dass Jannick bei bestimmten Gelegenheiten immer gern laut und ungehobelt gewesen war, aber dass er so weit gehen würde, überraschte sie jetzt doch.

»Meinst du, jetzt wählen wir dich, Jannick?« Oskar. »Hehe.« Er sah sich um, und sein Blick traf Patty. »Ich erspar euch die Quälerei, wählt lieber mich.«

Das kannst du vergessen!, schoss es ihr durch den Kopf. Und gleichzeitig kam ihr zum ersten Mal ein Gedanke, von dem sie spürte, dass er das Zeug hatte, ihr gesamtes Leben umzukrempeln. Wenn sie tatsächlich erben sollte ... Dass Oskar fremdgegangen war in den vergangenen Jahren, dessen war sie sich sicher. Sie hatte sich bisher nicht von ihm getrennt, es einfach nicht über sich gebracht. Würde sich das ändern, wenn sie tatsächlich erben sollte?

Unterdessen hatte Nowotny begonnen, einen Namen nach dem anderen aufzurufen und zu fragen, wer für den Genannten stimmte. Die meisten wählten sich selbst, nachdem Rüben damit angefangen hatte. Patty beschloss, ebenfalls für sich selbst zu stimmen, um nicht gänzlich ohne Votum abzuschneiden.

»Der Punkt geht an Jannick.« Nowotny sah auf die Unterlagen, die er auf dem Kaminsims ausgebreitet hatte.

Offenbar hatte Theo auch für Jannick gestimmt und damit den Ausschlag gegeben. Arbeiteten ihre beiden Brüder zusammen?

»Was? Reise nach Jerusalem? Eiswürfelspiel? Flaschendrehen?«, hörte sie Sophia schnattern. »Was kommt als Nächstes? Oder Moment, ich weiß es. Strip-Poker, und Theo spielt uns alle an die Wand!«

»Nein, nichts dergleichen.« Die randlosen Brillengläser des Notars reflektierten die Fensterscheiben. »Es gewinnt, wer als Erster von einem Nicht-Partner geohrfeigt wird.«

Geohrfeigt wird? *Das* hatte Mama von ihnen gewollt?

»Was?« Patricia fuhr zusammen.

Vor ihr stand Theo.

»Die Hälfte des Erbes, Patty. Denk doch mal nach.« Sein Gesicht war bleich, offensichtlich hatte er die ganze Nacht nicht geschlafen. Zugleich funkelte aber auch ein verschworenes Lächeln in seinen Augen.

»Tu's nicht, Patty«, rief Sophia neben ihr. »Er will dich nur reinlegen. Jetzt haust du ihm eine runter, er macht das Rennen, und dann heißt es: *War nur Spaß*. Oder: *Ich erinnere mich nicht*, oder so was.«

Theo wandte sich der älteren Schwester zu. Hatte sie das nur gesagt, um seinen Zorn auf sich zu ziehen und so als Erste abgewatscht zu werden? Oder weil sie nicht wollte, dass Theo den Punkt bekam? Oder beides?

»Ich wollte schon immer mal sehen, wie du nackt aussiehst, Betty«, war von der anderen Seite des Raums zu hören, und Patty kannte die Stimme nur zu gut. Es schwang sogar jenes Timbre darin mit, das er immer einsetzte, wenn seine Gedanken Richtung Schlafzimmer gingen. »Hat dir mal jemand gesagt, was für großartige Brüste du hast?«

»Hey, wir wissen alle, dass es nur ums Spiel geht«, knurrte Jannick Oskar an, »aber was zu weit geht, geht zu weit.«

Oskar drehte sich von Betty weg und sah Jannick an. »Ich glaub wirklich, deine Frau steht auf mich und ist schon ganz feucht.«

Patty spürte, wie sie die Luft anhielt. Wie schnell das gegangen war. Fünfundsiebzig Millionen. Vielleicht. Für einen widerlichen Spruch, den keiner von ihnen je wieder vergessen würde.

War es das wert?

»Ich schlage dich jetzt nicht, lieber Schwager.« Jannicks Stimme war leise geworden, aber keinem entging, was er sagte. »Sonst belohne ich deine Unverschämtheit ja noch. Aber …«

Doch er kam nicht mehr dazu, den Satz zu beenden, denn im gleichen Augenblick war ein Keuchen zu hören, und Patty sah ihre Tochter von Oskar zurückweichen. Während Oskars Scheitel verrutscht war, eine Hand an seiner Wange lag, seine Augen aber sprühten.

Natascha hatte ihrem Papa eine gescheuert.

»Pfui Teufel, Papa – so was zu sagen!« Natascha kicherte. »Schäm dich.«

Nicht-Partner. Oskars Partner war Natascha ja nun wirklich nicht.

»Viel zu sanft! Habt ihr das gesehen?« Zoe zeigte auf Oskar. »Seine Tochter hat ihm die Wange gestreichelt, und das soll eine Ohrfeige gewesen sein?«

»Nowotny?«

Aber der Notar hatte den Saal, wie er es ja bereits angekündigt hatte, verlassen. Patty hatte es gar nicht bemerkt.

»Er hat noch einen Termin in der Stadt«, gab Sophia Auskunft, »die nächsten Aufgaben hat er schon mal dagelassen.«

Sie deutete auf einen Packen Kuverts, der auf dem Kaminsims lag. »Wir können ihn aber auch telefonisch erreichen.«

»Ach was. Wir stimmen einfach ab«, schlug Theo vor. »Wie gerade eben.«

»Ach ja?« Oskar schnaubte. »Dann können wir ja jedem, der sich eine Ohrfeige einfängt, im Nachhinein den Punkt per Abstimmung wieder aberkennen.«

»Merkt ihr das nicht?«, hörte Patty sich selbst rufen. »Wir müssen endlich damit aufhören. Mit diesen Aufgaben, diesen Wettbewerben. Was ist hier eigentlich los? Das führt zu nichts als Streit!«

»Das sagst du doch bloß, weil du nur einen Punkt hast, Patty«, fuhr ihr Sophia über den Mund, die selber zwei Punkte hatte. »Von mir aus kann dein Mann den Sieg der Ohrfeigenrunde haben.« Sophia hob das oberste Kuvert vom Kaminsims hoch.

Darauf stand eine 12.

Und darunter: »Kuvert erst öffnen, wenn die vorhergehende Aufgabe gelöst worden ist.«

Sie hielt den Umschlag so, dass alle ihn sehen konnten, und riss ihn dann auf. Entnahm ihm ein Blatt Papier und überflog die wenigen Zeilen, die darauf standen.

»Runde zwölf. Wer innerhalb von zwei Minuten die meisten Tequila-Shots kippt«, las sie vor. Und sah auf.

30

»Drei!«

Jannick knallte das Schnapsglas auf die Theke. Auf Salz, Zitrone und den ganzen Schnickschnack hatten sie verzichtet.

»Noch eine Minute zehn Sekunden.« Sein Sohn Liam behielt die Uhr im Auge.

Sie alle tranken gleichzeitig ihre Shots. Zwei Minuten. Wer am meisten schaffte, gewann. Patty griff nach der Flasche und schenkte sich ein. *Noch ein Glas, und ich bin so betrunken, dass ich bei allen heute noch kommenden Prüfungen keine Chance mehr habe.*

Soweit sie es mitbekommen hatte, hatten alle mindestens ein Glas getrunken, um sich keinen Minuspunkt einzuhandeln. Oskar hatte auch ein zweites Glas genommen, danach aber gezögert, offensichtlich ebenfalls unsicher, ob es sich lohnte, sich in dieser Runde auszuknocken, wenn gar nicht garantiert war, dass man den Punkt dann auch holte.

»Vier!« Das Schnapsglas knallte auf die Theke. Jannicks gerötete Augen starrten sie an. »Wer zieht mit? Patty? Wie viele hattest du?«

»Noch zwanzig Sekunden.«

»Ich? Eins, Jannick.«

»Hey, Onkel?« Natascha hatte die Flasche in der Hand. »Ich hab auch vier.« Sie goss – kippte. Goss und kippte erneut. »Sechs!«

»Hat jemand das gesehen?« Jannick war herumgefahren und stierte in die Runde.

»Was soll das heißen? Dass meine Tochter jetzt betrügt, oder was? Komm runter, Jannick, was soll das denn?« Wütend musterte Patty ihren Bruder.

Jannick griff nach der Flasche und schenkte sich ein.

»Taschi, lass gut sein, er verträgt doch viel mehr.« So hatte Patricia ihre Tochter noch nie gesehen. Das fast noch kindliche Gesicht der Zwanzigjährigen wirkte verschoben und ein wenig aufgedunsen.

»Fünf.« Jannick lehnte sich zur Seite, holte aus und schleuderte das Schnapsglas mit voller Wucht in die Ecke der Küche. Laut klirrend zersplitterte es in tausend Stücke – die Scherben flogen durch die Luft.

»Hey, bist du wahnsinnig!« Sophia schrie.

Patty hatte den Arm vor die Augen gerissen. Als sie ihn wieder herunternahm, hatten sich alle Jannick zugewandt.

»Stopp – Zeit ist um!« Liam hielt die Uhr hoch.

Jannick grinste. »Herzlichen Glückwunsch, Natascha.«

»Und die Ohrfeigenrunde? Hat Papa gewonnen, oder?« Pattys Tochter nuschelte ein bisschen. »Sonst hat ja keiner einen Schlag kassiert.« Ihre Hand fuhr an ihren Mund.

Patty legte geistesgegenwärtig einen Arm um Nataschas Hüfte und fühlte den schlanken Leib ihrer Tochter sich aufbäumen. »Komm.« Sie hielt sie und half ihr, sich über die Spüle zu beugen.

»Meine Güte, könnt ihr vielleicht ins Bad gehen?« Ruben entfernte sich von der Spüle, während Patty Nataschas Haar hochhielt und ihre Tochter sich in das Spülbecken erbrach.

Was geschieht mit uns?

»Von mir aus. Soll Oskar den Ohrfeigenpunkt haben«,

schnarrte Jannick. »Weiter geht's.« Auch seine Stimme klang etwas verschlissen.

»Na los, ich bring dich in dein Zimmer«, sprach Patricia ihrer Tochter gut zu, doch die wehrte mit der Hand ab.

»Geht schon.« Sie wandte sich ihrer Mutter zu, und Patty sah das Leuchten in den Augen des Mädchens. »Zwei Punkte hab ich uns schon geholt, Mama.«

»Das ist doch nicht so wichtig.«

Die Miene des Mädchens, die kurz so selbstvergessen gestrahlt hatte, verschloss sich wieder. »War ja klar.«

»Nein, so hab ich es doch nicht gemeint!« Aber Natascha entwand sich ihrem Griff und sah an Patricia vorbei in die Küche.

Als Patty sich ebenfalls umdrehte, bemerkte sie, dass sich die anderen um den Herd versammelt hatten, während die Platte vorn rechts langsam rot wurde.

Was ... soll das *denn werden?*

»He Patty, hast du gehört? Wer am längsten die Hand auf die Herdplatte drückt!« Sophia lächelte sie an, aber irgendwie schien sich das Licht in der Küche geändert zu haben, denn für einen Moment hatte Patty das Gefühl, ihre Schwester sähe regelrecht krank aus.

»Was?«

»Wer am längsten die Hand auf die Herdplatte drückt!«

Bitte? Patty hatte den Eindruck, ihre Schwester nicht richtig verstanden zu haben.

»Hast du überhaupt schon einen Punkt?« Sophia blinzelte spöttisch. Offensichtlich hatte sie Pattys Sieg beim Singen schon wieder vergessen.

Wer am längsten die Hand auf die Herdplatte drückt! Das konnte doch nicht sein. Patricia fühlte, wie Tränen in ihr aufstiegen. »Das hat Mama gewollt? Dass wir unsere Hand da draufdrücken?« Sie starrte auf den Induktionsherd, dessen rot glühende Kupferspule böse durch die Glaskeramikplatte nach oben leuchtete. »Das ist doch nicht möglich.« Sie sah zu Artur, der seltsam gekrümmt in der Mitte der Küche stehen geblieben war, die mageren Schultern des alten Mannes schienen durch das dünne Jackett, das er trug, hindurchzustechen.

»Sag doch was, Papa!«, keuchte sie. »Was ist los mit euch? Hat Mama uns zuletzt so sehr gehasst? Was hast du mit ihr gemacht?!«

In ihr aber griff eine eiskalte Hand nach ihrem Herzen und hielt es fest, während es panisch und unregelmäßig weiterschlug.

31

Silvester 1963

»Oh, hey, was ist denn in *dich* gefahren?«

Hedda schnellte hoch. Sie war über das Transistorradio gebeugt gewesen und hatte versucht, AFN, den amerikanischen Soldatensender, reinzukriegen, der die beste Musik spielte, als sie Rubens alarmierte Stimme hörte.

Artur stand hinter ihr, dort, wo er auch vor einer Minute gestanden hatte, aber er hatte eine winzige Bewegung gemacht, und diese Bewegung änderte alles.

Sie befanden sich auf dem kleinen Sandstrand gleich beim Pier, nur ein paar Meter von der Villa entfernt. Graugrün schimmerte die Seenlandschaft um sie herum, der Himmel so bleiern wie oft in Berlin, die Villa seit Jahrzehnten nicht renoviert. Außer Hedda, Ruben und Artur befand sich noch jemand bei ihnen, ein junger, gut aussehender Mann im selben Alter wie sie alle, nicht weit über zwanzig.

Vincent.

»Du weißt, dass das nicht im Mindesten lustig ist, Artur.« Ruben war anzumerken, dass er versuchte, ruhig zu bleiben, und doch kurz davor war, ernstlich wütend zu werden. Artur stand ihm genau gegenüber, in der ausgestreckten Hand, von den Fingern fest umschlossen, die Walther P38 von Heddas und Rubens Vater, die sie vorher mit an den See gebracht hatten. Ein paar Schüsse hatten sie bereits auf die Zielscheibe abgefeuert, die sie unweit der Anlegestelle an den Kiefern angebracht hatten. Hedda als Erste, dann Ruben und Vincent. Artur hatte die Waffe zuletzt bekommen, in die Hand genommen und die winzige Drehung gemacht, die die Mündung des Laufs auf Ruben zeigen ließ.

»Wie fühlt sich das an, Ruben?«, fragte er jetzt.

»Artur?« Hedda versuchte, Arturs Aufmerksamkeit auf sich zu lenken, aber er hob nur seine freie Hand in ihre Richtung, um zu signalisieren, dass sie schweigen sollte.

»Es fühlt sich so an, als hättest du eine ordentliche Abreibung verdient, lieber Schwager.« Ruben war nach der neuesten Mode der frühen Sechzigerjahre gekleidet und sah gut aus: Röhrenhose, Wollpullover, lässiger Haarschnitt. Als er am Vortag mit Vincent zu Besuch gekommen war, hatte er vor guter Laune und Unternehmungslust nur so gesprüht. Offenbar so sehr, dass er Arturs Unwillen auf sich gezogen hatte.

»Liebster, bitte, du weißt, sie ist geladen …«

»Hedda, natürlich weiß ich das.« Artur wandte sich ihr zu, und der Arm, den er nach wie vor ausstreckte, schwenkte herum – mit ihm die Pistole, die jetzt direkt auf sie zeigte. Als würde ein seltsamer Sog von der schwarzen Mündung ausgehen.

Sie warf Ruben einen Blick zu. »Er macht nur Spaß, Ruben, mach jetzt keinen Blödsinn!« Nicht dass er noch versuchte, Artur zu entwaffnen und damit erst wirklich das Unheil auslöste.

Sie wusste, was der eigentliche Grund für Arturs unangenehmen Ausfall war. Natürlich war es nicht lustig. Natürlich war es kein Spaß, obwohl sie sich sicher war, dass er nicht abdrücken würde. Oder?

»Vielleicht ist Vincent gar nicht der Einzige hier, der durch den Krieg traumatisiert ist, Ruben. Was meinst du?« Artur hatte seine blauen Augen jetzt weit geöffnet.

Als die ersten Schüsse auf die Zielscheibe vorhin gefallen waren, war Vincent heftig zusammengezuckt, was keinem von ihnen entgangen war. Er hatte berichtet, dass er seit einer der schlimmsten Bombennächte in Berlin, die er als Siebenjähriger im Luftschutzbunker miterlebt hatte, bei lauten Knallgeräuschen noch immer zu zittern anfing und Schwierigkeiten hatte, sich zu kontrollieren. Noch Jahre nach dem Krieg sei er bei verschiedenen Ärzten gewesen und habe eine Art Kriegstrauma diagnostiziert bekommen, ohne jemals als Soldat an der Front gewesen zu sein.

Tatsächlich konnte auch Hedda sich vage an die Nächte in den Luftschutzbunkern erinnern. Erst das Gellen der Sirenen, das kopflose Schutzsuchen in dem unterirdischen Raum, das endlose Warten, das ohrenbetäubende Krachen, wenn die nahebei stationierte Flak anfing, die ankommenden Jagdbomber zu beschießen. Schließlich die mit nichts zu vergleichenden Detonationen, wenn die Bomben rechts und links, vor und hinter einem einschlugen, während man sich im Bunker hilflos zusammendrängte und nur beten konnte, dass keiner der todbringenden Sprengsätze genau auf einen drauffiel.

PENG!

Sie schrak zusammen. Artur hatte die Waffe ein wenig nach oben gerichtet und abgedrückt.

Natürlich wusste sie, was ihn ritt. Aber was sollte sie ihm denn sagen? *Liebster, alles wird gut?* Das stimmte ja nicht. Offenbar konnte er fühlen, dass das ganz und gar nicht der Fall war. Sie hatte zu weinen begonnen und fühlte Arturs Blick auf sich ruhen.

»Baust du die Bombenexplosionen in deine neue Oper ein,

Vincent?« Artur wandte sich Rubens Freund zu, und der Klang seiner Stimme zeigte, wie schwer es ihm fiel, seinen Zorn im Zaum zu halten.

»Ich habe daran gedacht, aber es ist nicht einfach.« Blaue Schatten hatten sich um Vincents Augen gelegt, er wirkte beinahe, als könnte er Artur verstehen.

Er und Hedda hatten Artur noch nichts gesagt. Aber Artur musste es auch so gespürt haben. Er war ein sensibler Mann, das hatte Hedda immer gewusst. Er ahnte, dass Hedda kurz davor war, ihn für Vincent zu verlassen. Er stand mit dem Rücken zur Wand – und wehrte sich.

»Ist es das?« Ruben, der vielleicht noch am besten seine Fassung bewahrte, machte einen Schritt auf Artur zu. »Du bist neidisch auf Vincent, weil er Opern schreibt und du immer nur fremde Texte interpretieren wirst, statt selbst zu zeigen, was in dir steckt? Ich kann das verstehen, Artur. Mach's doch wie ich. Presseausweise stellen sie noch großzügig aus. Lass all das hinter dir, Artur, Berlin, den ganzen Mief hier. Hedda wird auf dich warten, nicht wahr, Schwesterlein? Ich nehme dich mit nach London, du kannst über das Zusammenbrechen des Empire berichten, das bringt dich nach Afrika und Fernost. Und wenn alles glattgeht, schaffst du es in ein paar Jahren bis nach Amerika.«

»Willst du das, Hedda? Dass ich mit Ruben gehe?«, fragte Artur, die Waffe noch immer auf Hedda gerichtet.

Sie wusste, dass er niemals auf sie schießen würde, es sei denn, er liebte sie so sehr, dass er sich nicht vorstellen konnte, ohne sie zu leben.

»Nein, Artur, das möchte ich nicht«, flüsterte sie und fühlte zugleich ein glühendes Stechen in der Brust. Ja, sie belog ihn, aber die Waffe in seiner Hand zwang sie doch dazu!

Die Mündung sackte eine Idee nach unten, dann sank Arturs Arm herab, und die Waffe zeigte auf den Sand zu seinen Füßen.

Ruben trat einen Schritt auf ihn zu, drehte ihm die Pistole aus der Hand und hatte zugleich einen Arm um seine Schultern gelegt.

Mit keinem Wort hatten sie erwähnt, worum es hier wirklich ging. Und doch war Hedda sich sicher, dass Artur es gespürt haben musste – dass das der Grund dafür war, dass er so weit gegangen war.

Ruben führte ihn ein paar Schritte den Sandstrand hinauf, und Artur wirkte, als habe er sich völlig verloren.

Sie sah zur Seite. Vincent hatte einen Schritt auf sie zugemacht, sein Blick schien sie zu verzehren.

»Die beiden Briefe«, sie fühlte ihn mehr, als dass sie ihn hörte, »hast du sie?«

Ja.

32

Lieber Zwillingsbruder,

inzwischen werdet ihr bereits angefangen haben, nach mir zu suchen. Ich habe Vincent gesagt, was ich vorhabe, deshalb ist er bereits fort. Du wirst wahrscheinlich nicht verstehen, warum ich es getan habe. Ich wollte, ich könnte es besser erklären. Ich habe – letztlich ist das der Grund – einsehen müssen, in meinem Leben alles falsch gemacht zu haben. Kennst du dieses Gefühl vielleicht? Nur ist es bei mir kein Aufflackern einer plötzlichen Empfindung, die wieder vergeht – es ist vielmehr eine inzwischen seit Monaten nagende Gewissheit. Ich hätte Artur niemals heiraten dürfen.
Ich hätte mich mehr anstrengen müssen, einen Beruf zu erlernen. Es tut mir leid, dir und euch diese Umstände zu machen. Du kennst mich, wir haben uns immer geliebt und verstanden. Ich kann nicht mehr. Gib Artur den Brief, den ich hier beilege, lieber Ruben, damit er sich keine Vorwürfe macht. Ich bin erleichtert, mich zu diesem endgültigen Schritt entschlossen zu haben. Ich freue mich auf den Tod.

Deine dich liebende Schwester

Hedda

Liebster Artur,

ich weiß, dass ich, indem ich diesen Schritt gehe, eine schwere Schuld auf mich lade, weil du dein Leben lang davon verfolgt sein wirst. Deshalb möchte ich dich bitten, dir die Zeilen, die ich hier an dich schreibe, zu Herzen zu nehmen. Es ist nicht deine Schuld. Ich bin diejenige, die in vielen kleinen einzelnen Entscheidungen ihr Leben so verfahren hat, dass ich keine Möglichkeit mehr sehe, es weiterzuführen. Ich kann es dir nicht wirklich erklären. Wir haben ja einige Male darüber gesprochen. Es ist wie eine schwarze Decke, die sich langsam über mich gezogen hat. Ich habe versucht – das musst du mir glauben – sie abzustreifen. Licht zu bekommen. Luft zu bekommen. Und das Gefühl, mich nur immer tiefer in dieses verfluchte Gewebe aus Traurigkeit, Hoffnungslosigkeit und Mutlosigkeit verstrickt zu haben.

Ich schaffe es nicht länger, mich dagegen zu wehren. Du bist noch jung. Hätte ich mich noch zehn Jahre weiterschleppen sollen an deiner Seite, dir dein Leben vergällend, bis du zu alt bist, um es noch einmal zu versuchen? Ich habe mich dagegen entschieden. Auch, um dich frei zu machen. Ich hätte fortgehen können, aber wohin? Was mich verzweifeln lässt, bin doch ich selbst. Ich befreie dich von mir, liebster Artur, du darfst dir deshalb keinen Vorwurf machen. Ich weiß, du hast mich aufrichtig geliebt, hast alles versucht, um diese bleierne Verzweiflung von mir zu wälzen. Ich weiß nicht, warum es nicht gelungen ist. Ich gehe froh in den Tod, werde in gewisser Weise für immer so bei dir bleiben, wie du mich von nun an in Erinnerung haben wirst. Ich wünsche, du mögest schnell – so schnell es eben geht – darüber hinweg-

kommen, nach vorn blicken, endlich das Leben mit einer Frau, die dich liebt und dir Kinder schenkt, beginnen, nach dem du dich – ich weiß es – so sehr sehnst.
Verzeih mir.

Deine Hedda

33

36 Stunden vor Totensonntag

»Was war denn hier los, in all den Jahren, in denen ich fort war?«, platzte es aus Theo heraus.

Die verfluchte Insel. Auf die man nur mit dem Boot kam. Die Abgeschiedenheit. Er war so früh wie möglich von zu Hause fortgegangen, er konnte es doch nicht wissen, nicht wahr? Aber Jannick? Sophia? Patty? Sie hatten die Eltern regelmäßig besucht, sie konnten sich nicht so einfach rausreden.

Sein Blick wanderte über die hohlwangigen Gesichter der anderen. »Ist etwas vorgefallen?« Sein Blick richtete sich auf Sophia. »Soph? Komm schon! Was hat Mama so aufgebracht?« Er fühlte die Hitze der Herdplatte, die genau neben ihm glühte.

Sophia hatte den Kopf gesenkt.

»Was kommt denn als Nächstes?!«, fuhr Theo auf. »Wo sind die Kuverts? Ich will wissen, was in den bevorstehenden Runden auf uns zukommt.«

»Die Umschläge liegen auf dem Kaminsims. Aber auf jedem steht drauf, dass man ihn erst öffnen soll, wenn man die Aufgabe davor erledigt hat. Und es sind auch nur Umschläge bis Aufgabe achtzehn da. Den Rest will Nowotny am Sonntag mitbringen, wenn er wieder hierherkommt.«

»Ach ja. Dann ruf ihn am besten mal an. Er hat ja gesagt,

er ist rund um die Uhr erreichbar, oder nicht? Ich will wissen, ob er uns erklären kann, was hier vor sich geht.«

Sophia hatte ihr Handy bereits aus der Tasche genommen und den Lautsprecher eingeschaltet. Ein Freizeichen war zu hören.

»Ich hab schon vorhin versucht, ihn zu erreichen. Geht keiner ran. Kein AB, kein Besetztzeichen. Es tutet einfach immer weiter.«

»Er hat gesagt, wir können ihn jederzeit sprechen, und jetzt ist er nicht erreichbar?« Theos Augen hatten sich verengt. »Merkwürdig, oder?« Er sah in die Runde.

Die anderen erwiderten seinen Blick, aber offensichtlich wusste keiner so recht, was er sagen sollte.

»Ich meine, erst Wett-Tauchen, jetzt Wett-Verbrühen!« Theos Hände lagen an seinen Schläfen. »Und das ist erst Runde … wie viel?«

»Dreizehn«, half Oskar ihm auf die Sprünge. »Fast die Hälfte ist geschafft.«

»Also danach *noch* vierzehn Wettkämpfe, und wie es aussieht, werden sie immer schlimmer.« Theo wandte sich an Artur, aber sein Vater wirkte, als sei ihm alles ein wenig über den Kopf gewachsen. »Papa? Was war los mit Mama? Du warst doch jeden Tag hier!«

»Genau!«, brach Jannicks laute Stimme sich Bahn. »Wir alle waren hier oder haben sie zumindest regelmäßig besucht. Nur du nicht, Theo. Also hör auf, uns hier Vorhaltungen zu machen!«

Theo drehte sich um und fasste seinen Bruder ins Auge. »Hast *du* Mama diese Idee mit den Wettbewerben eingeredet?«

Jannick fuhr zurück. Weil es stimmte?

»Ja? Willst du, dass Mamas Häuser, die Verwaltung – dass

alles zusammenbleibt und nicht aufgeteilt wird? Ist es das? Oder was? Findest du es unfair, wenn nicht alles an dich geht, Jannick, weil du dich so liebevoll all die Jahre um Mama gekümmert hast?«

Aber es war Artur, der ihm ins Wort fiel, bevor Jannick etwas erwidern konnte. »Hört auf, Jungs. Das bringt doch nichts, wenn wir uns gegenseitig an die Gurgel gehen. Vielleicht …« Seine Stimme verlor sich.

»Was?« Theo hatte seinen Arm gegriffen.

»Vielleicht war sie wirklich wütend?« Die geröteten Augen des alten Mannes richteten sich auf Theo, und für einen Moment flog Theo der Altmännergeruch seines Vaters an.

»Und wieso?« Er ließ Artur nicht aus dem Blick.

»Ich … weiß es nicht.«

»Ach nein?!« Wütend ließ Theo ihn los. Artur verbarg etwas vor ihm und ihnen! Oder etwa nicht? Theo hatte ihn so lange nicht gesehen, er war sich nicht absolut sicher, ob er seinen Vater noch richtig einschätzen konnte. »Hattest du Mama mit etwas in der Hand, Papa?«, entfuhr es ihm. »Ist es das, was sie so wütend gemacht hat?«

34

Sechs Monate vor Totensonntag

»Aber ja! Warum nicht? Notieren Sie das, Herr Nowotny. Ich will, dass meine Kinder sich anstrengen, begreifen Sie? Wer springt über seinen Schatten? Vielleicht Jannicks Frau Betty? Ich mag Betty. Ich glaube, alle unterschätzen sie, Jannick eingeschlossen. Sie ist die Mutter meiner Enkelkinder, sie sollte eine Chance bekommen, genau wie alle anderen. Wer taucht am längsten? Wer singt am schönsten? Ich will diese Runden, Nowotny, versuchen Sie nicht, mich davon abzubringen.«

»Aber wieso denn, meine liebe Frau Laurent? Haben Sie doch … nun, vielleicht nicht Mitleid, aber ein wenig mehr Nachsicht.«

»Nachsicht? Meinen Sie, mein Vater hat sein Immobilienunternehmen auf Nachsicht aufgebaut? Seine Häuser mit Mitleid erkauft? Das hat er nicht. Das ist ja geradezu lächerlich. Wissen Sie, warum Familienunternehmen in der zweiten oder dritten Generation oftmals untergehen? Weil die Nachkommen zu – genau! – *nachsichtig* behandelt wurden. Davor hat er mich immer gewarnt.« Sie hielt inne, und ihre wachen, energischen Augen waren auf den Notar mit der randlosen Brille fixiert. »Passen Sie auf, mein Vater hat mir genau zwei Geschichten erzählt. Eine von einem Vater. Eine von einer Mutter. Habe ich das schon mal erwähnt?«

»Nein, aber …«

»Nein, weil Sie Nachsicht fordern. Wie falsch das ist! Ich sage Ihnen, die Vatergeschichte ist ganz einfach. Es war einmal ein Vater, der hob seinen Sohn auf den Schrank, einen mächtigen Eichenholzschrank in einem hohen Berliner Zimmer, in dem der Schrank bis fast an die Decke reichte. Der Sohn war vielleicht drei oder vier Jahre alt. ›Spring‹, so hat es mein Vater mir erzählt, ›spring‹, rief der Vater seinem Sohn auf dem Schrank zu, ›ich fang dich auf‹. ›Nein, ich hab Angst‹, hat der Sohn gequengelt, ›es ist so hoch, ich werde mir wehtun.‹ ›Aber wieso denn, so ein Unsinn. Hier, spring in meine Arme, Junge, ich habe sie ausgebreitet, du brauchst keine Angst zu haben. Ich bin dein Vater, ich fang dich auf, du kannst dich auf mich verlassen.‹ ›Wirklich?‹ ›Aber ja, natürlich, hier, du siehst mich doch, ich bin gleich hier vor dir.‹ Also hat der kleine Mann all seinen Mut zusammengenommen, ist nach vorn gerückt, hat seine eigenen kleinen Arme ausgebreitet und ist *huiiiii* vom Schrank gesprungen. Angstvoll flog er durch die Luft. Der Vater aber machte einen Schritt nach hinten, sodass der Junge mit voller Wucht auf das Parkett geknallt ist. Und wie das wehtat! Völlig entgeistert hat er seinen Vater angestarrt, der ihn hochgenommen und getröstet hat. ›Aber wieso hast du mich denn nicht aufgefangen?‹, hat der Kleine schluchzend gefragt. ›Weil ich will, dass du lernst, niemandem zu vertrauen, auch deinem Vater nicht!‹«

Sie schwieg. In Gedanken offenbar bei ihrem eigenen Vater, den Nowotny nie kennengelernt hatte, von dem aber eine Fotografie gleich über ihrem Schreibtisch hing.

»Und die Muttergeschichte«, fragte er vorsichtig, als sie keine Anstalten machte fortzufahren.

»Richtig.« Heddas Augen funkelten. »Es war einmal eine Mutter, die schenkte ihrem Sohn zwei Hemden.« Sie lächelte, als erinnerte sie sich daran, wie ihr Vater ihr diese Geschichte erzählt hatte. »Ein paar Tage später kündigte sie ihrem Sohn ihren Besuch an. Also beschloss er, eines der beiden Hemden anzuziehen, um ihr eine Freude zu machen. Es klingelte, er öffnete die Wohnungstür, und seine Mutter riss die Augen auf. ›Ach so? Das *andere* Hemd hat dir wohl nicht gefallen!‹«

Nowotny kicherte.

Ihre knochige Hand legte sich auf den Arm des Notars. »Setzen Sie das Papier so auf, wie ich es gesagt habe, mein lieber Herr Nowotny. Ich kenne meine Kinder. Ein bisschen Rabatz tut ihnen gut. Nicht zu viel, natürlich nicht, nur ein wenig. Aber ganz ohne dass sie etwas dafür tun müssen, sollten ihnen all die Millionen nicht in den Schoß fallen, das hätte auch mein Vater ganz bestimmt nicht gewollt.«

35

»Wisst ihr was?« Patty hatte das Wort ergriffen. »Um wie viel geht es? Fünfundsiebzig *Millionen* Euro?«

Alle wandten sich ihr zu.

»Einfach so?« Sie spürte, wie laut sie war – befeuert von der Angst und nicht zuletzt dem Schnaps aus der vorherigen Aufgabe. »Na und! Was ist schon dabei?« Sie hieb ihre Handfläche auf das rot glühende Feld und verspürte gar nichts. Hörte es jedoch zischen. Und fühlte im gleichen Moment, wie sie zurückgerissen wurde.

»Nicht! Bist du übergeschnappt?« Theo hielt ihren Arm und schob sie zu der Spüle, wo der Wasserhahn noch immer aufgedreht war, nachdem Natascha das Becken gesäubert hatte. Hastig stieß er ihre Handfläche unter den eiskalten Strahl.

Es tat weh, aber für den Sekundenbruchteil, den ihre Hand auf der glühenden Platte gelegen hatte, musste eine Schweißschicht, die sich augenblicklich gebildet hatte, sie geschützt haben. Sie spürte, wie sie weinte, während Theo ihre Hand unter den kühlenden Wasserstrahl hielt.

»Von mir aus soll Patty den Punkt haben«, hörte sie ihren Vater hinter sich. »Ist doch sowieso unmöglich, die Zeit auf die Hundertstelsekunde genau zu messen.«

Sie fühlte den Schmerz, verzögert durch das Kühlen des Wassers, auf sich zurollen.

»Gibt es eine Brandsalbe oder so im Haus?« Theo hatte sich an seinen Vater gewandt.

»Vielleicht im Schrank, im Bad oben.« Arturs Gesicht tauchte neben ihr auf. »Alles okay?«

Patricia hob den tränenverschleierten Blick und sah ihren Vater an. »Kannst du nicht machen, dass es aufhört, Papa?«

Aber noch während sie das sagte, sah sie jenen strengen Zug in seinem Gesicht auftauchen, den sie als Kind schon gefürchtet hatte, und der sich stets gezeigt hatte, wenn ihr Vater kurz davor stand, ein Verbot oder eine Ermahnung auszusprechen.

»Wie denn?«, hörte sie ihn jetzt antworten. »Mamas Testament kann ich doch nicht ändern.«

Nein.

»Glückwunsch für den Punkt, Patty«, perlte Sophias Stimme durch die Küche. »Womit wir bei Runde vierzehn wären: Wer verschluckt den größten nicht-essbaren Gegenstand?«

»Hast du schon in das nächste Kuvert geschaut?« Theo sah zu seiner älteren Schwester.

Sie lächelte. Sah es ein wenig schief aus? »Allerdings. Eben, als du Pattys Hand gekühlt hast.«

Pattys Blick ging zu Theo. Offenbar überlegte er, was er sagen sollte.

»Hast du noch mal versucht, den Notar zu erreichen?«

»Hab ich. Wieder nichts.«

Patty versuchte, im Gesicht ihrer Schwester zu lesen. Sophias Blick traf sie, und es sah aus, als würde sie sagen: »Was denn?«

»Was haltet ihr davon, dass wir mit den Aufgaben erst mal pausieren, bis wir den Notar gesprochen haben?«, schlug Theo vor.

Sophia verschränkte die Arme. »Warten bis wann? Für morgen, zur Beerdigung, hat er sein Kommen ja angekündigt.

Dann können wir ihn ohnehin sprechen. Aber bis morgen warten? Ich weiß nicht. Wenn ich ihn richtig verstanden habe, sind die Regeln relativ einfach. Jeden Tag neun Aufgaben. Heute also noch fünf. Jetzt warten, bis der Tag verstreicht, und damit riskieren, dass das ganze Testament ungültig wird und ein Rechtsstreit losgeht, der niemals endet ... also ich bin dagegen.«

»Ich auch«, meldete sich Oskar zu Wort. »Was ist vierzehn? Einen nicht-essbaren Gegenstand verschlucken? Finde ich jetzt nicht so wild.«

»Wer ist noch dagegen? Also wer ist dafür, jetzt erst mal weiterzumachen und morgen mit Nowotny zu reden?« Sophia hatte sich an die anderen gewandt.

»Entschieden wird ja eh heute nichts mehr, wenn wir nur bis Runde achtzehn kommen«, pflichtete Zoe ihr bei. »Ich bin für weitermachen.« Sie hob den Arm.

Patty sah, wie sich bis auf Theo auch die anderen ihrer Schwester anschlossen, und hob ebenfalls die Hand.

»Ist das hier groß genug?« Ruben hatte sich aus seinem Rollstuhl erhoben und stand an der Kücheninsel.

»Besonders groß ist es nicht, lieber Schwager.« Artur zuckte mit der Schulter. »Aber gut, zeig, was du drauf hast, dann sehen wir weiter.«

Es war ein Gummiband. Keine schlechte Idee, dachte Patty. Das hätte sie vielleicht auch noch runtergekriegt.

Ruben steckte sich das Band in den Mund. »Darf ich ein bisschen Wasser trinken?«, zischelte er.

»Klar, warum nicht.« Sophia beugte sich vor, füllte ein Glas und reichte es ihm.

Patty sah, wie er es an die Lippen setzte und trank. Ein paar Tropfen rannen ihm aus den Mundwinkeln. Dann grinste er und rollte die Augen. Sperrte den Mund auf. Hatte er das Band jetzt unter der Zunge?

»Na schön, aber das ist größer!«, meldete sich Artur und hielt einen Korken hoch. Steckte ihn sich in den Mund, bevor jemand etwas sagen konnte. Und fing an zu kauen.

»Du zerbeißt ihn – das gilt nicht!« Halb ärgerlich, halb belustigt sah Ruben zu Sophia. »Sag deinem Vater, dass er das Ding im Ganzen schlucken muss.«

»›Wer verschluckt den größten nicht-essbaren Gegenstand?‹« Sophia überlegte. »Heißt das, dass man ihn nicht zerkauen darf?«

Arturs Kiefer mahlte. Er nahm Ruben das Wasserglas aus der Hand, trank einen Schluck und kaute weiter.

»Ich hab bei einer Pokerrunde mal einen Typen getroffen, der früher als Schwertschlucker aufgetreten ist«, ergriff Theo das Wort.

Die Brandsalbe schien er vergessen zu haben, aber Pattys Hand tat ohnehin kaum noch weh. Sie hatte die Herdplatte wirklich fast gar nicht berührt.

»Er hat mir erzählt«, fuhr Theo fort, »dass so ein Schwert zu schlucken gefährlich ist, aber keine Zauberei.«

»Na dann.« Ruben sah seinen Neffen herausfordernd an.

»Kopf in den Nacken legen, Hals überdehnen, das Würgen am oberen Ende der Speiseröhre unterdrücken. Ist der Gegenstand erst mal in der Röhre, geht es dank der Schwerkraft fast von selbst.«

Patty spürte eine Art Würgereflex. Theo hielt eine Zweieuromünze hoch.

Ruben nickte. »Das zu verschlucken schlägt den zerkauten Korken, oder Sophia?«

Sie grinste. »Auf jeden Fall. Papa?«

Sie sah zu ihrem Vater, aber der hatte sich bereits über den Mülleimer gebeugt und den Korken ausgespuckt. »Na schön, aber einen Versuch war's wert.«

»Geld ist gut, oder? Darum geht's doch.« Theo schob sich die Münze in den Mund.

Patty sah, wie er schluckte und sich seine Pupillen vergrößerten. Schmerz schien ihn zu durchfluten, denn sein Gesicht verzog sich. Er griff mit der Hand an den Hals, riss den Mund auf, und ein hartes Fauchen entrang sich seiner Brust. Im nächsten Augenblick war Zoe bei ihm, um ihn zu stützen. Patty sah, wie seine Hand sich um Zoes Finger schloss, seine Pupillen sich unter die oberen Lider schoben und er den Kopf laut stöhnend in den Nacken legte. Scharf stand sein Adamsapfel nach außen ab, hob sich, senkte sich, hob sich erneut, als versuchte Theo verzweifelt, das riesige Geldstück durch die vollkommen verkrampfte Kehle hindurchzubekommen.

»Yeah!« Theo zog Zoe an sich und kippte den Kopf wieder nach vorn. Schlug sich im nächsten Moment jedoch auf die Brust – der Mund erneut schmerzvoll verzerrt. »Verdammt, tut das weh! Als reißt einem das verfluchte Geldstück die ganze Speiseröhre auf!«

Seine Stimme war leise, seine Hand fuhr über seine Lippen. Er hielt die Finger vor sich, und Patty konnte sehen, dass etwas Blut an ihnen klebte.

»Kommt das aus der Speiseröhre, Mann?« Oskar war zu ihm getreten, und Theo schaute zu ihm, halb gestützt von Zoe, halb gelehnt an die Kücheninsel.

»Ach was, sicher nur aus der Mundhöhle.« Er holte tief Luft. »Ich glaub, jetzt ist die Münze im Magen. Habt ihr's klimpern gehört?« Er lächelte.

»Ehrlich gesagt, wäre der Korken aber schon größer gewesen, oder?« Jannick hatte sein dreistes Gesicht aufgesetzt, das er schon früher immer gezeigt hatte, wenn er meinte, auf Teufel komm raus etwas durchsetzen zu wollen.

»Red keinen Quatsch, Janni. Der Punkt geht an Theo«, entschied Sophia, und keiner widersprach ihr.

36

Liebe Schwester,

heute nur rasch ein paar Zeilen per Post, weil mir unser Telefongespräch von heute Vormittag nicht aus dem Kopf geht. Nowotny, sagst du, heißt der Mann? Und wer hat ihn dir empfohlen? Jannick? Du weißt, ich liebe alle deine Kinder, natürlich auch den Ältesten – obwohl ich mir manchmal wünschte, er würde sich seinem altem Onkel gegenüber etwas weniger robust aufführen. Nein, Jannick ist ein großer Kindskopf, aber ich erkenne sowohl dich als auch Artur in ihm. Nur … meinst du wirklich, es ist eine so furchtbar gute Idee, ausgerechnet den Notar, den du mit deinem Testament beauftragen willst, über Jannick auszuwählen? Ich weiß schon, er hat ihn dir nur empfohlen, aber dennoch. Welcher Art ist denn die Verbindung zwischen den beiden? Sie kennen sich schon sehr lange, hast du gesagt. Umso schlimmer, würde ich am liebsten erwidern.
Moment – halt – stopp! Natürlich will ich deinem Sohn nicht misstrauen. Unterstellen schon gar nichts. Nichts läge mir ferner. Aber du weißt, um was für eine Summe es sich bei deinem Erbe dreht? Das sind Zahlen, bei denen wird jedem schwindlig! Und wer das Gegenteil behauptet, lügt. Deshalb meine Frage: Bist du sicher, du kannst dich auf diesen Nowotny verlassen?
Könnte es sein, dass der Notar eher an seinen alten Freund

Jannick denkt als an dich, wenn er sich um die Angelegenheit kümmert?
Du weißt, dass ich mir im Grunde genommen um deine Erbschaftsangelegenheiten keine Sorgen mache. Meinen Teil hat Papa mir vor ewigen Jahren gegeben, diesbezüglich gab es nie Streit. Aber du selbst hast heute die Notarfrage am Telefon angesprochen und meinen Rat einholen wollen. Deshalb habe ich das Gefühl, ich müsste dir gegenüber offen sein. Auch wenn ich weiß, wie unbeliebt man sich macht, wenn man sich zwischen Mutter und Sohn stellt. Doch lieber riskiere ich deinen Unmut, als dass ich es versäumte, dir meine Bedenken mitzuteilen.
Was, wenn Jannick und Nowotny die Sache tatsächlich ein wenig zu Jannicks Gunsten drehen, was der dann wiederum – ich kenne ihn doch, er ist ja nicht dumm! – seinem-Notarkumpel honorieren würde. Was läge näher als das?
Du hast mir ja nicht sagen wollen, welche Art von Testament genau dir vorschwebt. Eines aber scheint klar: Je komplizierter es ist, desto undurchschaubarer.
Kurzum, wenn du meinen Rat hören willst: Verzichte darauf, ausgerechnet Jannicks Notar zu nehmen. Gern höre ich mich einmal um, wer in Berlin für solcherlei Angelegenheiten geeignet wäre, und lasse dir ein paar Namen zukommen. Und bitte – um Himmels willen – sag Jannick nicht, dass ich derjenige gewesen bin, der von Nowotny abgeraten hat. Ich will ja nicht bis ans leider nicht mehr so ferne Ende meiner Tage mit meinem Neffen verkracht sein!

In Liebe, Dein Zwilling
Ruben

37

Sie hatten ein weiteres Kuvert geöffnet.

Runde fünfzehn: Wer alle anderen aus einem Zimmer drängt.

»Sind alle jetzt hier im Raum?« Jannick sah sich um.

Betty war da, Ruben, Artur, Theo und Patty ebenfalls ... Es sah ganz so aus.

»Also?« Theo schaute ihn angespannt an.

»Wer als Letzter im Zimmer bleibt, hat gewonnen.«

Sophia fühlte ein nervöses Zucken im Lid.

»Da müssen wir beide das Feld wohl den Jüngeren überlassen.« Artur sah zu Ruben.

Der nickte und setzte seinen Rollstuhl in Bewegung.

»Jannick?« Betty machte ihrem Mann ein Zeichen. »Kommst du?«

Sophias Bruder blies die Wangen auf. »Was? Den anderen das Feld überlassen?«

Betty trat an ihn heran, und Sophia hatte den Eindruck, sie so etwas wie: *deine Schwestern aus dem Zimmer schleifen, wirst du doch nicht wollen*, flüstern zu hören. Sophias Blick traf den von Patricia. Die sprach ebenfalls gerade mit ihrem Mann.

»Unter Gentlemen würde man für den Ältesten oder die Älteste freiwillig den Platz räumen oder so.« Sophia sah zu Theo. »Ich denke, das sollten wir auch tun. Meinst du nicht?«

Bevor Theo jedoch antworten konnte, war Betty zu hören,

die plötzlich die Stimme erhoben hatte und Jannick mit anrührender Verzweiflung anging. »Glaubst du wirklich, du bekommst *Geld* dafür, ein Mädchen wie Natascha – deine Nichte! – aus dem Zimmer zu prügeln? Glaubst du wirklich, deine Mutter hätte das gewollt?«

Er stand mit hochgezogenen Schultern vor ihr. »Beruhige dich, Betty. Das ist doch gar nicht der Punkt. Du nimmst das vielleicht auch zu ernst.«

Betty schrie auf, und ihre Fäuste sausten gegen Jannicks Brust. »Du solltest als Erster den Raum verlassen!« Sie schlug erneut zu. »Beweg dich! Ich will, dass du rausgehst, Jannick!«

Er hatte den Arm abwehrend gehoben, und Sophia konnte sehen, wie er verlegen zu den anderen sah. Aber Betty ließ nicht locker. »Oben warten unsere Kinder auf uns, Jannick. Ich glaube nicht, dass du dich hier mit deinen Geschwistern schlagen willst.«

»Komm runter, Schatz«, fauchte er seine Frau an, und erst jetzt registrierte Sophia, dass Bettys Ausbruch offenbar dem angegriffenen Nervenkostüm ihrer Schwägerin zu verdanken war. »Geh zu den Kindern, und sag, ich bin gleich bei ihnen«, herrschte Jannick sie an.

Bettys Schultern zitterten. Ihre Arme hingen jetzt schlaff herunter. Jannick führte sie zur Tür und schob sie hindurch, peinlich darauf bedacht, selbst das Esszimmer, in dem sie sich aufhielten, nicht zu verlassen. Ohne sich noch einmal umzudrehen, verschwand Betty aus Sophias Blickfeld.

Jannick wandte sich um. »Also, wie machen wir das jetzt? Ich meine, Betty hat ja recht. Wir können uns schlecht die Köpfe einschlagen.«

»Ach ja. Können wir nicht?«

Sophia zuckte heftig zusammen. Es war Oskar gewesen,

der wütend geknurrt hatte. Mit einem Satz war er bei der Stehlampe, die neben dem Sofa stand, packte sie mit beiden Händen und riss sie hoch. Mit lautem Knall flog das Kabel aus der Steckdose.

Sophia sprang auf. »Stell die Lampe wieder hin!« Doch im gleichen Augenblick wich sie auch schon zurück, denn Oskar hatte ohne mit der Wimper zu zucken das Stahlrohr der modernen Designerlampe durch die Luft sausen lassen.

»Lass das Ding fallen, Oskar«, schrie Patty.

»Geht aus dem Zimmer, und keinem passiert was.« Er hatte den Rücken gebuckelt wie ein Kater, der in die Enge getrieben wird.

Aus dem Augenwinkel sah Sophia Natascha und Zoe aus dem Raum rennen.

Wieder sauste der Lampenständer durch die Luft.

»Bitte entschuldigt«, stammelte Patricia. »Oskar, um Himmels willen!«

»Lass gut sein, Patty«, schnitt er ihr das Wort ab.

Sophia war vor Oskar zurückgewichen und fühlte jetzt die Wand hinter sich. Und wenn er ihr den Schädel mit dem Ding einschlug?

»Kommt«, sagte sie, »wir gehen alle gleichzeitig auf ihn zu und nehmen ihm die Lampe ab.«

»Und dann?«, warf Theo ein: »Hechten wir alle gleichzeitig über die Schwelle nach draußen?«

»Aahh!« Jannick hatte einen Sprung nach vorn gemacht und die Lampe an ihrem oberen Ende gepackt. Wütend stieß er das Lampenrohr nach vorn, und Oskar knallte gegen das Sofa. Ließ aber die Lampe nicht los. Einen Augenblick lang standen sie sich, beide an das Rohr gekrallt, gegenüber – dann warf Oskar die schwere Platte, die sich an seinem Ende der

Stange befand, achtlos auf den Fußboden. Hart krachte das Metall auf die Dielen.

»Zufrieden, Patty?« Ärgerlich musterte er seine Frau. »Dann überlass ich das Zimmer wohl am besten euch vier Geschwistern, was?« Er schritt zur Tür, trat hinaus und warf sie hinter sich zu – aber so heftig, dass sie gleich wieder aufflog.

Ich, Jannick, Theo, Patty.

Die Lampe auf dem Boden. Auch Jannick hatte die Stange inzwischen fallen gelassen.

»Ich will mich nicht schlagen.« Theo schob die Hände in seine Hosentaschen, und Sophia konnte sehen, wie sehr ihn die hässliche Auseinandersetzung angegriffen hatte. »Mama muss sehr krank gewesen sein«, fuhr er leiser fort.

Sophia trat zu ihm, und sein Arm legte sich wie selbstverständlich um ihre Schultern. Sie streckte die Hand nach Jannick aus. Der sah zu Patricia. Sie kam zu ihm, und eine Zeitlang standen sie zu viert, die Arme auf Schultern und Hüften gelegt, im Kreis.

»Papa hat gesagt, dass es was mit Altersdemenz zu tun gehabt haben könnte. Dass Mama …« Sophia stockte. »… dass sie böse geworden sein könnte.« Sie fühlte, wie sich ein Kloß in ihrem Hals bildete. »Können wir nicht erst mal Papa alles geben, und wenn er mal sterben sollte, es einigermaßen gerecht unter uns aufteilen?«

Im gleichen Moment spürte sie, wie sich ihr Schwerpunkt verschob. Einen Augenblick lang rang sie darum, ihr Gleichgewicht wiederzuerlangen, und glaubte, einer von ihnen vieren hätte sich nur ein wenig bewegt. Es ginge also lediglich darum, diesen Schritt – oder was auch immer derjenige gemacht hatte – durch eine einfache Gegenbewegung auszugleichen. Aber da stolperte sie auch schon und hing mit ihrem ganzen Gewicht an Theo, der neben ihr stand – während Patty, die sich ihr gegenüber befand, plötzlich gegen die Wand gleich neben der Tür schlug und aufschrie. Jetzt verlor auch Theo das Gleichgewicht und zog Sophia mit sich zu Boden. Schmerzhaft schlug ihr Knie auf dem Fußboden auf, dann spürte sie einen kräftigen Stoß im Rücken. Ihre Hand schoss zur Seite und knallte gegen den Türrahmen.

»Als wenn wir als Kinder nicht auch mal gerungen hätten!«, hörte sie Jannick laut aufbrausen.

Sie rutschte über den Fußboden auf die andere Seite der Tür. Wandte sich um und sah, wie Jannick Theo den Arm auf den Rücken gedreht hatte und ihn ebenfalls heftig durch die Tür nach draußen schubste. Theos Schulter rammte den Türrahmen, er wirbelte herum, aber da prallte auch schon Patricia gegen ihn, die vor Jannick zurückwich und gerade durch die Tür kam.

Fassungslos starrte Sophia ihren Bruder an.

»Willst du mir jetzt ernsthaft einen Vorwurf machen, Soph?« Jannick stand in dem Zimmer, das Hemd hing aus der Hose, das Haar wirr in die Stirn. »So waren Mama und Papa doch immer. ›Ein echter Junge hat ein Pflaster auf dem Knie.‹ Erinnerst du dich nicht? Einer von Mamas Sprüchen.«

Sie warf einen Blick zur Seite. Theo winkte ab und schnaubte halb verächtlich, halb unfreiwillig lachend.

In ihr aber war etwas zerbrochen.

38

»Verstößt dieses Testament nicht gegen jeden Anstand? So was ist doch sittenwidrig! Herdplatte, Sachen verschlucken – wie kann ein Notar solche Wettkämpfe in ein verdammtes Testament aufnehmen?« Eine Zeitlang hatte Sophia gedacht, dass es vielleicht das Beste war, einfach den Aufgaben zu folgen. Nach der letzten Runde jedoch hatte echte Empörung sie ergriffen.

»Das wäre es bestimmt: sittenwidrig. Wenn Mama es direkt ins Testament geschrieben hätte.« Jannick hockte im Schneidersitz auf der Tischtennisplatte, die sie auf die überdeckte Terrasse geschoben hatten.

Er hatte sich entschuldigt. Eigentlich hatte Sophia beschlossen gehabt, nie wieder mit ihm zu sprechen. Aber dann … es war ja nicht so, dass sie ihn nicht schon kannte, seit sie denken konnte. Jannick war ihr großer Bruder, und er hatte immer zu ihr gehalten. Sich um sie gekümmert. Sie liebte ihn. Und hatte er nicht einfach nur nach den Regeln gespielt?

›Mama war immer eine Freundin klarer Worte‹, hatte er gesagt. ›Sie will, dass wir uns ordentlich ins Zeug legen. Ich bin sicher, sie wusste, dass wir einander nicht im Stich lassen werden, wer auch immer am Ende das Erbe bekommt.‹

›Gehasst – sie muss uns regelecht gehasst haben‹, hatte Sophia gemeint, aber da waren ihr alle ins Wort gefallen. Das könne man nun wirklich nicht sagen, Sophia wisse doch genauso gut wie alle anderen, dass Hedda ihre Kinder über alles geliebt habe.

Ja, sie hatte sie geliebt. Und ja, einfach war es für Hedda bestimmt nicht gewesen. Im Grunde genommen hatte sie ihr Leben damit verbracht, für ihre Kinder da zu sein – war ihr Leben in dem ihrer Kinder aufgegangen. Sie war eine stolze Frau gewesen, der das sicher nicht leichtgefallen war.

»Ich habe mit Nowotny gleich am ersten Tag darüber geredet«, fuhr Jannick fort. »Genau genommen hat Mama ihn bevollmächtigt, am Ende denjenigen als Alleinerben einzusetzen, der den Wettkampf für sich entscheidet. Dadurch haben sie die Sittenwidrigkeit umgangen. Sagt Nowotny. Ob das stimmt, weiß ich nicht, ich bin kein Anwalt. Wer weiß. Du kannst das Testament ja anfechten, wenn du willst. Welche Klausel dann wieder greift – frag den Notar, wenn wir ihn morgen sehen.«

Sie hatten noch einmal versucht, ihn am Telefon zu erreichen, aber wieder nur ein Freizeichen bekommen, ohne dass jemand abgenommen hätte.

»Pflichtteil, Verzicht, das ganze Kleingedruckte, vielleicht geht er es mit dir ja durch«, sagte Jannick. »Wenn du mich fragst: Ich glaube, so kompliziert ist das alles nicht. Mama wollte, dass wir uns ein bisschen bemühen müssen. Sie wollte gewährleisten, dass der Kämpferischste das Gros – wenn man die anderen Pflichtteile abzieht – des Erbes bekommt. Auch um sicherzustellen, dass die Häuser nicht einer Lusche, Klammer auf, wie Theo, Klammer zu«, er grinste, »zufallen, der dann alles zum Fenster rauswirft, beziehungswiese am Spieltisch verjubelt.«

Sophia hatte ihm gegenüber in einem Korbstuhl Platz genommen und sog an ihrer Zigarette.

»Sie hat festgelegt, welche Aufgaben über Sieger und Verlierer entscheiden, und dabei ist wohl auch ein bisschen die

Lust am Piesacken mit ihr durchgegangen.« Jannick überlegte. »Vielleicht hätte Nowotny versuchen sollen, ihr das auszureden. Hat er aber nicht. Oder es ist ihm nicht gelungen – das weiß ich nicht. Wie auch immer, jetzt müssen wir eben ein wenig leiden. Habe ich dir vorhin wehgetan, als ich euch aus dem Zimmer geworfen habe? Nicht wirklich, oder?«

Nein.

»Eben. Falls doch, wie gesagt, es tut mir leid.«

»Na gut, aber: aus dem Zimmer prügeln?« Sophia drückte ihre Zigarette aus. »Wie kommt Mama darauf, dass so derjenige ermittelt wird, der das Vermögen am besten verwalten wird? Das ist doch absurd! Oder sadistisch. Deshalb frage ich mich, wieso sie uns so gehasst hat. Ich meine, steckt da vielleicht mehr dahinter? Was wir noch gar nicht wissen?«

»Du meinst, was Ruben vorhin erzählt hat. Vincent?«

»Zum Beispiel.« Daran hatte sie noch gar nicht gedacht, aber jetzt, als Jannick den Namen erwähnte, leuchtete es Sophia sofort ein. »Dieser Vincent war Mamas erste Liebe, geheiratet aber hat sie Papa. Habe ich das richtig verstanden?«

Jannick nickte. »Sehe ich auch so.«

»Und du meinst, das hat mit Mamas Entscheidung, uns diese absurden Tests vorzusetzen, etwas zu tun?«

»Könnte doch sein.«

»Sie wollte uns *bestrafen* für etwas, das mit Vincent war?«

Jannick atmete aus. »Ich weiß nicht.«

39

Inzwischen war es dunkel geworden. Sie standen im Garten. Die Außenbeleuchtung war eingeschaltet. Hoch über ihnen reckten sich die kahlen schwarzen Äste in den Nachthimmel. Der Schnaps, die Ereignisse des Tages, die Anspannung hatten alle angegriffen und dünnhäutig gemacht.

»Ja, sie war sauer auf ihre Erben, ja, sie war alt, krank, hatte Schmerzen rund um die Uhr. Ja, was sie hier von uns verlangt, ist böse«, sagte Zoe zu Betty und trat an die Plastikschüssel, die auf einem Hocker mitten auf dem Rasen stand. »Aber weißt du was? Ich habe Hedda geliebt, gerade auch weil sie anders war als die meisten Mütter. Sie hat sich nicht verstellt und so getan als sei alles Zuckerwatte und rosa Wölkchen. Sie hat ihre Wut rausgelassen. Damit kann ich leben.« Ihr Blick erfasste die übrigen Familienmitglieder, die sich im Garten versammelt hatten. »Aufgepasst!« Mit einer entschlossenen Bewegung steckte Zoe sich den Finger in den Mund, und Sophia konnte sehen, wie sich der Leib ihrer Freundin über der Schüssel krümmte. Das Würgen. Dann schoss es aus Zoe hervor, und sie erbrach sich in die Schüssel. Stützte sich auf dem Hocker ab und griff nach dem Handtuch, das sie sich bereitgelegt hatte.

Runde 18: Wer am meisten erbricht.

Sophia fühlte so etwas wie eine abgrundtiefe Verunsicherung in sich aufbrechen. Zu was ließen sie sich hier hinreißen? Hatte Mama das wirklich von ihnen gewollt? Oder wollte

Hedda ihnen etwas ganz anderes vor Augen führen? Ihre Geldgier. Ihre Schamlosigkeit. Dass sie bereit waren, alles zu tun, nur um die Chance auf einen Millionengewinn zu haben?

Eine bleierne Beklommenheit hatte sich auf alle gesenkt. Sophia machte ein paar Schritte auf Zoe zu, doch ihre Freundin wandte sich mit einer heftigen Bewegung von ihr ab, als schämte Zoe sich, dass sie sich so weit hatte gehenlassen.

»Das ist alles?« Oskar war an die Schüssel getreten. »Viel ist es ja nicht gerade. Krieg ich jetzt einen Strafpunkt, nur weil ich mich gerade nicht übergeben muss?« Er drehte sich weg. »Obwohl es sicher gleich so weit ist, wenn ich hier noch lange reingucke.«

Es war spät, und ihre Kräfte waren angegriffen. Die Kinder schliefen längst. Es war die letzte Runde für den Tag. Zwei weitere Aufgaben hatten sie davor noch bestritten. Erst war es darum gegangen, einen Wettlauf quer über das Grundstück zu gewinnen – diesmal allerdings mit verbundenen Augen.

»Wie sollen wir denn wissen, dass niemand schummelt und an der Augenbinde vorbeilinst«, hatte Ruben moniert, aber nur Entrüstung geerntet.

Tatsächlich war es Sophia gewesen, die als Erste durch das Wäldchen bis ans Grundstücksende gefunden hatte. Nicht ohne sich einige Male an den tief hängenden Ästen der verdammten Bäume aufgeschrammt zu haben.

Dann hatte es geheißen, dass gewinnt, wer am meisten Tränen vergießt. Was sie vor schier unlösbare Probleme zu stellen schien, denn wie sollte so etwas wie Tränenflüssigkeit gemessen werden? Bis Ruben – der alte Schauspieler! – ihnen zeigte, wie nah am Wasser alte Männer gebaut sein können. Peinlich berührt hatten sie ihm den Punkt zugesprochen.

»Jetzt bin ich dran!« Betty kam zurück in den Garten, in

den Händen ein Milchkarton und eine von Heddas schönen blauen Emailleschalen, gefüllt mit etwas, das aussah wie eine Mischung aus Weißkäse und Dosenbohnen. Über ihr Kinn verlief eine durchsichtige Spur, offenbar hatte sie bereits begonnen, mit dem großen Löffel, der in dem Gemisch steckte, davon zu essen.

Sophia sah, wie Jannick aufmerksam zu seiner Frau schaute, auf den Lippen die Andeutung eines Lächelns. Während Betty wild entschlossen zu sein schien.

»Hier, Zoe.« Rein mit dem nächsten Löffel voller Bohnen-Käse-Gemisch. »Wie viele Punkte hast du? Noch keinen?« Der Brei rann Betty über das Kinn, während sie mit vollem Mund sprach.

Jannick, Sophia und Oskar drei Punkte. Ruben, Natascha und Patty zwei. Betty und Theo einen, Zoe und Artur keinen – so der Stand.

»Jetzt kannst du sehen, wie man einen zweiten Punkt holt.« Bettys Mund ging auf, und sie verschlang die nächste Fuhre.

Artur drehte sich um und lief von ihnen weg Richtung Haus. Auch Natascha und Theo hatten die Gruppe bereits verlassen. Sophia aber wartete ab, wie hypnotisiert von dem Sog, der von Bettys Entschlossenheit ausging. Jetzt hatte ihre Schwägerin aufgehört zu sprechen, war nur noch aufs Herunterschlingen der weißlichen Speise konzentriert.

Und dann wird sie das Ganze wieder hervorwürgen.

Sollte sie selbst ihren Widerwillen überwinden und es Betty gleichtun? Sie überbieten? Sich erst den Bauch vollschlagen, um es dann wieder zu erbrechen?

Betty rülpste, legte einen Handrücken vor den Mund, dass der Löffel schräg nach oben in die Nachtluft stach. Einen

Moment lang begegneten sich ihre Blicke, und Sophia fiel auf, wie verängstigt Betty wirkte. Als würde ihr nicht nur der bevorstehende Moment, in dem sie sich den Finger in den Mund stecken würde, Angst machen, sondern mehr noch das Bewusstsein, sich gerade selbst zu verlieren.

»Ich glaube, das reicht, Schatz. Lassen wir Zoe die Freude, ausgerechnet diese Runde gewonnen zu haben.« Jannick bewegte sich auf Betty zu.

»Nein! Lass mich.« Sie rülpste erneut, die Schultern jetzt fast bis an die Ohren hochgezogen. Nie war Betty Sophia so abgemagert und gebeutelt vorgekommen. »Seid ihr bereit?« Bettys schöne blaue Augen glänzten. »Also los!«

Sie setzte den Milchkarton an, den sie ebenfalls mit nach draußen gebracht hatte, und begann in langen Zügen daraus zu trinken. Verschluckte sich, hustete, stieß ein lautes Geräusch aus, das klang, als käme es tief aus ihrem Magen, warf den Karton von sich. Sophia sah, wie sich Bettys Wangen aufblähten. Die Lippen aber hielt sie noch einen Augenblick lang geschlossen, presste beide Hände darauf, bis sich das, was in ihr nach oben drängte, offenbar nicht länger zurückhalten ließ und in feinen Fontänen an allen Seiten an ihren Händen vorbeispritzte.

Sophia fuhr entsetzt zurück. Betty aber kniete sich vor die Schüssel, in der ja noch immer auch Zoes … »Ergebnis« schwamm, und alle sahen zu, wie sie schwallartig die weißliche Masse ausspie. Eine erste Welle, die hart in die Schüssel klatschte und bis über den Rand spritzte. Eine zweite und dritte Welle. Auf jeden Fall deutlich mehr, als Zoe zustande gebracht hatte.

Mit hängendem Kopf blieb Betty vor der Schüssel hocken, und es war nicht zu übersehen, dass sie zu weinen begonnen hatte. Jannick versuchte sie hochzuziehen, doch sie schien selbst dafür zu schwach.

Zoe sah Sophia an, und ihre Augen waren von schwarzen Schatten umlagert. »Mir reicht's. Hier stimmt doch was nicht! Ich mach Sonntag nur weiter, wenn wir bis dahin mit dem Notar gesprochen haben!«

»Ja, klar. Wir haben ja auch keine Aufgaben mehr.« Sophia atmete aus. »Es stimmt schon, wir müssen wissen, was hier los ist. Mama hätte das nicht gewollt – natürlich nicht!«

Sie sah, wie die anderen sich todmüde abwandten und Richtung Haus gingen. Betty schien nur noch gekrümmt laufen zu können.

Sophia drehte sich um. Hinter ihr ragte die schwarze Front des angrenzenden Wäldchens auf. Das beklemmende Gefühl, das den ganzen Tag über immer mehr zugenommen hatte, wollte nicht weichen.

Hat sich etwas in Gang gesetzt – haben wir etwas in Gang gesetzt, fragte sie sich unwillkürlich, *das wir jetzt nicht mehr aufhalten können?*

Und das uns alle auf dieser Insel verschlingen wird?

Unsinn! Morgen zur Beerdigung würden sie die Insel ja verlassen.

Sie schauderte. Die Temperatur schien noch einmal gefallen zu sein. In den vergangenen zwölf Stunden hatte sich die Kaltfront weiter auf Berlin zubewegt.

Das uns alle auf der Insel verschlingen wird?

Aber was sollte das sein?

Oder wer?

Teil IV

40

Silvester 1963

Eigentlich hatte Ruben geplant, die Silvesternacht zusammen mit seiner Schwester Hedda und ihrem Mann Artur in der Villa Sandwerder zu verbringen, aber nach dem, was Artur sich mit der Waffe geleistet hatte, kam das nicht mehr in Frage. Was Vincent vorhatte, wusste er nicht. Vielleicht war das ja das Unangenehmste an der ganzen Sache: Sein schlechtes Gewissen. Schließlich war er, Ruben, derjenige gewesen, der Vincent mit in dieses Haus gebracht hatte. Und dass Vincents Anwesenheit der Grund für Arturs Ausfall war, daran konnte ja gar kein Zweifel bestehen.

Ruben schritt über die große Treppe in den ersten Stock. In der Ferne kündigten die ersten verfrühten Silvesterfeuerwerke an, dass es keine Stunde mehr bis Mitternacht dauern würde. Er müsste sich noch ein Taxi rufen, doch das konnte er am besten vom Festland aus. Dort war ja auch ein Stand, an dem meist ein paar Wagen warteten. Aber auch zum Jahreswechsel?

Ruben betrat sein altes Zimmer und trat an den Schrank. Viel zu packen gab es nicht. Er warf seine Oberhemden samt Bügel aufs Bett, ging ins Bad, füllte seinen Kulturbeutel mit seinen Utensilien und kehrte ins Zimmer zurück. Ein Blitzen lenkte seine Aufmerksamkeit zum Fenster. Über den schwarzen Wipfeln des Waldes am östlichen Rand der Insel stieg eine einsame Silvesterrakete in den Himmel. Zerstob in grüne und gelbe Funkenregen.

Natürlich hätten sie nicht herkommen dürfen. Er und Vincent. Er kannte seine Schwester doch. Hatte er nicht von Anfang an ganz deutlich gespürt, was für eine Anziehungskraft Vincent auf sie ausübte? Auch letztes Mal schon, vor ein paar Monaten, als er mit seinem Freund zum ersten Mal auf die Insel gekommen war. Hedda war seine Zwillingsschwester! Er wusste doch, wie sie tickte. Er hatte gewusst, dass es Unglück bringen würde, wenn er mit Vincent noch einmal hierherkam. Schon öfter hatte er mitbekommen, wie empfänglich die Menschen für Vincents Charme waren, für diese ganz eigene Mischung aus sensibel und zupackend, humorvoll, klug und zugleich geheimnisvoll. Außerdem stand ganz außer Frage, dass Vincent sich am Beginn einer glanzvollen Karriere als Komponist befand, was seine Attraktivität auch nicht gerade schmälerte.

Ärgerlich und ein wenig fahrig riss Ruben seinen Koffer vom Schrank und legte ihn aufs Bett, um ihn mit seinen Sachen zu füllen. Schlug den Deckel zurück – und stutzte. In seinem ansonsten leeren Gepäckstück lag etwas, das sich am Vortag, als er es auf dem Schrank verstaut hatte, noch nicht darin befunden hatte.

Zwei Briefe.

Einer adressiert an ihn, einer an Artur.

In der Handschrift seiner Schwester Hedda.

41

Silvester 1963

Ich freue mich auf den Tod.

Das Blatt zitterte leicht in Rubens Hand. Einen Augenblick lang dachte er, sie hätte sich einen Scherz erlaubt. Den ganzen Tag über schon hatte seine Schwester gewirkt, als stünde sie unter Strom.

Weil sie sich umbringen will?

Es war so abwegig, am liebsten hätte er gelacht.

Aber zwischen ihr und Artur stimmte etwas nicht. Das war nicht zu übersehen gewesen. Sie war unglücklich mit Artur und wollte sich das Leben nehmen?

Er fuhr zusammen. Ein hartes Knattern schwebte vom Festland über das eiskalte Wasser des Sees. Hinter der Fensterscheibe verglomm in der Ferne der Funkenregen einer zweiten Rakete.

Im nächsten Moment war Ruben aus dem Zimmer, durchquerte die Halle und stürzte durch die Haustür ins Freie.

Der weite Nachthimmel. Das entfernte Knallen der Böller. Der sanft abfallende Vorplatz, der am Seeufer endete. Niemand zu sehen. Artur. Hedda. Vincent. Wo waren alle? Warteten sie nicht draußen auf das Feuerwerk?

Er hastete über den Vorplatz, Richtung Wasser. Er hatte vergessen, seinen Mantel überzuziehen, und die eiskalte Winterluft fuhr ihm in die Knochen. Das Kuvert, das an Artur adressiert war, hatte er ungeöffnet gelassen. *Ich kann nicht mehr. Ich will nicht mehr*, hatte sie geschrieben. Ein Abschiedsbrief.

Die Waffe. Die P38, mit der wir vorhin auf die Zielscheibe gefeuert haben. Wer hatte sie zuletzt gehabt? Nachdem Ruben sie am Nachmittag Artur abgenommen hatte, hatte er sie zurück in den Schuppen beim Bootssteg gelegt, in dem ihr Vater seine Pistole schon immer aufbewahrt hatte.

Rubens Schritte knirschten über den Ufersand. Leise war das Glucksen des Wassers zu hören. Da! Ein weißer Schleier unter der schwarzen Oberfläche? Es fühlte sich an, als würde eine feuchtkalte Hand nach seinem Hals greifen. Gebannt blieb er am Ufer stehen und starrte ins Wasser.

Bap Bap Bap Pfffffffffff …

Die grellbunten Funken spiegelten sich im See und durchkreuzten den weißen Schleier. Als sie verglüht waren, war auch das seltsam bewegliche Fließen, das ihm aufgefallen war, verschwunden. Der Wind in den kahlen Zweigen der Bäume. Das Plätschern der winzigen Wellen. Ein Knarren.

Er fuhr herum.

Hedda.

Der Blick ihrer fast schwarz wirkenden Augen war auf ihn gerichtet. Sie kam vom Bootschuppen und sah ihn an. Hob eine Hand, bevor er etwas sagen konnte. Und murmelte ein paar Worte.

»Was? Hedda! Ich hab die Briefe in meinem Koffer gefunden!«

Sie hatte den Kopf gesenkt. Er rannte auf sie zu. *Wie klein sie ist.* Sie hatten sich immer ein wenig ähnlich gesehen. Ruben konnte sich noch gut daran erinnern, wie er als Kind hinter ihr, dick eingepackt auf dem Schlitten gesessen hatte, den ihr Vater durch die Berliner Wälder gezogen hatte.

»Ist mir gut gelungen, nicht wahr? Du hast es schon geglaubt.« Ihre Stimme war belegt. Die Höhlen ihrer Augen schimmerten dunkel, während ihre Wangenknochen sich seltsam bleich davon abhoben.

»Gut gelungen? Was meinst du?« Er unterbrach sich, konnte beinahe körperlich fühlen, wie aufgewühlt sie war. Als wäre die Luft um sie herum elektrisch aufgeladen. »Wo ist die Waffe?«

Sie zuckte mit der Schulter, bewegte sich von ihm fort. »Lass mich, Ruben. Ich fühl mich nicht wohl.«

»Hej!« Heiß flammte die Wut in ihm auf. »Was soll das denn? Erst der Brief, ich mache mir Riesensorgen, jetzt willst du nicht reden? Was ist mit Artur? Ist er mit Vincent?«

Dumpf grollend explodierten die Knallkörper. Es konnten nur noch Minuten bis zur Mitternacht fehlen.

Sie hatte bereits begonnen, die Anhöhe zum Haus hochzulaufen.

»Hedda, verdammt!«, bellte Ruben.

Er sah, wie sie stehen blieb, sich umdrehte und plötzlich den Blick an ihm vorbei auf den Schuppen richtete.

Der Ausdruck auf ihrem Gesicht veränderte sich.

Über ihnen glühte der Himmel auf, als habe jemand einen Schalter umgelegt. Mitternacht. Rings um den See schossen die Raketen in die Nachtluft. Seit Jahren war Ruben nicht mehr an Silvester in Berlin gewesen. Die Wucht des Feuerwerks überraschte und erschreckte ihn. Das Knallen schien sich bis in seine Bauchhöhle hin vorzuarbeiten. Er hatte den Kopf in den Nacken gelegt, sah den Himmel über sich in allen Farben aufleuchten und drehte sich um seine Achse.

»Du darfst mich und dich, uns beide, jetzt nicht aufgeben, Hedda. Nicht jetzt. Nicht mehr. Wir waren uns doch einig, alles ist vorbereitet!« Vincent. Er war in der Schuppentür, durch die Hedda getreten war, aufgetaucht. Er schien Ruben gar nicht zu sehen.

Hedda stand verloren nur wenige Schritte entfernt. Sie war immer schlank und zierlich gewesen, jetzt aber schien sie so zerbrechlich, wie Ruben sie noch nie erlebt hatte.

Lautes Knattern wehte über die Insel. Wahrscheinlich waren irgendwelche Leute mit einem Boot auf dem Wasser unterwegs, um in aller Ruhe ihr Feuerwerk von dort aus abzufackeln.

Jede Explosion schien sich wie ein Echo auf Vincents bleichem Gesicht abzuzeichnen. Seine Traumatisierung. Die Erinnerung an die Bombennächte. Als würden sich die Schocks seiner Kindheit erneut in seine feinen Züge graben.

Ruben sah, wie seine Schwester und sein Freund sich anschauten – und er begriff. Der Abschiedsbrief. Der Bootsschuppen. Arturs tödliche Bestürzung am Nachmittag.

»Ihr … du wolltest Artur verlassen.« Ruben suchte nach Worten. Hedda schien ihn nicht zu hören. »Deshalb die Abschiedsbriefe? Wir sollten glauben, du hättest dich umgebracht, während du in Wahrheit mit Vincent das Weite suchen wolltest?« Er ging auf Hedda zu. »Ist es so? Aber – was? Jetzt kannst du doch nicht?«

»Hedda bitte. Wir haben nicht mehr viel Zeit.« Vincent kam im spitzen Winkel ebenfalls auf Hedda zu. Und mit einem Mal schien es zu kippen. Aus dem gut aussehenden, eleganten jungen Mann beinahe so etwas wie ein Spinnenwesen zu werden. Dem die Angst, sie zu verlieren, etwas Erschreckendes gab.

42

Silvester 1963

Artur konnte sie unten beim See stehen sehen. Ruben, Hedda und Vincent. Grell erhellt von den Blitzen und Funken der Raketen, die rings um sie herum in den Nachthimmel aufstiegen.

Er hatte sie schon überall gesucht. Fast kam es ihm so vor, als würden die Explosionen nur die Auswirkungen der Spannungen sein, die den ganzen Tag über auf dem Haus – und auf ihm – gelastet hatten. Er war außer sich gewesen, sonst hätte er nie die Waffe auf sie gerichtet. Aber Hedda hatte ihn von seiner Unruhe nicht erlöst. Es war wie mit Händen zu greifen. Als bestünde zwischen ihr und Vincent eine Anziehungskraft, gegen die er nicht ankam. Als würde er sich auflösen, wenn sie einander ansahen. Als wäre Rubens Freund derjenige, auf den Hedda schon immer gewartet hatte, und er selbst nichts als ein Irrtum.

Dabei hat sie mich *geheiratet.*

Der Griff der Waffe lag kühl in seiner Hand. Er hatte die Pistole vorhin, als er nach kopflosem Herumirren über die Insel zum Haus zurückgekehrt war, genau wieder dort gefunden, wo sie immer lag. Im Schuppen, in dem schon Heddas Vater sie aufbewahrt hatte. Offenbar hatte Ruben, der Artur die Pistole vorhin abgenommen hatte, sie dort wieder hingelegt.

Warum Artur die Waffe an sich genommen hatte, hatte er selbst nicht genau gewusst. Jetzt aber, als er die beiden zusammen mit Ruben auf dem winzigen Sandstrand stehen sah, begriff er, dass er es getan hatte, weil sich heute sein Leben entschied. Sein Leben, das nur Sinn ergab mit ihr. Doch er war dabei, sie zu verlieren.

Eine Erschütterung ließ den Boden erzittern, auf dem er stand. Offenbar hatten die Feuerwerker das schwere Geschütz ausgepackt. Artur fühlte die bunten Lichter über sein Gesicht tanzen.

Unten hatten sie ihn jetzt bemerkt. Ruben blickte in seine Richtung, Hedda und Vincent schienen aufeinander einzureden. Wie betäubt stakste er auf sie zu, die P38 schwer in der Hand. Als Ruben Hedda etwas zurief, sah er, wie sie zu ihm nach oben schaute. Ihr Blick blieb an der Pistole hängen. Ihre Lippen bewegten sich, während ein maschinengewehrartiges Geknatter alle Laute rings um ihn herum verschluckte.

Vincent schien ihn nicht zu bemerken. Er war vollkommen auf Hedda konzentriert. Seine sonst so geschmeidigen Bewegungen wirkten ruckartig und schlecht koordiniert.

Artur brauchte nur zu sehen, wie Hedda den jungen Mann, obwohl sie ihn nicht einmal anschaute, in ihrer Gewalt hatte. Eine grenzenlose Vertrautheit, eine Intensität, die Artur traf wie eine Ohrfeige. Denn sie war seine Frau, nicht Vincents. Er hatte akzeptiert, dass er und sie sich niemals so gut verstehen würden wie Hedda und ihr Zwillingsbruder. Genau das aber schien Vincent geschafft zu haben. Dass Hedda zu ihm gehörig wirkte, mehr als zu ihrem Bruder, der ja gleich neben ihr stand.

Er konnte sehen, wie ihre Lippen seinen Namen formten – »Artur« –, während ihr Blick groß und offen auf ihm ruhte.

Sie war dabei, mit Vincent zu gehen.

»Ohne mir etwas zu sagen?«, schrie er, um sich über das irrsinnige Gepfeife und Geknalle hinweg Gehör zu verschaffen.

Ja, vorhin hatte er die Waffe auf sie gerichtet, aber er hätte niemals abgedrückt. Alles, was er in der Hand gehabt hatte, waren Ahnungen gewesen, Stimmungen und Gefühle. Jetzt aber konnte er es ganz deutlich sehen. Sie stritt es ja nicht einmal ab.

»Willst du mich mit ihm verlassen?«

Im gleichen Moment sah er, wie sie auf ihn zustürzte. Schon war sie bei ihm, in seinen Armen, und alle Kraft verließ ihn. Eine Kugel in den geliebten Körper jagen? Rubens Freund erschießen, der weiß wie ein Blatt Papier war und sich inmitten des Silvestergetöses offenbar kaum auf den Beinen halten konnte?

Artur fühlte, wie Heddas Hand sich um das Metall schloss und die Pistole seinen Fingern entwand. Er sah, wie Ruben Vincent anbrüllte, der jedoch Heddas Bruder nur ausdruckslos anblickte und durch ihn hindurchzuschauen schien. Wie Ruben an ihnen vorbeilief.

Spürte, wie Heddas Körper an ihm lehnte.

War sie unentschlossen? Schwankte sie? Musste er jetzt – *jetzt* – dem Schicksal den entscheidenden Stoß geben, um es zu seinen Gunsten zu beeinflussen?

»Sie wollte, dass du glaubst, es sei Selbstmord.« Ruben war oberhalb von ihnen stehen geblieben und hatte sich noch mal umgedreht. »Lass sie gehen, Artur. Bevor noch etwas passiert.«

Er sah in ihr schönes Gesicht und erkannte, wie zerrissen sie war.

Aus Mitleid mit ihm einen Selbstmord vortäuschen? Sie

wollte ihm die Verletzung ersparen, dass sie ihn verlassen hatte?

Er entzog ihr seine Arme und bemerkte erst jetzt, wie zermartert Vincent vor ihnen stand. Diesem Wrack wollte sie sich anschließen?

Artur gab sich einen Ruck. Fühlte mit einem Mal, wie frei er sein konnte, wenn er nur wollte. Drehte sich um und wollte Ruben nach, der jetzt schon fast das Haus erreicht hatte.

»Nein! Hedda!« Vincents Stimme.

Aber Artur schaute sich nicht mehr um.

»Du musst ihn erschießen, Hedda, sonst kommst du nie von ihm los.«

Er blieb stehen. Hatte Vincent das wirklich gesagt?

»Die Knallkörper, niemand wird den Schuss hören«, kam Vincents Stimme über den Vorplatz.

Ruben verschwand im Haus, und Artur fuhr herum. Die beiden Gestalten vor der Oberfläche des schwarzen Sees. Vincents schlaksige Silhouette, die Bewegungen abgerissen, von jeder Explosion wie durchfahren. Heddas schlanker Leib, sanft und begehrenswert. Aber von dem Mann neben ihr wie zurückgebogen.

»Tu es, Hedda – oder ich tue es!«, fuhr Vincent sie wie außer sich an.

43

Am Tag vor Totensonntag

Stundenlang hatten alle vier Geschwister bereits vor zwei Tagen gemeinsam mit Artur und Ruben die Adressen und Kontaktdaten zusammengesammelt. Freunde. Verwandte. Es war darum gegangen, die Beerdigung anzukündigen. Per Anruf. Per Mail. Per Nachricht.

Der Samstagmorgen war in fahlen Farben heraufgedämmert. Theo hatte eine schwarze Krawatte umgebunden und steckte in den schwarzen Halbschuhen, die er sich extra von Ruben geborgt hatte. Er fühlte sich stumpf und hohl. Von der Anlegestelle des Boots am Ufer des Festlands bis zu der Backsteinkirche aus dem neunzehnten Jahrhundert, die sich zwischen den Einfamilienhäusern und Gärten in Seenähe erhob, waren es nur ein paar Schritte.

Die Glocken läuteten. Sie gingen nebeneinander über die großen Kopfsteine, mit denen die Straßen hier noch gepflastert waren. Allesamt schwarz gekleidet. Auf halbem Weg vor der Kirche kam ihnen der Bestatter entgegen, der sich um alle Details gekümmert hatte. Welcher Sarg. Welche Blumen. Das Herrichten des Leichnams. Die Todesanzeige.

Er sprach Theo an. Ob die Blumen vom Sarg genommen werden sollten, bevor er ins Grab gesenkt wurde? Was für eine Frage.

Unschlussig drehte sich Theo um, um ihn an Artur zu verweisen, aber sein Vater war gerade von einem Ehepaar in Beschlag genommen, dessen männlicher Part ganz nach einem Kollegen von Artur aussah. Groß, weißhaarig, ungeheuer respektabel. Die übliche Professorenerscheinung.

»Mit ins Grab senken«, entschied Theo kurzerhand. Was sollte man denn sonst mit den Blumen machen? Mit nach Hause nehmen?

Vor dem Eingang der Kirche, in der er als Kind schon Weihnachten für Weihnachten verbracht hatte, standen bereits einige Gäste der Trauerfeier. Artur schien ganz in seinem Element zu sein. Ein paar von den Gesichtern kannte selbst Theo noch. Nachbarn, mit deren Kindern er gespielt hatte. Ein Mädchen, mit dem er befreundet gewesen war und die er seit Jahrzehnten nicht gesehen hatte.

Heddas Welt.

Mamas Welt.

Und doch hatte seine Mutter in gewisser Weise auch gar nicht in diese Welt gepasst.

Theos Großvater, der Vater seines Vaters, war evangelischer Pastor gewesen und hatte Theos Eltern vor etlichen Jahren in dieser Kirche getraut. Zugleich aber war nie ein Geheimnis gewesen, dass Theos Mutter als junge Frau nicht religiös gewesen war. Ihr Vater, Simon Glass, war jüdisch gewesen, ihre Mutter nicht. *Artur* war derjenige gewesen, der – von seinem Pastorenvater tief geprägt – einen dezidierten Protestantismus in die Ehe gebracht hatte, und diesem Glauben hatte Hedda sich schließlich – irgendwie? – angeschlossen. Auf eine gewisse Weise hatten sich verschiedene Linien in ihr überkreuzt. Nach den Erfahrungen der Nazizeit den Deutschen gegenüber skeptisch. Selbst Deutsche. Misstrauisch. Zutiefst verunsichert. Den deutschen Protestanten gegenüber distanziert. Aber auch nicht jüdisch, da ihre Mutter es nicht war. Artur zuliebe schließlich bekehrt?

Theo war den Eindruck nie losgeworden, dass sie von diesen Einflüssen wie gespalten gewesen war. Ihre eigene Liga. Zäh. Witzig. Unabhängig. Aber auch verletzlich. Und manchmal streitsüchtig.

Er hatte die Kirche betreten. Vor dem Altar stand der Sarg. Mit den Blumen. Jetzt war es entschieden. Sie lag in der Kirche. Es war nicht falsch. Und doch hatte er fast den Eindruck, als würde es nicht ganz passen.

Er nahm in einer der vorderen Bänke Platz. Vor ihm war schon Jannick mit seiner Familie aufgereiht. Betty. Die drei Kinder. Ruben auf der anderen Seite des Gangs, der Stock gegen die Rücklehne der Vorderbank gelehnt. Wie Hedda trug auch Ruben den Zwiespalt in sich. Ruben aber hatte noch im ersten Jahrzehnt nach dem Krieg Deutschland verlassen und seitdem im Ausland gelebt.

Der Gottesdienst begann. Der Pastor fühlte sich ganz offensichtlich in perfekter Harmonie mit Artur, dem Pastorensohn. Aber je länger die Andacht dauerte, desto seltsamer kam es Theo vor. Sie brachten sie unter die Erde. Artur hatte doch mitbekommen, wie tief, wie abgründig Heddas Misstrauen gegen ihren Schwiegervater gewesen war, den deutschen Pfarrer. Ganz zu schweigen von ihrem Verhältnis zu dessen Frau, Arturs Mutter. Es schien so etwas wie ein Graben zwischen ihnen verlaufen zu sein. Diese Beerdigung aber war nach den Vorstellungen von Arturs Familie ausgerichtet. Das scheinbar perfekte evangelische Zeremoniell.

Theo saß auf seiner Bank, als hätte er einen Stock verschluckt. Die Lieder. Die Verse. Der Talar. Er war in dieser Kirche getauft worden und konfirmiert. Sein jüdischer Großvater, Heddas Vater Simon, den Theo nie kennengelernt hatte, da er schon lange vor Theos Geburt gestorben war, schien unendlich weit fortgerückt. Wie durch einen Schleier sah Theo seinen eigenen Vater – die Professorengestalt, groß, weißhaarig – neben dem Sarg stehen und etwas von einem Zettel ablesen.

Artur dankte ihr. Und Theo erinnerte sich. Wie sehr sie den Gedanken gehasst hatte, nichts weiter als eine artige Professorengattin zu sein. Natürlich gab es viele davon in ihrem Bekanntenkreis. Ehefrauen, die zu ihrem Gatten aufschauten und alles dafür taten, damit er in Ruhe seine Forschung betreiben konnte. Über die großen deutschen und europäischen Geister der Vergangenheit nachdenken. Sie hatte einmal sogar darauf gespuckt, das hatte ihm Artur erst gestern erzählt: Sie hatte auf seine Bücher gespuckt.

Doch davon war jetzt keine Rede. Denn auch das stimmte natürlich: Dass Hedda zeit ihres Lebens alles für die Karriere ihres Mannes getan hatte. Die Abendeinladungen. Das Repräsentieren. Immer zur Stelle – immer dabei. Keine Frau konnte auf einer Abendeinladung eine bessere Figur machen als Hedda, deren trockener Humor und unbestechliches Urteil jeden in ihren Bann zogen. Artur hatte eine glänzende Laufbahn gemacht, und Hedda war an seiner Seite gewesen.

Aber es musste auch etwas gegeben haben, das ihr keine Ruhe gelassen hatte. Anders war das, was sie aufgrund der letzten Verfügungen in den vergangenen Stunden erlebt hatten, ja nicht zu erklären.

Hast du dein Geheimnis mit ins Grab genommen, Mama?

Theos Blick ruhte auf dem Hinterkopf seines Bruders, der schräg vor ihm saß. Jannick. Der manchmal wie ein wildes Tier gewesen war, wenn es darum ging, die Gunst der Mutter zu erringen. Der Erstgeborene. Dessen intime Zweisamkeit mit der Mutter endgültig zerstört worden war, als Theo geboren wurde.

Vielleicht kam es jedem Kind so vor? Ganz bestimmt. Aber es traf eben auch auf Theos Verhältnis mit seiner Mutter zu: Zwischen ihm und Hedda war ein ganz eigenes Band gespannt gewesen. Und Jannick hatte ihn spüren lassen, wie sehr er ihm diese Liebe übel nahm. Er hatte es ihn spüren lassen, ohne sich selbst dessen wirklich bewusst zu sein – so zumindest kam es Theo inzwischen vor. Und auch das passte zu Jannick. Wie hätte er sich selbst denn ertragen können, wenn er sich hätte eingestehen müssen, seinem jüngeren Bruder gegenüber so feindselig zu sein? Er hatte es sich nie eingestanden. Nur manchmal, wenn Jannick sich praktisch selbst vergaß, schoss diese Missgunst hervor und traf den Jüngeren.

Kein Problem. Kann ich mit leben, hatte sich Theo schon als Heranwachsender immer wieder gesagt.

Oder hatte das, was Hedda keine Ruhe gelassen hatte, mit diesem Bruderzwist etwas zu tun?

44

Silvester 1963

Hedda sah Vincent vor sich – blickte in dessen Augen und erkannte darin den Wahnsinn. Sie wusste es. Er hatte es ihnen am Nachmittag selbst erzählt. Die Bombennächte, die Erschütterungen, die Verwüstungen des Krieges hatten ihn nicht unversehrt gelassen, obwohl er nie deshalb geblutet hatte. Das Explodieren der Silvesterknallkörper um sie herum – es schien ihn zurückzustoßen in seine schlimmsten Albträume. Sie sah es doch! Er war ein Gejagter. Sie hatte gedacht, dass sie mit ihm gehen könnte – Artur für Vincent verlassen. Sie hatte die Briefe geschrieben, war bereit gewesen. Hatte sich vielleicht aber auch etwas vorgemacht.

Jetzt jedoch, als sie Vincent inmitten des Silvestergeknalls taumeln sah – einen zutiefst verstörten, verletzten Mann, der vielleicht ja aus dieser Verzweiflung heraus auch die Genialität seiner Kompositionen schöpfte – wusste sie, dass sie niemals mit ihm gehen würde. Vincent war nicht zu retten. Er hatte versucht, sie mit sich dorthinein zu ziehen, in jenen Abgrund, in dem er steckte, seit die Nächte des Krieges seinen Verstand für immer beschädigt hatten. Er hatte sich über alles hinweggesetzt, und für einen Moment war sie bereit gewesen, ihm zu folgen. Aber der Moment war verstrichen.

»Tu es, Hedda – oder ich tue es!«

Artur erschießen? Das war es, was Vincent von ihr verlangte.

Inmitten des nervenzerfetzenden Geknatters der Knallkörper rings um sie herum war er endgültig an die Dämonen verloren, die längst von ihm Besitz ergriffen hatten, meist aber unter der Oberfläche schlummerten.

Schon hatte er einen weiteren Schritt auf sie zugemacht. Und sie wusste, wie stark er war. Sie hatte mit ihm geschlafen – gespürt, wie er Kräfte freisetzte, denen sie niemals gewachsen war, wenn er sich verlor.

»Nicht! Vincent, um Himmels willen!«

»Gib mir die Waffe, Hedda, ich tue es für dich. Jetzt! Gib sie mir!«

Nur noch aus dem Augenwinkel sah sie Artur ein paar Schritte oberhalb von ihnen stehen, wie erstarrt verfolgte er mit, was mit ihr geschah. Ruben hatte längst das Haus erreicht und konnte sie nicht mehr hören. Einen Augenblick nur noch, dann würde Vincent bei ihr sein. Sie wusste ja, wie sie sich geliebt hatten, sie und Vincent, sie wusste, dass die Intensität dieser Liebe sie beinahe um den Verstand gebracht hätte. Dass es etwas war, auf das Vincent niemals wieder verzichten wollen würde. Er war bereit, alles zu tun, um sie zu bekommen. Bewegte sich auf sie zu, praktisch wie in Flammen, während die Böller über ihm zerplatzten. Ruckartig streckte er den Arm nach der Waffe aus, die Pupillen wie ausgeflossen, dass die Augäpfel beinahe komplett schwarz wirkten. Im nächsten Augenblick berührten seine Finger ihren Arm, und seine Hand begann, sich um ihr Fleisch zu schließen.

Die Wucht des Schusses schien alles um sie herum auseinanderzureißen. Ihr Arm wurde nach oben katapultiert. Die Kugel aber hatte den Lauf der Waffe bereits verlassen. Wie gelähmt verfolgte sie, wie Vincents Körper zurückgeschleudert wurde.

Sie hatte ihn mitten in die Brust getroffen. Als hätte sich eine riesige Spinne genau auf die Stelle über seinem Herzen gesetzt und würde ihre Fangarme in ihn bohren. Seine schwarzen Pupillen aber wirkten plötzlich wie freigeblasen, und das Blau seiner Augen schaute sie an, als könnte er nicht verstehen, was sie von ihm wolle – obwohl er sich doch so sehr darum bemühte.

Er hätte ihr die Waffe entrissen, um Artur damit zu töten. Es war ihr nichts anderes übrig geblieben als abzudrücken, um das zu verhindern. Die Welt um sie herum schien in sich zusammenzustürzen.

45

Silvester 1963

Vereinzelt waren noch Knallkörper zu hören, im Süden hatte jemand damit begonnen, seine Raketenbatterie abzufeuern – der Hauptschwung aber war vorbei.

Kurz nach halb eins im neuen Jahr.

Ruben konnte das Ziffernblatt seiner Armbanduhr kaum erkennen. Sie saßen in einem der Ruderboote, die das ganze Jahr über, so lange der See nicht zugefroren war, am Steg der Villa festgemacht waren, und rings um sie herum breitete sich das unheimliche Wasser aus. In der Ferne waren die Lichter eines Ausflugsdampfers zu sehen, der in der Silvesternacht über den See kreuzte, um seinen Gästen eine besonders spektakuläre Sicht auf das Feuerwerk zu ermöglichen.

Das Wasser schlug glucksend gegen den Bug des kleinen Boots. Ruben saß auf der Bank vorn, neben ihm kauerte Hedda, hinten, mit der Hand am Außenbordmotor, Artur.

»Es war ein *Unfall*, hörst du?!«

Artur hatte wie entrückt gewirkt, als Ruben – von einem Geräusch aufgeschreckt, das vor einer knappen halben Stunde zu hören gewesen war – aus der Villa herausgestürzt war und ihn am Strand gefunden hatte.

Ein Bündel … Schatten … Körper … hatte auf dem Sand gelegen, aber Ruben hatte nicht gewagt, dort hinzusehen. Hedda hatte über dem Bündel gehockt, ohne zu ihm aufzublicken. Im ersten Moment war Ruben wie vor den Kopf geschlagen gewesen. Dann war eine gehetzte Stimme zu ihm durchgedrungen. Artur, der begonnen hatte auf ihn einzureden. So eindringlich, aufgebracht und verängstigt, dass es Ruben fast schmerzte.

»Du hast ihn hergebracht, Ruben – willst du deine Schwester jetzt im Stich lassen? Das geht nicht. Das willst du nicht. Sag mir, dass das nicht in Frage kommt!«

Es war unmöglich gewesen, sich dem Ansturm Arturs zu entziehen.

»Niemand hat den Schuss gehört. Wegen des Feuerwerks! Kannst du mir folgen? Die Böller? Das Geknalle! Der Schuss ist vollkommen darin untergegangen.« Hellrot, als würden sie lichterloh brennen, blinzelten Arturs entzündete Augen Ruben an.

Der Schuss ist vollkommen darin untergegangen. Was wahrscheinlich sogar stimmte.

»In ein paar Minuten kommt der Ausflugsdampfer an der Insel vorbei. Das ist unsere einzige Chance«, ging Arturs Krächzen weiter.

Im ersten Moment hatte Ruben keine Ahnung gehabt, wovon Artur sprach. Aber dann hatte sich das Vorhaben Stück für Stück zusammengesetzt. Er hatte seinem Schwager geholfen, Hedda in das Ruderboot zu bringen, hatte bei ihr gesessen, während Artur noch einmal in die Villa gerannt war, hatte sogar gemerkt, dass Artur sich zuvor an dem Bündel auf dem Boden zu schaffen gemacht hatte.

»Es ist Vincent.« Natürlich hatte Ruben das gewusst, auch ohne danach fragen zu müssen. Ein Blick zu seiner Schwester genügte, und er konnte sich denken, was sich abgespielt hatte. Es war nicht Artur gewesen. *Hedda* hatte Vincent erschossen.

Wäre es Artur gewesen – Ruben hätte ihn niemals damit durchkommen lassen und schon gar nicht geholfen. Aber seiner Schwester? Hedda? Sie an die Polizei auszuliefern, kam nicht in Frage.

Nur wenige Minuten später war Artur zurück beim Boot gewesen, und sie hatten sich vom Steg abgestoßen. Glitten durch das ölig wirkende Seewasser auf die entfernt blinkenden Lichter des Ausflugsdampfers zu.

War eben, als Artur fort gewesen war, noch einmal ein leises, dumpfes Geräusch zu hören gewesen?

Artur sagte etwas, aber Ruben hielt den Blick auf den Boden des Boots gesenkt. Er wollte sich nicht weiter in diese Sache hineinziehen lassen.

»Ruben?«

Er schaute auf.

»Hast du gehört, was ich gesagt habe?«

»Nein.«

»Dass ich eben die Waffe im Keller noch einmal abgefeuert habe. Habt ihr das hier gehört?«

Ja – das musste es gewesen sein, das dumpfe Geräusch, das ihm aufgefallen war.

»Ja, doch, aber nur ganz leise.«

»Gut, damit du verstehst, was wir jetzt machen.« Artur hielt ihn mit seinem Blick fest. »Den zweiten Schuss habe ich im Keller auf Tonband aufgenommen. Wenn wir beim Dampfer sind … wie lange wird das dauern?« Er sah zu den Lichtern des Schiffs, die unendlich langsam über den nächtlichen See glitten. »Ich habe das Tonband jetzt im Wohnzimmer am Fenster aufgebaut, die Lautstärke voll aufgedreht und das Gerät so eingestellt, dass der Schuss in knapp fünfundzwanzig Minuten abgespielt werden wird. Bis dahin müssen wir so nah bei dem Dampfer sein, dass sie uns vom Schiff aus hier im Boot sitzen sehen können. Begreifst du?«

Was blieb Ruben anderes übrig, als mitzumachen? Er liebte Hedda. Und sie saß neben ihm, als hätte sie sich selbst aufgegeben. Er durfte sie jetzt nicht im Stich lassen.

Ruben hob den Blick und starrte Artur ins Gesicht. Er wirkte, als hätte er einen weiten Fußmarsch ohne Proviant, Schlaf und Rast hinter sich, vorangetrieben durch nichts als die schiere Willenskraft.

Im Keller … der Villa …

»Das Tonband eures Vaters?« Arturs Wangen wirkten fleckig, sein Blick stechend.

Aber ja, klar, Papas altes Aufnahmegerät, Ruben wusste, was Heddas Mann meinte.

»Was? Hör zu, Artur, ich verstehe gar nicht …«

»Musst du auch nicht«, unterbrach Artur ihn. »Alles, was du wissen musst, ist, dass ich das Tonbandgerät am Fenster platziert und so eingestellt habe, dass es in gut zwanzig Minuten meinen Schuss wiedergeben wird. Wenn die Böllergeräusche weitgehend vorbei sind. Und man uns vom Ausflugsdampfer aus sehen kann.« Er schaute kurz zu Hedda, aber ihr Blick war glasig, als wäre ihre Aufmerksamkeit nach innen gerichtet.

»Die Leute auf dem Dampfer sehen uns drei und hören den Schuss. Wir schrecken – sichtbar, verstehst du? – wir schrecken zusammen und schlagen Alarm.«

»Du willst die Gäste vom Dampfer als Zeugen?«

»Willst du deiner Schwester helfen oder nicht?«

46

Nach Heddas Beerdigung

Es war bereits früher Nachmittag, als sie in die Villa zurückkehrten. Die Meteorologen hatten recht behalten. Der Himmel war nicht länger kristallinklar, sondern bewölkt. Schneeflocken trieben durch die eiskalte Luft. Bereits im Laufe des Vormittags hatte der See an den Rändern begonnen einzufrieren, gerade noch gelang es ihnen, die erst dünne Eisschicht am Steg der Insel zu durchbrechen.

Kaum hatten sie das Haus betreten, machte Artur sich auf den Weg, um die Heizung höher einzustellen. Jannick und Theo holten Scheite vom Holzplatz und brachten den Kamin in Schwung. Für die Nacht war eisige Polarluft angekündigt und Windgeschwindigkeiten von bis zu einhundert Stundenkilometern. Bereits seit Tagen hatte man sich vor allem auf den Inseln des Sees auf den Kälteeinbruch vorbereitet.

»So etwas kommt schon mal vor«, erklärte Artur, »meist stellt sich dann aber heraus, dass die Warnungen ernster sind als das Unwetter selbst.«

Wie betäubt hatte Theo den Gottesdienst an sich vorüberziehen lassen. Die seltsam fremden Worte des Pastors, das Geläut der Glocken zum Ausgang, der lange Weg hinter dem Sarg her. Aus der Kirche, die winzige Berliner Kopfsteinstraße entlang und durch die Mauer in den Kirchhof, der in der Nähe eines Waldes lag. Die Nadelbäume. Die Jugendstilgräber.

Der Himmel, der zu diesem Zeitpunkt bereits eisgrau gewesen war. Die Trauergäste in ihren langen Mänteln. Wie ein expressionistisches Bild war es ihm vorgekommen, eine ganz bestimmte Berliner Melancholie, wie er sie nirgendwo sonst auf der Welt angetroffen hatte und die für Theo untrennbar mit seiner Heimatstadt verbunden war.

Stockend hatte sich der Zug durch die Grabreihen bewegt, Kurve um Kurve umrundet, bis die Träger vor einem Loch in der Erde haltgemacht hatten. Weitere Worte, gesenkte Häupter, schließlich hatte Theo seine Handvoll Erde auf die Blumen geworfen, die noch auf dem Sarg befestigt waren.

Etwas später hatten sie sich im Gemeindehaus noch einmal versammelt. Jannick hatte mit seiner Familie fast einen ganzen Tisch eingenommen, Ruben war bereits aufgebrochen, um in die Villa zurückzukehren.

»Und jetzt geht es mit diesem grässlichen Wettstreit weiter?« Oskar hatte sich in Jannicks Richtung gebeugt.

Theo hockte auf der Armlehne des Sofas und schaute nach draußen. Der Nachmittag war vorangeschritten, sie hatten sich eine Zeit lang getrennt, um sich auszuruhen, und waren nun, als es bereits begann, dunkler zu werden, wieder im Salon versammelt.

»Vorhin habe ich fast schon gedacht«, hörte er seinen Bruder antworten, »ich hätte das nur geträumt.«

»Wollten wir nicht erst mal mit Nowotny sprechen?« Theo erhob sich und trat an den Kamin, um einen Holzscheit, der verrutscht war, zurück in die Glut zu schieben.

»Er war gar nicht da! Stimmt. Jetzt, wo du es sagst.« Patty stand hinter Jannick und hatte die Arme auf die Rückenlehne des Sofas gestützt.

»Nowotny war nicht auf der Beerdigung?« Theo sah sie an.

Er war so in Gedanken gewesen, er hatte gar nicht an den Notar gedacht. »Ist es denn sicher, dass er kommen wollte?«

»Selbstverständlich.« Jannick griff in die Brusttasche seines Jacketts. Zog sein Handy hervor. »Ich ruf ihn gleich mal an. Vielleicht erwischen wir ihn jetzt ja endlich.«

Sophia sah zu Ruben. »Warum bist du eigentlich nicht mehr mit ins Gemeindehaus gekommen? Es waren doch all die alten Freunde da. Ein paar von denen dürftest du ja seit einer halben Ewigkeit nicht mehr gesehen haben.«

Rubens Gesicht wirkte seltsam wächsern, und als Theo ihn ansah, hatte er das Gefühl, das Lächeln, das der alte Mann seiner Nichte zeigte, wäre praktisch auf seine Züge genäht.

»Oh mein Gott. Ich bin froh, dass mir das erspart geblieben ist. In meinem Alter muss ich einfach ein bisschen mit meinen Kräften haushalten.«

»Sag doch mal«, hakte Sophia nach. »Du hast gestern deinen Freund erwähnt. Den du Mama vorgestellt hast? Wie hieß er noch?«

»Wer?« Ruben streckte sich nach der Wasserkaraffe.

»Na, Vincent«, half Zoe ihrer Freundin aus.

»Genau: Vincent. Was war denn … ich meine, wo … also wir haben den nie kennengelernt, oder?«

Ruben hatte die Karaffe in der Hand und schenkte sich ein.

»Wieso nicht? Was war mit ihm?« Sophia ließ nicht locker.

»Mit Vincent?« Theo bemerkte, wie Ruben zu Artur sah.

»Ja, mit Vincent.«

»Wo ist eigentlich Natascha?« Artur hatte sich jetzt ebenfalls erhoben.

»Bitte?« Patty sah überrascht auf.

»Deine Tochter. Auf dem Boot bei der Überfahrt hab ich sie noch gesehen.«

Patricia schaute zu Oskar. »Weißt du, ob Taschi in ihr Zimmer gegangen ist?«

»Sie ist sicher nur kurz im Bad.« Oskar schüttelte den Kopf. »Nicht ablenken jetzt, Artur. Weißt du was davon? Ich finde, Sophia hat gar nicht unrecht. Was ist eigentlich aus Vincent geworden? Was habt ihr gesagt? Heddas erste große Liebe. Warum weiß niemand in der Familie, was aus ihm geworden ist?«

Artur hatte sich aufgerichtet, aber Theo kam es so vor, als würde sein Vater manchmal mehr, manchmal weniger sein Alter zeigen – und diesmal eher mehr.

»Wir wollten den Kindern das, als sie klein waren, nicht so … aufdrängen. Er …« Artur schaute zu Ruben, und seine Augen schienen sich eine Winzigkeit verengt zu haben. »Vincent hat sich – er hat sich umgebracht, ja? An Silvester. Hier auf dem Grundstück. Aber wir hatten das Gefühl, es wäre besser, wenn wir euch Kindern das nicht erzählen, es war ja doch ziemlich traurig.«

Im Kamin knackte es. Keiner sagte etwas. Der Wind war zu hören, der um die Kanten und Erker der Villa pfiff.

»*Umgebracht*. Wieso das denn?« Sophia hatte sich als Erste gefangen.

»Es hatte was mit seinen Erlebnissen noch aus Kriegszeiten zu tun. Er hatte eine ganze Reihe von Bombennächten in Luftschutzbunkern zugebracht, hatte das nicht gut verkraftet. Vincent war sehr … empfindlich … und …«

»Und er war unglücklich. Wegen Mama?«, hörte Theo seine ältere Schwester fragen und stellte fest, dass er zwar nicht so schnell darauf gekommen wäre, sie aber wahrscheinlich instinktiv den Nagel auf den Kopf getroffen hatte.

»Was genau den Ausschlag gegeben hat …, wir wissen das

nicht«, kam Arturs Antwort zögerlich. »Es war nicht lange nach Mitternacht, an Silvester, auch damals schon gab es Feuerwerke. Deshalb waren wir mit einem Boot draußen, wir wollten die Raketen vom See aus sehen. Vincent war nicht mitgekommen, seit die Knallerei angefangen hatte, war er … irgendwie bedrückt gewesen. Und dann …«, er atmete aus. »Euer Großvater hatte immer eine Waffe im Haus, eine P38 noch aus Wehrmachtsbeständen. Die Pistole gab es noch, wir hatten am Nachmittag sogar zum Spaß ein paar Schüsse auf eine Zielscheibe abgefeuert.« Er sah zu Ruben, dann wieder zu Sophia. »Wir haben vom Boot aus den Schuss gehört. Als wir Vincent schließlich fanden, war er bereits tot. In der Nacht war auch ein Ausflugsdampfer auf dem Wasser. Die Leute haben uns geholfen, die Polizei zu alarmieren. Vincent lag unweit vom Bootssteg am Ufer. Die Pistole noch in der Hand.«

47

»Der Schuss war so laut, man hatte das Gefühl, er muss über den ganzen Tegeler See hinweg zu hören gewesen sein. Oder, Artur?« Jetzt hatte Ruben das Wort ergriffen. »Das stimmt, da muss es halb eins, kurz nach halb eins gewesen sein.« Er nickte Patricia zu, die ihm ein Glas in die Hand gedrückt hatte und etwas Rotwein einschenkte.

Sophia sah zu ihrem Vater. *Warum habt ihr uns das nie erzählt? Um es uns Kindern nicht ›aufzudrängen‹?*

»Der arme Vinz«, hörte sie Artur sagen. »Er muss bereits gewusst haben, was er machen wollte. Anders kann ich mir das nicht erklären. Er wäre doch sonst mit uns in das Boot gestiegen. Aber das wollte er nicht. Er hat mich, Mama und Onkel Ruben allein fahren lassen. Und er wusste, wo Großvaters Waffe war, weil wir ja damit geschossen hatten. Er hat sich eine Kugel in die Brust gejagt, aber ...«

»In die Brust?«, unterbrach Patty ihn.

Artur hielt seine rechte Hand mit abgespreiztem Daumen und ausgestrecktem Zeigefinger hoch und drückte sich die Fingerspitze gegen die linke Brusthälfte. Sah seine Tochter einen Moment lang schweigend an. »Wirklich gewundert hab ich mich ...«, sagte er schließlich langsam, »gut, natürlich war ich überrascht, aber wenn ich ehrlich bin ... Vincent hatte etwas an sich, etwas Überzüchtetes, Übersensibles ... Deshalb meine ich: Wirklich aus allen Wolken gefallen bin ich nicht. Trotzdem war es natürlich furchtbar. Vor allem für Mama.

Wie vor den Kopf gestoßen sind wir aus dem Ruderboot gesprungen, den Sandstrand runtergerannt und haben ihn dort im eiskalten Wasser am Ufer liegen gesehen, die Waffe noch in den Fingern. Es hat ewig gedauert, bis wir endlich die Polizei auf der Insel hatten, aber die konnte dann auch nichts anderes mehr machen, als den Suizid feststellen. Das war in jenen Jahren ja alles noch nicht ganz so kompliziert.«

»Sagt mal, habt ihr eigentlich noch eine andere Nummer von Nowotny?« Jannicks Stimme überkreuzte sich mit der seines Vaters. »Auf seinem Handy erreiche ich ihn wieder nicht.«

»Gott sei Dank«, entfuhr es Patty. »Von mir aus ist alles in Ordnung, solange wir bloß nicht wieder mit diesen Challenges anfangen müssen.«

»Und wie willst du dann verfahren?« Ärgerlich sah Jannick sie an.

»Was ist denn los mit dem Mann?!« Sophia griff nun ebenfalls nach ihrem Mobiltelefon und klickte die Protokolle auf. »Ein paarmal hab ich ihn gestern doch erreicht.« Sie tippte auf den zuletzt geglückten Anruf und hob das Handy an ihr Ohr.

Aber diesmal war noch nicht mal das Freizeichen zu hören.

Sie schaute auf ihr Display.

Stutzte.

»Was denn?« Jannick beugte sich zu ihr.

»Kein Empfang.« Sophia fühlte, dass ihr Mund plötzlich ganz trocken geworden war. »Hier, siehst du? Die Anzeige? Keine Balken. Deshalb kriegen wir ihn nicht.«

Jannick warf einen Blick auf das Display seines eigenen Telefons. »Stimmt, ich auch nicht.«

»Und gerade eben?«

Er schüttelte den Kopf. »Du meinst, da hatte ich auch schon keinen Empfang, und *deshalb* habe ich Nowotny nicht erreicht? Kann sein. Hab ich denn kein Freizeichen gehört?« Er sah Sophia an, und sein Blick flackerte verunsichert. »Ich habe auf Ruben geachtet, was er erzählt hat.« Jannick atmete aus, und sie hatte das Gefühl, förmlich mitansehen zu können, wie der Kummer in ihm hochkroch. »Dies Begräbnis. Mama ... ich ... ich bin völlig durch den Wind.«

Kein Wunder. Sophia bemerkte, dass die anderen inzwischen ebenfalls begonnen hatten, ihre Telefone hervorzukramen.

»Ja, stimmt – kein Empfang.« Oskar hielt sein Display hoch.

Zoe, Patty, Betty ...

»Keiner hat Empfang? Wie ist das denn möglich?« Perplex stöhnte Sophia auf. »Gestern habe ich bei Nowotny noch das Freizeichen gehört, da bin ich mir absolut sicher.«

»Na, jetzt ist der Empfang sicher wegen des Eissturms weg, oder?« Liam, Jannicks Ältester, der mit seinen beiden jüngeren Schwestern ebenfalls im Salon war, sah zu seinem Vater.

»Aber klar, völlig richtig«, pflichtete Jannick ihm stolz bei.

»Ausgerechnet heute? Das soll ein Zufall sein?« Sophia hatte den Eindruck, ein kalter Finger hätte sich sanft auf ihr Herz gelegt.

»Der Sturm war ja schon vor ein paar Tagen angekündigt worden.« Jannick hatte seine Hände ineinander verschränkt und presste die Daumen in seine Augenwinkel. »Das haben wir doch auch gestern schon überlegt. Dass Mama vielleicht genau jetzt ... ihr wisst schon: den Arzt um ... na, um Hilfe gebeten hat, weil sie wusste, dass es diesen Kälteeinbruch geben würde.«

»Aber warum sollte sie denn wollen, dass wir unsere

Handys nicht benutzen können?!« Es wollte Sophia nicht in den Kopf.

»Was ist mit dem Festnetz?«, warf Betty ein. »Lasst uns doch damit den Anwalt anrufen.«

»Festnetzleitungen gibt es hier schon seit den Neunzigern nicht mehr«, meldete sich Artur zu Wort. »Also genau genommen gibt es sie schon noch, aber sie sind seitdem außer Betrieb. Damals hat es eine Störung gegeben, wir haben das Geld für eine Instandsetzung nicht ausgeben wollen, und seitdem sind die Leitungen tot. Das gehört zu den Nachteilen, auf einer der Inseln zu wohnen. Du musst dich um deinen Telefonanschluss selbst kümmern. Aber so schlimm fanden wir es nicht, es gab ja damals schon die Handys. Und der Empfang hier ist«, er zuckte die Schulter und zog eine flache Hand über sein Gesicht, »sonst eigentlich immer sehr gut.«

»Was ist mit dem Internet?« Theo sah ihn an.

»Erst reichte mir der Zugang, den ich in meinem Büro von der Uni habe, seit ein paar Jahren surfen wir hier auch mobil.«

»Soll das heißen, dass wir jetzt hier wirklich nicht telefonieren können?« Sophias Stimme war ein wenig schrill geworden.

Ihr Vater zeigte sein hilfloses Gesicht, das er auch früher schon immer aufgesetzt hatte, wenn er jemanden abwimmeln wollte, der etwas verlangte, was er nicht geben konnte. »Aber bestimmt ist der Empfang gleich wiederhergestellt.«

»Oder wir *fahren* halt zu Nowotny«, entschied Sophia. »Sonst kommen wir ja nicht weiter.«

»Könnte allerdings schwierig werden«, kam es vom Fenster. Jannick hatte sich vom Sofa erhoben und war an die Scheibe getreten. »Ganz abgesehen davon, dass der Notar mit Sicherheit am Samstagnachmittag nicht in seiner Kanzlei ist.«

Ist das jetzt wirklich so schnell gegangen? Sophia ahnte schon, was er meinte.

Unruhig erhob sie sich und ging zu ihrem Bruder. Es hatte ununterbrochen weiter geschneit. Vom Fenster aus war eine gleichmäßige weiße Fläche zu sehen, die sich vor dem Haus ausbreitete und nahtlos bis auf den See hinausging.

»Im Radio haben sie vorhin gesagt, dass die Temperaturen später wieder steigen und morgen nicht weit unter dem Gefrierpunkt liegen werden.« Liam hatte sich ebenfalls zu ihnen ans Fenster gestellt.

Noch aber musste es weit unter null sein. Der See war zugefroren.

»Meinst du nicht, dass wir mit dem Boot vielleicht noch durchkommen?« Sophia sah zu Jannick hoch.

»Um dann auf halbem Weg stecken zu bleiben?« Seine Stimme klang belegt. »Wir haben keinen Eisbrecher hier, Soph.«

Drüberlaufen kam nicht in Frage. Wenn Sophia etwas gelernt hatte, dann dass es lebensgefährlich war, sich aufs Eis zu begeben, wenn das Wasser gerade erst gefroren war.

Kein Telefon. Und über das Eis kamen sie nicht.

»Was?« Jannick sah zu ihr.

»Nichts, ich dachte bloß …«

»Dass wir eingeschlossen sind?«

»Ja?«

Die Pupillen ihres Bruders schienen sich ein wenig zu weiten – und er zuckte zusammen. Sie legte ihm eine Hand auf den Arm. »Hey, das wird schon wieder. Morgen taut es, dann fahren wir zum Festland.«

Aber er hörte ihr gar nicht zu.

Hinter ihr waren die anderen in Bewegung geraten.

Hatte sie etwas überhört?

Sophia drehte sich um.

Jannicks Stimme war mit einem Mal so heiser, sie konnte ihn kaum verstehen. »Hast du das nicht gehört?«

Bitte?

Da gellte es erneut – entfernt und doch eindeutig. Ein Schrei.

Und mit einem Mal wusste Sophia auch, wer es war, der so schrie.

Was da zu ihnen durchdrang – spitz, zutiefst verängstigt und außer sich – war Zoes Stimme.

48

Das mit dunklem Eichenholz getäfelte Treppenhaus ragte spitz über ihr auf, als Sophia aus dem Wohnzimmer kam. Ihr Blick ging nach oben. Das Treppengeländer – reich verziert, die Stufen mit einem roten Läufer geschützt.

War der Schrei von oben gekommen?

Hinter ihr drängte Jannick in die Halle. »Wo ist Zoes Zimmer – weißt du das?«

»Wir sind zusammen im Gästezimmer, gleich hinten beim Wintergarten im ersten Stock, untergebracht.« Aber von dort war der Schrei nicht gekommen. Oder?

»Kinder! Ihr bleibt hier bei mir«, hörte sie Betty hinter sich. »Papa sieht nach, was los ist.«

Die Stufen knarrten – Jannick hatte begonnen, nach oben zu laufen. Einen Moment lang überlegte Sophia, ob sie sich ihm anschließen sollte.

»War die vorhin auch offen?«

Sie sah sich um. Hinter ihr stand Artur, der jetzt ebenfalls aus dem Wohnzimmer gekommen war. Er nickte mit dem Kopf an der Haupttreppe vorbei Richtung Flur, der sich dort anschloss.

Die Tür zur Kellertreppe.

Sie schluckte. *Weiß ich nicht.*

»Zoe?« Sophias Stimme klang leiser als beabsichtigt. »Hey, Süße, hörst du mich?«

Sie bewegte sich langsam auf die Tür zu, die im Halbdunkel des Flurs offen stand. Bemerkte, dass hinter dem Türblatt ein Lichtschimmer aus dem Keller drang. Und hörte es im gleichen Augenblick. Ein unterdrücktes Murmeln. Raunen? Schluchzen?

Dann hatte sie die Tür erreicht – umrundet – und starrte den Schacht hinab.

Schmutzig, grau, staubig. Bereits als Kind war ihr die Kellertreppe, die überraschend weit in die Tiefe führte, ein Graus gewesen. Angeblich war die Villa auf einem älteren Gebäude aus dem achtzehnten Jahrhundert errichtet worden, zu dem diese Treppe schon gehört hatte.

Tief unten blinkte fahl das geliebte Gesicht ihrer Freundin zu ihr herauf.

Sophia griff nach dem Geländer, das in die Tiefe führte. Fast kam es ihr so vor, als hätte sie ein Schwindel ergriffen, der sie in die Tiefe ziehen würde.

Hinter sich konnte sie Artur fühlen, der jetzt ebenfalls in der Türöffnung stand.

»Kalt … und hart.« Zoes Stimme war fast nicht zu verstehen.

»Was? Was ist da?« Sophia hielt sich am Geländer fest und musste aufpassen, dass sie auf den teuflisch steilen Stufen nicht stolperte. »Warte oben, Papa«, rief sie über die Schulter ihrem Vater zu. »Sonst stürzen wir alle noch gemeinsam runter.«

»Ich … ich hab gesehen, dass die Tür offen stand … deshalb bin ich runter …«, kam ihr Zoes Stimme dünn entgegen.

Erst jetzt konnte Sophia erkennen, woher das Licht drang, das Zoes Gesicht beschien.

Es drang aus einer Truhe, die neben dem Treppenende an der Wand stand.

»Hier, sieh dir das an.« Zoes bleiches Gesicht drehte sich weg, während Sophia die Stufen weiter hinunterstieg.

Was … wer …

Sie sah, wie Zoes Hand sich nach dem Licht ausstreckte, das der Truhe entströmte. Und konnte im gleichen Moment das leichte Brummgeräusch hören, das aus der Truhe drang.

Eine Gefriertruhe. Der Deckel zurückgeschoben. Gefriererbsen, Pommes, Geflügel.

Und dazwischen …

»… verklebt, verstehst du«, hörte sie Zoe flüstern.

Dann hatte Sophia das Ende der Treppe erreicht. Schob sich an Zoe vorbei … und sah mit einem Mal die ganze Gestalt. Hineingezwängt in die Kühltruhe. Der Anzug. Das Eis im Haar. Das Gesicht halb zugedeckt von der Kühlkost. Die Haut von einem erschreckenden Eisblau. Die Augen aufgerissen – die Brille randlos. Eines der beiden Gläser zersprungen und der Mund mit einem braunen Plastikklebeband versiegelt.

Zoes Leib presste sich gegen Sophia, und sie konnte das Zittern der Freundin fühlen.

Sophia selbst hatte den Eindruck, anstelle des Herzens eine schmerzhaft hämmernde Pumpe eingesetzt bekommen zu haben. Ihr Blick schnellte nach oben, die Treppe hinauf. Artur war am Ende des Schachts zu erkennen.

»Was ist da?«, rief er herunter.

Lebt nicht mehr, zog es stumpf durch ihren Kopf. *Deshalb …*

»Was?«

»Nowotny, Papa. Es ist der Notar! Er … ich …«

In den Wimpern des Mannes, die unter der Brille zu sehen waren, hingen Eispartikel.

»Ist Zoe die Treppe runtergestürzt? Wir können doch jetzt keinen Arzt rufen – wegen des gestörten Empfangs.«

»Was? Nein! Ihr ist nichts passiert.«

»Sieh mal«, hörte sie Zoe neben sich flüstern und fühlte die Finger der Freundin in der Seite. Senkte den Blick. Und sah, dass Zoe auf das Ende der Truhe deutete, wo ein Fuß des Toten zwischen zwei Packungen Gefrier-Erdbeeren hervorsah. Ein nackter Fuß, dessen Zehen als blutige Stumpen endeten. Ein Fuß, dessen Nägel ausgerissen waren.

49

Totensonntag, 11.23 Uhr
Zoe

Ruben, Artur, Betty und Nowotny waren tot.

Wer als Nächstes? *Ich?*

Zoe warf den Christbaumschmuck, den sie in der Hand hielt, beiseite. Nichts. Offenbar hatte jemand alles Entzündliche sehr sorgfältig beiseitegeschafft. Kein Feuerzeug. Keine Streichhölzer. Gas gab es sowieso keins im Haus. Und die Elektrizität – wie sie erst vorhin festgestellt hatten – war auch abgedreht. Jemand hatte die Sicherungen herausgeschraubt und entfernt. Keine Birne ging mehr an, kein Gerät.

Dabei wäre das die Rettung.

Zoe schlug die Tür des Stauraums, den sie durchforstet hatte, hinter sich zu.

Die anderen bereiteten sich wahrscheinlich auf die nächste Challenge vor. Diese Verrückten machten immer weiter. Gejagt von den Morden, die bereits geschehen waren. Und doch … was hatten sie denn zu verlieren? Das ganze Haus müssten sie in Brand stecken! Damit endlich Hilfe käme. Nur ohne Streichhölzer, Strom oder Feuerzeug … sollten sie jetzt Hölzchen aneinanderreiben, bis Funken flogen? Sie befanden sich hier mitten im Berliner Stadtgebiet, am helllichten Tag, einer nach dem anderen fand den Tod, und es gab keine Möglichkeit zu entkommen?

Zoe war mitten in der Bibliothek, die sie inzwischen erreicht hatte, stehen geblieben.

Die Handys gestört. Das Festnetz außer Betrieb.

Ihr Blick fiel durch die Fenster auf den See, der in der vormittäglichen Sonne blitzte. Mit dem Boot gab es bei dem Eis kein Durchkommen, der Temperaturanstieg ließ auf sich warten.

Und zu Fuß über das Eis gehen?

Angeblich zu gefährlich. Oder lag es nur an dieser verrückten Familie, dass sie sich hier abschlachten ließen, anstatt endlich etwas zu unternehmen?

Diese verfluchten Laurents! Anfangs war Zoe begeistert gewesen, dass Sophia aus einer so aufregenden Familie kam. Wobei sich ihr das wahre Ausmaß des Vermögens erst nach und nach erschlossen hatte. Zunächst hatte es lediglich geheißen, Sophias Eltern besäßen ein paar Mietshäuser in Berlin. Wobei das genau genommen schon ausgereicht hatte, um Zoe ganz kribbelig zu machen. »Ein paar Mietshäuser!« Ihre Mutter besaß nicht einmal ihr Einzimmerapartment! Als Zoe dann zusammen mit Sophia zum ersten Mal nach Sandwerder gekommen war und vom Boot aus die Villa zwischen den frühlingshaften Bäumen hatte auftauchen sehen, hatte sie sich augenblicklich in den Ort verliebt. Und zugleich Angst bekommen. Wie sollte sie Sophia halten, wenn ihre Freundin so einen Background hatte? Aber sie hatte diese Sorge zurückgedrängt: Es stellte sich also heraus, dass Sophias Eltern vermögend waren? Na und? War das schlecht, oder war das gut?

Sie wandte sich zur Eingangshalle und schritt zur Haustür. Riss sie auf. Kam auf den Vorplatz hinaus. Niemand zu sehen. Kurz darauf stand sie am Ufer des Sees.

Sollte sie Sophia Bescheid geben? Erst drei Tage war es her, dass sie in Hamburg alles stehen und liegen gelassen hatten, um hierherzukommen. Es fühlte sich an, als seien bereits Wochen vergangen.

Die gefrorene Fläche vor ihr warf die Sonnenstrahlen zurück, dass sie regelrecht in Zoes Augen stachen.

Ruben, Artur, Betty und der Notar.

Wer auch immer es war – er

oder sie

wird mich nicht kriegen!

Im nächsten Moment stand sie auf dem Eis.

Es knirschte ein wenig, und sie meinte, die Kälte durch die Sohlen hindurch an den Füßen zu fühlen. Aber die Fläche, die sie betreten hatte, hielt.

Vorsichtig ließ Zoe sich auf die Knie hinunter und fuhr mit den nackten Handflächen über den spröden Untergrund. Blasen hatten sich unter dem Eis gebildet, es wirkte fragil und porös. Wahrscheinlich wärmte das direkte Sonnenlicht es gerade auf. Sie hob den Kopf und versuchte abzuschätzen, wie lange sie bis ans andere Ufer brauchen würde. Eine halbe Stunde vielleicht? Oder täuschte die Entfernung? Rennen sollte sie lieber nicht, das würde den Druck auf das Eis nur erhöhen.

Langsam richtete sie sich wieder auf und hörte das gefrorene Wasser unter sich knacken.

Zurück?

Sie wandte sich um und sah zur Villa. Hatte für einen Moment das Gefühl, an der Ecke einen Umriss zu sehen, der sich wegduckte. Aber als sie den Blick auf die Ecke fokussierte, war dort niemand zu sehen.

Ruben, Artur, Betty und der Notar.

Die paar Meter!

Zoe wandte den Blick wieder nach vorn – weg von dem Gebäude, das verschlossen und düster hinter ihr aufragte.

Sophia war verrückt, nicht einfach davonzulaufen. Aber keinesfalls wollte sie ihrer Freundin Bescheid geben. Sophia würde nur versuchen sie aufzuhalten. Nein, sie würde die paar Meter zum Festland laufen und die Polizei alarmieren.

Zügig und gleichmäßig setzte sie sich in Bewegung und fühlte die Zuversicht in sich wachsen. Was für ein Wahnsinn. Sie blieben in der Falle des Mörders – aus Angst, einfach in die Freiheit zu gehen! Zoe liebte Sophia, aber Sophia war auch immer eine Laurent geblieben. Ein bisschen eingebildet. Ein bisschen engstirnig.

Patricia? Ganz genauso! Wie Patty reagiert hatte, als sie deren Zimmer auf der Suche nach Streichhölzern oder einem Feuerzeug durchforscht hatte und auf das alte Familienfoto gestoßen war! Die ganze Familie war vollzählig darauf zu sehen gewesen, oder nicht? Patricia hatte Zoe das Bild so heftig entrissen, dass sie es sich nicht einmal richtig hatte ansehen können. Es hatte gewirkt wie ein Werbefoto aus längst vergangenen Zeiten! Zoe hatte es sich von Patty noch einmal zeigen lassen wollen, aber Patricia war damit wutentbrannt aus dem Zimmer gestürmt. Und wieso? *Bin ich nicht gut genug, um Teil deiner Familie zu sein, liebe Patty?*

Sie blickte zum anderen Ufer und fühlte, wie ein unterschwelliges Unwohlsein ihren anfänglichen Enthusiasmus einzutrüben begann. Offensichtlich war es doch weiter, als sie zunächst gedacht hatte. Sie schien überhaupt nicht vorwärtszukommen.

Zoe beschleunigte ihren Schritt und fiel kurz darauf in einen leichten Trab. Hatte im gleichen Moment jedoch das Gefühl, die Fläche, auf der sie lief, dadurch in Schwingungen zu versetzen, hörte es erneut knacken und kehrte zurück zum normalen Gang. Was das Knirschen, das eingesetzt hatte, aber nicht mehr stoppte.

Sie blieb stehen. Und sah es mit einem Mal durch die halbdurchsichtige Fläche, auf der sie sich befand, hindurch. War das eben auch schon da gewesen? Dieser *Riss?*

Ihr brach der Schweiß aus.

Jetzt teilte er sich! Spaltete sich gleich noch einmal. Panisch riss sie sich aus der Erstarrung und wollte weiter – belastete dadurch ihr linkes Bein ruckartig – und fühlte die Fläche unter sich nachgeben.

Ihr Bein stach durch das dünne Eis hindurch und tauchte in das eiskalte Seewasser ein. Es fühlte sich an, als hätte ein riesiges Untier nach ihr geschnappt. Ihr anderes Bein knickte um. Tauchte ein. Zoe warf sich nach vorn, versuchte, sich an etwas zu klammern, und rutschte mit den nackten, bereits tauben Händen über die unebene Fläche. Keuchte und spürte das Eiswasser an ihren Beinen emporklettern. Innerhalb von Sekunden waren die robusten Wildlederboots, die sie trug, von der Brühe vollgesogen und schwer wie Beton. Gleichzeitig spürte sie, wie ihre Füße, von der mörderischen Kälte getroffen, anschwollen.

Ihr Herz flatterte in ihrer Kehle. Sie lag flach auf dem Bauch, hechelte die Eisfläche an und hielt die Arme ausgebreitet. Wagte es nicht, sich zu bewegen. Und meinte zugleich zu bemerken, wie sie durch ihre eigene Körperwärme den Eisrand, auf dem sie lag, aufwärmte.

Eine entschlossene Bewegung – die Beine aus dem Loch holen und dann *Laufen,* so schnell, dass sie dem Aufbrechen des Eispanzers davonlief. *Jetzt.*

Sie wuchtete sich hoch, gewann ein paar Zentimeter und

hörte im nächsten Moment den Knall, mit dem sich eine halbmondförmige Eisfläche löste. Der Brocken tauchte in das graubraune Seewasser ein, kam noch einmal hoch und flutschte unter die noch feste Fläche. Während Zoe, bis zur Brust jetzt, in der Eisbrühe hing.

Und schrie.

Aber alles, was zu hören war, war ein Wimmern.

Verzweifelt schob sie sich um den Rand herum, um zurück zur Villa schauen zu können. War sie denn nicht näher noch beim Haus als beim anderen Ufer?

Das waren doch nur ein paar hundert Meter. Sie würgte. Das eisige Wasser hatte sie jetzt fest im Griff. Ihre Kleidung war ein Kältepanzer, der ihre Lunge zu zerquetschen schien. Wie staubfeine Fühler kitzelte die Kaltluft in ihrer Kehle. Ihre Beine spürte sie kaum mehr. Ihre Hände rutschten hilflos über den Eisrand, das Wasser schwappte ihr bis zum Hals. Dann glitt ihr Griff ab, und sie tauchte, von der vollgesogenen Kleidung gezogen, unter. Ihr Schrei wurde von nach faulen Eiern stinkendem Seewasser zurück in ihren Mund gespült. Sie riss die Augen auf, alles war grünlich. Schemenhaft sah sie über sich die Sonnenstrahlen die Eisfläche durchdringen. Ruderte mit den Armen, um zurück durch das Eisloch an die Oberfläche zu kommen, und merkte, wie es dunkler wurde. Wirbelte unter Wasser herum und stieß sich nach oben. Rammte mit dem Kopf das Eis, das jetzt direkt über ihr war. Fühlte, wie die Todesangst sie übermannte. Ruckartig warf sie sich auf den Rücken und versuchte, sich mit den Händen unter der Eisfläche zurück zum Einbruchsloch zu schieben. Aber in welcher Richtung befand es sich? Rings um sie herum nichts als braune Schlieren, eine Eisschicht, die wie ein Transparent durchleuchtet wurde, und der tödliche Würgegriff der Kälte.

50

13 Stunden vorher

Plötzlich war alles anders.

Am Vortag war Nowotny noch bei ihnen gewesen. Sophia hatte mit ihm telefoniert.

»Hattest du nicht gesagt, alles wäre in Ordnung gewesen, als du mit ihm gesprochen hast?« Oskar sah sie an, als hätte sie etwas falsch gemacht.

»Danach haben wir ihn ja alle noch gesehen! Als er die Aufgabe mit dem Wettlachen verkündet hat. Und später? Haben wir ihn am Handy nicht mehr erreicht und stattdessen die Kuverts gehabt, in denen die Aufgaben standen.« Sophias Gedanken überschlugen sich. »Die ausgerissenen Fußnägel!« War das nicht eindeutig? Mit einem Mal hatte sie das Gefühl, alles, was ihr zuvor nicht in den Kopf gewollt hatte, würde sich zusammenfügen. »Das Erbrechen, die Herdplatte … *natürlich* hätte Mama niemals gewollt, dass wir so was machen. Nowotny ist *gezwungen* worden, diese Aufgaben zu stellen.«

Oskar schüttelte den Kopf. »Er hat doch die Kuverts persönlich vorbeigebracht. Vielleicht hat ihm jemand beim Rückweg aufgelauert …«

Sophia fiel ihm ins Wort. »Nein, *deshalb* hat er sich verspätet! Erinnerst du dich nicht? Gestern. Er sollte um zehn Uhr vormittags kommen, war aber erst um kurz vor elf da. Jemand hat ihm aufgelauert, das glaube ich auch. Er hat ihn abgepasst, überwältigt, ihm die Nägel ausgerissen und klargemacht, dass er diese Aufgaben verkünden soll. Beziehungsweise die Kuverts dalassen soll. Das Lachen? Die Ohrfeige? Das hätte Mama niemals von uns verlangt. Jemand …«

»Jemand? Wer denn?«, fragte Theo dazwischen.

Am liebsten wäre sie ihm ins Gesicht gesprungen. »Woher soll ich das wissen!« Die Gedanken rasten durch ihren Kopf. Sie kamen ihr vor wie Mäuse auf der verzweifelten Suche nach einem Ausweg.

»Abgepasst … kann ja sein«, dachte Theo laut nach. »In der Tat hat Nowotny auf mich ein bisschen ulkig gewirkt gestern Vormittag. Aber ich dachte, der ist immer so.«

»Er war so, weil ihm die Nägel ausgerissen worden waren. Aber er hatte die Schuhe an, wir konnten es also nicht sehen.« In Sophias Kopf setzten sich die Einzelheiten nahtlos zusammen. »Und dann ist er aufgebrochen, aber dieser Jemand – und ich weiß nicht, wer es war! – konnte ihn natürlich nicht nach Berlin zurückkehren lassen. Also hat er ihn umgebracht. Die Frage ist nur«, und bei diesen Worten wanderte ihr Blick über die Köpfe der anderen, »war dieser Jemand ein Fremder, der sich auf der Insel versteckt hat, oder … einer von uns?«

Sie standen im Treppenhaus zusammen und sahen im flackrigen Licht der alten Lampen fast schon geisterhaft aus.

»Das meinst du nicht ernst«, platzte es aus Patty heraus.

»Nein, natürlich nicht.« Sophia fixierte die jüngere Schwester. »Nur mal spaßeshalber, lass doch mal überlegen: Gestern Vormittag, wer war da wo?«

Patty antwortete als Erste. »Ich habe im Wintergarten gesessen, bevor wir uns in der Küche getroffen haben, und aus dem Fenster geschaut. Dabei habe ich erst Jannick und Betty im Garten gesehen und dann Theo und dich.«

Sophia nickte. »Richtig. Theo, wir waren im Garten, weißt du noch? Du wolltest noch ans Ende der Insel laufen, ich bin zurück ins Haus.«

»Betty und ich haben uns auch getrennt«, meldete sich Jannick zu Wort. »Ich habe ein paar Scheite am Holzplatz gespalten, sie ist zurück zu den Kindern. Und du Patty, im Wintergarten, hat dich denn da jemand gesehen?«

Nein. »Äh, nachher in der Küche ja schon ...«

»Klar, ich meine, bevor wir in der Küche alle versammelt waren.«

Sophia sah, wie ihre Schwester schlucken musste.

»In dem Moment nicht, da war ich allein.«

»Ich war mit Ruben, Taschi und Zoe in der Bibliothek, und wir haben uns ein paar Bücher angesehen«, war jetzt Artur zu hören. »Was ich allerdings nicht weiß«, fuhr er fort, »ist, wo du warst, Oskar.«

Sophias Blick richtete sich auf Pattys Mann. Täuschte sie sich, oder wirkte er plötzlich ein wenig unbeholfen.

»Ich habe lange geschlafen und noch geduscht, bevor ich zu euch in die Küche gekommen bin«, sagte er. »Wieso, ist das schlimm?«

51

1978

Als Theo vom Spielen nach Hause kam, war das Erste, was er hörte, das lang anhaltende Schreien des Babys. Und es klang so, als sei es schon ganz erschöpft. Er warf den Fußball in die Ecke.

»Mama?«

Keine Antwort. Stattdessen konnte er die aufgebrachten Stimmen seiner Eltern aus einem der hinteren Zimmer dringen hören. Die spitze, verzweifelte Stimme seiner Mutter, das wütende, verletzte Ätzen des Vaters.

Mal wieder.

Auf seinen kurzen vierjährigen Beinen begann er, die Treppe nach oben zu laufen, wo sich die Schlafzimmer befanden. Die Stimmen der Eltern klangen hinter ihm her.

Er kam an der Tür von Jannicks Zimmer vorbei. Da es bereits nachmittags war, hoffte Theo, dass sein Bruder schon von der Schule zu Hause sein würde. Vorsichtig öffnete er die Tür.

»Kannst du nicht klopfen!« Jannick fuhr von seinem Bett auf. Er trug nur T-Shirt und Unterhose und sah Theo wütend an.

Als wäre ein Eimer kaltes Wasser über ihm ausgeschüttet worden, stand Theo in der Tür. So heftig hatte ihn Jannick ja noch nie angefahren. Er spürte, wie sich in seinen Augen

Tränen sammelten. Und sah durch die Schlieren hindurch, dass noch jemand in dem Zimmer war.

Sophia.

Sie schien das Gesicht nach unten zur Matratze hin gedreht zu haben und hatte offenbar keine Lust aufzublicken.

»Wegen Mama und Papa«, hörte Theo sich gegen den Kloß in seinem Hals ansprechen. Deswegen hatte er doch nur bei Jannick die Tür aufgemacht. Er bekam immer Angst, wenn sie stritten. Meistens legte Jannick dann einen Arm um seine Schulter, und das eisige Gefühl im Bauch des Kleinen verflüchtigte sich.

Aber diesmal schien Janni keine Zeit für ihn zu haben.

»Sie streiten mal wieder. Mach deine Tür zu, dann hörst du sie nicht«, gab Jannick ihm unwirsch Auskunft.

»Und Patty?« Theo machte mit dem Kopf eine Bewegung den Flur runter, von wo noch immer das Wimmern des Babys zu hören war.

»Mama war vorhin bei ihr, aber dann hat Papa wieder von vorn angefangen, und Mama meinte, sie sollten sich im Zimmer des Babys nicht so anschreien. Also sind sie runter. Danach erst hat Patty wieder zu brüllen begonnen, wahrscheinlich haben sie es noch nicht mal mitbekommen.«

»Vielleicht hat sie einfach Hunger?« Theo zog sein Gesicht zu einem kläglichen Lächeln auseinander.

Jannick musste – offenbar gegen seinen Willen – ärgerlich lachen. »Au Mann, Theo. Dann bring ihr doch eins von den Karottengläsern, die mag sie doch.«

Theo überlegte. Sophias Kopf auf Jannicks Kissen bewegte sich nicht. Hinter ihm schien das Wimmern des Babys wieder anzuschwellen.

Er zog den Kopf aus Jannicks Zimmer, ohne noch etwas zu

sagen, schloss die Tür und rannte den Flur hinunter. Trat in Pattys Zimmer. Mama hatte es wunderschön eingerichtet, die Wände frisch gestrichen, ein Mobile über dem Kinderbettchen angebracht, sogar eine Tierkarawane an die Wand gemalt.

Er ging zum Gitterbettchen und schaute auf das Gesicht seiner kleinen Schwester hinunter. Sie machte riesige Augen und verstummte. Er meinte, es in ihrem Blick lesen zu können: *Hallo? Könnt ihr euch bitte jetzt mal um mich kümmern?*

Unwillkürlich musste Theo grinsen. Er fühlte, wie ihn Zuversicht durchströmte. Er liebte seine Babyschwester. Vorsichtig griff er in das Kinderbett und nahm das kleine Wesen in den Arm. Sie drehte ihm ihr Gesicht zu und war ganz still.

»Hast du Hunger? Ist es das?«

Das musste es sein, was denn sonst? Er beschloss, sie gleich mitzunehmen, und lief zur Tür. Wo die Gläser mit dem Babybrei standen, wusste er ja. Mit dem Fußball konnte er auch später noch weiterspielen. Sorgfältig darauf achtend, dass er auf den Stufen nicht stolperte, lief er mit dem Baby auf dem Arm zurück ins Erdgeschoss. Die Stimmen seiner Eltern gingen im Esszimmer mit unverminderter Heftigkeit weiter. Diesmal kam es ihm fast so vor, als habe sich die Erschöpfung des Babys auf seine Mutter übertragen. Ihr Widerstand schien zu erlahmen.

Theo wandte sich nach links und betrat die Küche. Zog mit der freien Hand den Kühlschrank auf, entnahm ihm eins von Pattys Gläschen und setzte sich mit der Kleinen an den Küchentisch.

»Ach ja!« Plötzlich war Mamas Stimme ganz deutlich zu hören, offensichtlich hatte sie eine der Türen aufgerissen. »Du hast dir das anders vorgestellt? Alle Kinder adrett, der Mann kommt nach Hause, und jedermann strahlt? Schlag dir das aus dem Kopf, Artur, du weißt, dass ich diese Kinder …«

Ein heftiger Knall schnitt ihr das Wort ab, die Tür war wieder zugeflogen.

Theos Blick blieb auf das Gesichtchen des Babys gesenkt. *Ich will das alles gar nicht hören.* Seine Lippen machten Schmatzgeräusche, und er sah, wie Pattys Augen blitzten. Vorsichtig schraubte er das Gläschen auf und tauchte den Löffel ein. Holte etwas von der orangefarbenen Masse heraus und hielt der Kleinen den Brei vor die Nase. Pattys Augen richteten sich darauf, den Mund aber öffnete sie nicht. Behutsam stippte Theo mit der Löffelspitze dagegen. Und beobachtete, wie sie – den Blick jetzt fragend auf ihn gerichtet – die Lippen langsam aufmachte.

Wieder knallte es, und Mamas Stimme drang zu ihm herüber. »Ja, du hast dich um Vincent gekümmert, Artur«, zischte sie. »Aber dachtest du wirklich, ich lass mich von dir bedienen wie eine Gebärmaschine?«

Theo hatte ein Gefühl in der Brust, als würde er innerlich absterben.

Vincent? Den Namen hatte er noch nie gehört. Am liebsten hätte er Patty die Ohren zugehalten, aber sie konnte ja sowieso noch nicht verstehen, was Mama sagte. Erneut fädelte er den kleinen Löffel in die Öffnung des Gläschens, entnahm eine weitere Portion von dem Brei und schob sie dem Baby zwischen die neugierig geöffneten Lippen. Abwartend blickten Pattys süße Augen ihn an. Dann bewegte sich langsam ihr Kiefer, als müsste sie erst noch mal Probe kosten. Ein Ausdruck der Wonne huschte über ihre Züge, sie schluckte – und zack – ging der Mund wieder auf.

»Du hast mir geholfen, Artur. So schien es. In Wahrheit hast du es nur getan, damit ich dich nie wieder loswerde!«

Theo hörte, was sie sagte, hatte aber beschlossen, nicht zu

genau auf die Worte seiner Mutter zu achten. Was sie da wütend hervorstieß, ging ihn nichts an. Er liebte seine Mutter. Wenn sie so aufgebracht war wie jetzt, schnitt es ihm in die Seele, und er hatte Angst, die Wunde könnte nie wieder heilen. Also hörte er weg.

»Ich liebe dich, Hedda. Warum reicht dir das nicht?« Die Stimme seines Vaters.

»Weil es nicht reicht! Wie kannst du sagen, dass du mich liebst, wenn du mich zwingst, dir zu Willen sein, Artur. Weißt du, wie sehr ich es hasse? Du hast mich gezwungen, deine Kinder zu kriegen. Und du hast nie genug bekommen. Eins? Zwei? Drei? *Vier* mussten es sein.« Sie fauchte. »Soll ich mich aufs Bett legen, Beine breit für Nummer fünf? Oder gleich hier auf den Tisch?«

Theo spürte, wie die Tränen begonnen hatten, über seine Wangen zu laufen. Aber er hörte nicht auf, das Baby zu füttern. Die Kleine hatte ja richtig Hunger!

52

Eine Stunde vor Totensonntag

»Hier seid ihr!« Jannick tauchte in der Küchentür auf. »Habt ihr das gesehen?« Er hielt eine altmodische Aktentasche hoch.

»Nowotnys Tasche? Wo hast du die denn her?« Vage glaubte sich Sophia daran zu erinnern, dass der Jurist diese Tasche beide Male bei sich gehabt hatte, als er bei ihnen in der Villa war.

Jannick warf die Tasche auf den Tisch. »In der Truhe.« Er betätigte den Schnappverschluss. »Ich hab reingeschaut – und seht mal, was ich gefunden habe.«

Betty trat zu ihm. »Du hast ... neben die ... die *Leiche* in die Kühltruhe gegriffen und ...« Ihre Stimme verhauchte.

Statt ihr zu antworten, zog Jannick ein Bündel Kuverts hervor. »Hier.« Er hob das oberste Kuvert in die Höhe.

Runde 19, war darauf gedruckt. Und: *Kuvert erst öffnen nach Runde 18*.

»Neunzehn?« Sophia überlegte. »Drei Tage lang jeden Tag jeweils neun Aufgaben. Heute ist der dritte Tag.«

Jannick nickte verbissen. »Ganz genau. Das ist die Aufgabe, die jetzt ansteht. Die erste des dritten Blocks.«

»Wieso ›ansteht‹?«, platzte es aus Sophia heraus. »Das sind nicht Mamas Aufgaben – das hat mit Mama nichts zu tun. Das haben wir doch schon gesagt. Jemand hat Nowotny abgepasst ...«

»Sagst *du.*« Jannick starrte sie an. »Kann sein, dass es so war. Vielleicht aber ist alles auch ganz anders.«

»Hat er sich die Nägel also selbst ausgerissen, oder was?«

Jannick zögerte. »Nein, das nicht. Aber dass Mama sich Aufgaben für uns ausgedacht hat, wirst du ja wohl nicht abstreiten.«

»Aber nicht solche! Mit Herdplatten und Tequila-Shots, Jannick!«

»Woher willst du wissen, was für Aufgaben noch auf uns warten?«

»Sicher ist Nowotny das nicht *zufällig* ausgerechnet jetzt passiert, wo er den Job hatte, Mamas Testament abzuwickeln!«

»Nein, sicher nicht.« Jannicks Elan schien ein wenig verraucht. Er schaute zu den Umschlägen. »Meinst du nicht, wir sollten wenigstens mal gucken, was in den Umschlägen steht?«

Sophia schüttelte den Kopf. »Mir ist das herzlich egal. Was mich viel mehr interessiert, ist, ob der Typ, der den Notar getötet hat, noch hier bei uns auf der Insel ist, Jannick. Manchmal frage ich mich echt, ob du überhaupt mitdenkst« *oder nur die Millionen im Kopf hast.* Aber das sprach Sophia nicht aus.

»Vielleicht ist er … vielleicht ist *sie* … auch schon wieder runter …« Er unterbrach sich, sah für einen Moment etwas dümmlich drein. »Nein, du hast recht, runter kommt man im Moment ja nicht.«

»Eben«, *du Hornochse*, »das heißt, der- oder diejenige, die Nowotny getötet hat, muss noch auf der Insel sein.«

»Oder er oder sie ist gestern Nacht, als es dunkel war und wir nichts gesehen haben, wieder runter, da war der See noch nicht gefroren, Sophia, denk doch mal nach!« Seine Stimme klang wütend. Die Anspannung machte ihn ungeduldig.

»Ist mir doch egal!«, schleuderte Sophia Jannick entgegen. »Auf jeden Fall sollten wir uns lieber darüber Gedanken machen, ob hier ein Mörder umgeht, als darüber, welche bescheuerte Aufgabe wer auch immer sich als Nächstes ausgedacht hat!« Sie musste Luft holen. »Mama war es jedenfalls nicht.«

»Wahrscheinlich ist es der Gleiche. Oder die Gleiche, meinst du nicht? Nowotnys Mörder und derjenige, der die Aufgaben stellt.« Jannick sah sie an, und seine Augen funkelten.

Na und? Brachte sie das einen Schritt weiter?

Jannick legte den Umschlag zurück auf den Tisch. »Alles Mögliche kann hier los sein, ich weiß nur eins: Egal, von wem sie kommen – das sind die Aufgaben, die wir nacheinander abarbeiten sollen.«

»Eben nicht!« Wie begriffsstutzig war er denn? »Das sind *nicht* Mamas Aufgaben …«

»Nein, es sind nicht Mamas Aufgaben«, fuhr Jannick sie zornig an. »Aber was meinst du, wozu ist jemand in der Lage, der den Notar erst umbringt und dann in die Kühltruhe stopft? Derjenige, der das getan hat, schreckt vor gar nichts zurück, so viel ist wohl klar. Und der- oder diejenige will, dass wir diese Aufgaben bewältigen. Am Freitag ging es um Ohrfeigen und Tequila. Heute geht es mit Aufgabe neunzehn hier«, er hob das Kuvert mit der 19 hoch, »weiter. Jetzt können wir natürlich sagen, wir steigen aus und gucken, was er dann mit uns macht. Oder aber wir machen genau da weiter, wo wir Freitag aufgehört haben – und zwar mit der nächsten Runde. Ich weiß nur eins: Schön ist es nicht zu messen, wer am meisten erbricht. Aber ich mache lieber das, als mir Gefrierkost von unten anzuschauen!«

»Wie kommst du darauf, dass er uns töten wird – er oder

sie? Was ist denn überhaupt los hier? Wieso sollte jemand wollen, dass wir diese entsetzlichen Challenges über uns ergehen lassen?«

Sophia hatte das Gefühl, ihr Schädel würde platzen. Natürlich hatte das, was Jannick sagte, eine gewisse Logik. Aber war es nicht zugleich auch vollkommen wahnsinnig? Ohne eine Ahnung davon zu haben, was hier vor sich ging, sollten sie sich dem Willen eines Unbekannten unterwerfen. Solange es Mama gewesen zu sein schien, hatte sie sich gefügt, so unangenehm die Sache auch gewesen war, aber jetzt?

»Ich hab Umschlag neunzehn jedenfalls schon mal geöffnet«, hörte sie Jannick sagen. Er hatte sich jetzt an Theo gewendet, der hinter ihm aufgetaucht war.

»Und? Was ist es?« Theo sah seinen Bruder fragend an.

Statt ihm zu antworten, trat Jannick zu Betty, die sich ebenfalls in der Küche aufhielt und am Tisch völlig zusammengesunken zu sein schien. Behutsam legte er einen Arm um sie. »Wir finden einen Ausweg, Schatz. Es kann ja gar nicht anders sein.«

Bettys Blick hob sich. »Jannick, hör mir jetzt zu. Du wirst das nicht machen!«

»Was machen?«, fragte Sophia alarmiert.

Der Blick ihres Bruders heftete sich auf sie. »Eine Nadel – wer sie sich am tiefsten ins eigene Fleisch sticht. Kannst du dir das vorstellen?«

Sophia hatte Schwierigkeiten, das Gehörte zu verarbeiten. *Eine Nadel.* »Was für eine Nadel?«

»Eine einfache Nähnadel. Aus Mamas Nähkasten. Oder woher auch immer, Hauptsache eine Nadel.«

»Das steht auf dem Zettel?«

Jannick nickte. Er hob das Kuvert noch einmal hoch und

entnahm ihm ein Blatt Papier. Eine einfache Seite, genau wie am Freitag schon, auf der Sophia zwei aufgedruckte Zeilen erkennen konnte. »Natürlich habt ihr recht. Das kann jeder an jedem Computer schreiben und ausdrucken«, sagte er. »Kein Briefkopf, kein Siegel, nichts.« Das Kuvert war ebenfalls ein einfacher weißer Umschlag.

»Der Typ bringt die Kuverts mit, tötet den Notar …«

»Wie eigentlich«, warf Theo ein. »Wissen wir das?«

Jannick breitete die Hände aus. »Vermutlich hat er – sie, was weiß ich! Vielleicht war es ja auch der Geist von Sandwerder!« Er knurrte. »Wahrscheinlich ist Nowotny einfach die Kellertreppe hinuntergestoßen worden. Wenn ihm das nicht das Genick gebrochen hat, hat der Unbekannte nachgeholfen. Und ihn dann in die Kühlbox gequetscht.«

Theo sah zu seinem Bruder. »Zu dem Zeitpunkt haben wir Tequilas getrunken und später im Garten um die Wette gewürgt. Was währenddessen im Keller passiert ist, hört man bei den Mauern der Villa nicht.« Er strich sich über den Mund. »Außerdem ist der Notar mit Klebeband geknebelt worden.«

In Jannicks Augen hatte sich ein gehetztes Flackern geschlichen. »Alles, was wir wirklich wissen, ist, dass Nowotny nicht von allein in die Eistruhe geklettert ist. Und dass wir uns eine Nadel in den Leib stechen sollen – wer am tiefsten sticht, gewinnt einen dieser verfluchten Punkte.«

Sophia hatte den Eindruck, es förmlich zu spüren. Wie sie eine Stelle an ihrem Körper aussuchte und die Nadel vorsichtig – *vorher abbrennen, zum Desinfizieren!* – ganz vorsichtig immer tiefer hineinbohrte.

Sie schüttelte den Kopf. »Ausgeschlossen. Ich steche mir keine Nadel in den Schenkel.«

»Sophia hat recht«, war Ruben zu hören, der sich jetzt in seinem Rollstuhl über die Eingangshalle der Küchentür näherte. »Wir machen das nicht.«

»Würde ich auch sagen.« Artur war derjenige, der den Stuhl des alten Manns schob.

Die Gummiräder von Rubens Rollstuhl quietschten über den Marmorfußboden. Es klang, als würde eine Katze in Todesangst aufschreien.

»Na gut, meine Lieben.« Ruben lächelte. »Das war ein langer Tag. Ich habe das Gefühl, wir denken nicht mehr klar. Ich werde mir jedenfalls keine Nähnadel ins Fleisch rammen.«

Artur sah zu seinem Schwager hinab und schien nachzudenken.

Ruben griff erneut in seine Räder. »Alt zu sein hat auch Vorteile. Man hat nicht mehr so viel zu verlieren.« Er gab seinem Stuhl einen Ruck und rollte zurück Richtung Treppe.

Gleich daneben befand sich der alte Aufzug, mit dem Ruben samt Rollstuhl in den ersten Stock fahren konnte.

»Hey, Onkel Ruben, wo willst du hin?«, rief Sophia ihm nach.

»Ich hab genug für heute«, kam es über seine Schulter zurück, während er den Knopf drückte, um den Fahrstuhl zu holen. »Ich geh in mein Zimmer. Wenn ich mich jetzt nicht ein wenig ausruhe, habe ich einen Schlaganfall und bin der nächste Tote hier.«

Hat er es plötzlich eilig, von uns wegzukommen? Ihr Blick fiel auf Artur. Beinahe verträumt, so kam es ihr vor, schaute ihr Vater seinem Schwager nach.

53

Totensonntag, 14.32 Uhr
Oskar

Das Seidentaschentuch in der Brusttasche des Jacketts, der moderne Haarschnitt, das markante Kinn. So tadellos Oskar normalerweise aussah, so heillos durcheinander war er jetzt. Er hätte Patty allein fahren lassen sollen. Er hatte sich in Berlin noch nie wohlgefühlt. Seine Stadt war und blieb München. Opportunity Management, Public Relations, hundert Prozent mehr Performance. *Das* war seine Welt. Business Denglisch, dass es nur so krachte. Channels transparenter machen, zweihundert Prozent mehr Schlagkraft. Golf spielen, Porsche fahren. All das, was ihm lieb und teuer war, schien unendlich weit weg.

Er stolperte durch die verlassenen Gänge und Kammern der riesigen Villa, benommen von den Medikamenten, mit denen Sophia ihn einigermaßen wiederhergestellt hatte. Staubpartikel tanzten in den Sonnenstrahlen, die durch die ewig nicht geputzten Fenster hereinfielen. Der Schmerz in seiner Hand war inzwischen bloß noch ein unangenehmer Druck, von dem er jedoch wusste, dass er ohne die Betäubungsmittel grässlich sein würde. Auf seine Hand zu blicken, vermied er ganz.

Taschi. Wann war ihnen zum ersten Mal aufgefallen, dass keiner wusste, wo Natascha steckte? Gleich nachdem sie von der Beerdigung zurück auf die Insel gekommen waren, oder? Zuerst war das allerdings ein wenig untergegangen, weil sie die Leiche des Notars gefunden hatten. Er selbst hatte sich ja zunächst nichts weiter dabei gedacht, war davon ausgegangen, dass Natascha einfach schon auf ihr Zimmer gegangen war, wahrscheinlich um sich ausgiebig ihrem Handy zu widmen.

Erst als der Schock über den Fund in der Kühltruhe abgeklungen war, war es ihm wieder eingefallen. Dass er seine geliebte Tochter schon seit dem frühen Nachmittag nicht mehr gesehen hatte.

Seitdem hatte er Schwierigkeiten, klar zu denken. Und nicht mehr aufgehört, nach ihr zu suchen.

Hatte derjenige, der den Notar getötet hatte, Natascha gegen ihren Willen irgendwo hier auf der Insel eingesperrt? So wie Nowotny offensichtlich überwältigt und gequält worden war? Aber sie hätten sie doch schreien gehört!

Das Klebeband auf dem Mund des Notars!

Und wenn sie freiwillig mitgegangen war, weil sie glaubte, demjenigen vertrauen zu können, der sie fortgebracht hatte? Weil sie denjenigen kannte?

Einer von uns.

Wer denn sonst?

Mit einem Gefühl, als würden tausend Drahtbürsten sein Innerstes auskratzen, blieb Oskar an einem Fenster stehen und starrte hinunter. Der Park lag verlassen da. Sie konnte überall sein. Theo? Natascha hatte Theo erst jetzt kennengelernt, würde sie ihm vertraut haben? Und Onkel Jannick? Der hatte sie doch schon als kleines Mädchen eingeschüchtert. Bei Tante Sophia hingegen sah das anders aus. Sophia war für Natascha immer eine Art Vorbild gewesen. Die selbstständige, lustige Tante, mit der man sich vor Lachen ausschütten konnte. Natascha hat Sophia immer geliebt!

In Gedanken versunken setzte er seinen Weg fort.

Sophia und Jannick, Jannick und Sophia. Patty war schon vollkommen verwirrt. Es tat ihr nicht gut, in diesem Haus zu sein. Was hatte sie denn gemeint? Dass Jannick und Sophia vor Jahren etwas gemacht hätten. Hatte das mit dieser Pfauenkranzlady zu tun? Allein der Name: *Pfauenkranzlady*. Oskar hatte nie verstanden, was es mit dieser Lady auf sich hatte.

Schweißgebadet war Patty in der vergangenen Nacht neben ihm aufgewacht. Oben an der Wendeltreppe, die ins Türmchen hinaufführt, dort hätten Jannick und Sophia etwas getan, hatte sie geflüstert. Aber als er versucht hatte, aus ihr herauszubekommen, was es war, das sie dort getan hätten, hatte sie sich nur an ihn gekuschelt und gemeint, dass sie versuchen sollten, noch etwas zu schlafen.

Jetzt aber war er genau dorthin unterwegs. Zur Wendeltreppe, die dort anfing, wo die Haupttreppe endete, und bis in den kleinen Turm der Villa hinaufging. Kurz blieb er stehen und orientierte sich. Norden, Westen … also musste er die Zimmerflucht durchqueren, die sich jetzt linker Hand öffnete.

Die Räumlichkeiten lagen vor ihm wie in Winterschlaf versunken. Weiße Tücher verbargen die Möbel und gaben den Interieurs ein gespenstisches Aussehen. Unruhig durchschritt Oskar den letzten Saal der Flucht und fand sich in einem schmalen Treppenhaus wieder. Steil ragte eine stählerne Wendeltreppe vor ihm auf. Er legte den Kopf in den Nacken. Über zwei Stockwerke hinweg schraubte sie sich empor und endete in einem kleinen Türmchen, das er bisher nur von außen gesehen hatte.

Für einen Moment vermeinte er Patricias Zittern noch in den Händen zu spüren, als sie ihm von dem Türmchen erzählt hatte. »Sie haben es mir nie genau gesagt, Oskar, aber in diesem Türmchen, am Ende der Wendeltreppe«, ihre Augen waren aufgerissen gewesen und gläsern wie zwei Murmeln, »dort haben sie es getan.«

Es getan.

Bruder und Schwester.

Was getan?

Er hatte die erste Stufe erklommen und spürte, wie die Metalltreppe schwankte. Als müssten sämtliche Schrauben, die das Gerüst zusammenhielten, dringend nachgezogen werden. Wendung für Wendung erklomm er die Treppe, während das Gestell erbärmlich klapperte.

Wie meine Knochen.

Er blieb stehen, um über das Geländer nach unten zu sehen. Das Schachbrettmuster des Marmorfußbodens weit unten. Das Schwanken. Das Scheppern. Oskar zwang sich, seinen Weg fortzusetzen. Erreichte den oberen Absatz und fand sich in dem Türmchen wieder. Öffnete die Glastür direkt vor ihm und trat auf den schmalen Umlauf, der außen um das Türmchen herumführte. Schneidend hieb ihm der Wind ins Gesicht, und er hörte die Glastür hinter sich zufliegen.

Auf dem Ausguck befand er sich gerade auf der Höhe der oberen Baumwipfel.

»Was haben sie dort getan, Patty?«, hatte er seine Frau beschworen, aber sie war völlig außer sich gewesen.

»Du kennst sie nicht, sie … Jannick und Sophia … natürlich, es sind meine Geschwister.« Pattys kleine Hand hatte ihn umklammert. »Hier auf dieser abgelegenen Insel, es war, als hätten hier andere Gesetze geherrscht.«

Oskar fühlte, wie kalt das Geländer war, an dem er sich festhielt. Normalerweise wurde ihm nicht schwindlig, aber jetzt zog er es doch vor, nicht direkt nach unten zu blicken.

Taschi, wo bist du?

54

Totensonntag

Kurz nach Mitternacht.

»Onkel Ruben?«

Theo war gerade über den Korridor auf dem Weg in sein altes Zimmer, als ihm auffiel, dass die Tür zu dem Raum, in dem sein Onkel untergebracht war, ein Stück offen stand.

Durch den Spalt hindurch war das Fenster zu sehen – dahinter die mondbeschienene Nacht. Und als Schattenriss vor dem dunkelblauen Rechteck: ein Mann, der zusammengesunken in seinem Rollstuhl kauerte.

»Ist alles in Ordnung?« *Ist es nicht*, echote es in Theos Kopf. Zögerlich übertrat er die Schwelle und hockte sich neben den Rollstuhl seines Onkels.

Rubens Kopf hing herunter, und als Theo sah, dass die Augen des alten Mannes offen standen, war es, als würde die Angst, die er vorher noch davon abhalten konnte, sich in ihm festzusetzen, plötzlich zu einem Stein, der seine Kehle verschloss. Er rang nach Luft, stützte sich auf dem Boden ab, um nicht umzufallen, schloss die Augen.

Und sah Ruben vor sich, lachend, die grauen Haare zerzaust.

Theos Lider öffneten sich.

Stille. Dunkelheit. Das Knacken des nächtlichen Hauses.

Gleich vor ihm, silbrig bleich, waren die Pupillen des alten

Mannes zu sehen. Sie blinkten glasig wie Puppenaugen, und wenn je ein Funke darin geglüht hatte, war er endgültig erloschen.

Im nächsten Augenblick war Theo aus dem Zimmer. Er flog über den Flur, ohne zu merken, dass er den Boden berührte – hart sauste seine Faust auf die Tür zu Jannicks altem Zimmer, in dem sein Bruder zusammen mit Betty einquartiert war.

»Jannick!«

»Was?« Die Tür wurde aufgerissen, Jannicks Gesicht tauchte auf, angespannt und übermüdet.

»Ruben ... in seinem Zimmer.«

»Theo?« Bettys Stimme hinter Jannick. »Was ist denn?«

Ohne ihr zu antworten, kam Jannick heraus auf den Flur. Er ging an Theo vorbei, und die Luft um ihn herum schien förmlich zu knistern. Mit wenigen Schritten war er an Rubens Tür und stieß sie ganz auf. Theo konnte sehen, wie sein Bruder an den Rollstuhl trat und auf den zusammengesunkenen Körper des Onkels herabsah. Den Kopf hob und in Theos Richtung blickte – die Augen gerötet jetzt und wie in Flammen.

»Nadel«, Jannicks Stimme kam rau aus ihm heraus. »Wo ist die verdammte Nadel!« Er drängte an Theo vorbei aus dem Zimmer.

»Warte doch mal.« Theo versuchte ihn aufzuhalten, aber Jannick achtete überhaupt nicht auf ihn.

Schwer polterten seine Schritte über den Gang. Auf der Treppe nahm er zwei Stufen auf einmal. Theo hatte Mühe nachzukommen.

»Eine Scheiß-Nähnadel?« Jetzt brüllte Jannick, und seine Stimme hallte in dem Treppenhaus wider. »So sieht das aus? Das soll es sein?«

Mit beiden Händen zugleich stieß er im Erdgeschoss die

Tür zum grünen Salon auf, in dem schon immer der Nähkasten ihrer Mutter seinen Platz gehabt hatte. Die Tür knallte mit voller Wucht gegen die Wand. Dann hatte Jannick die Klappe des Nähkastens aufgerissen und hielt eine Nadel hoch. Sie war so fein, Theo konnte sehen, wie Jannick Daumen und Zeigefinger aufeinanderpresste, die Nadel selbst war im Dunkeln nicht mehr als ein hauchdünner Silberstrich.

»Hier, Theo. Okay?« Jannick schrie.

Theo sah, wie er den Ärmel des Oberhemds, das er noch trug, hochstreifte und mit der anderen Hand sich seinem Unterarm näherte.

»Siehst du es?«

»Jannick, was ... wir können ...«

»Quatsch nicht rum, Mann. *Fuck!*«

Mit voller Wucht rammte Jannick den winzigen Stahlstift in seinen Unterarm. Bestimmt einen halben Zentimeter tief sank er in das Fleisch ein. »Scheiße.« Jannicks Gesicht schien zu brennen. »Jetzt pass auf!« Er riss ein Buch von dem Tischchen hoch, das gleich neben dem Nähkästchen stand, und schlug es einem Hammer gleich auf die Nadel, die in seinem Arm steckte.

Durch den Schlag in die Tiefe getrieben, drang die Nadel fast bis zum Nadelöhr in seinem Arm.

»*Tief genug?*«

Theo hörte die Stimme seines Bruders aufbrüllen, aber er klang kaum noch wie ein Mensch.

55

1978

Mit dem Jackett sah er doch fast aus wie sein Vater.

Jannick blickte an sich herunter. Die Konfirmation war sein Tag. Das Jackett saß wie angegossen. Den eher lästigen Teil der Feier – die Kirche – hatten sie bereits hinter sich. Jetzt standen die Geschenke bevor. Er schaute zu seinem Papa.

Worauf warteten sie noch? Schnell das Foto, und dann wollte er seine Geschenke aufmachen.

Es war Sommer, die Birke vorm Haus hatte ihr Blätterdach ausgebreitet, der Rasen leuchtete so grün, als wäre er gerade lackiert worden.

»Mama und Papa, ihr steht hinter mir, ja?« Jannick strahlte sie an. Endlich drehte sich mal alles um ihn. »Patty stellen wir hier vorn hin«, sie lag noch im Kinderwagen, »Sophia daneben.« Er sah zu Onkel Ruben, der zur Feier des Tages ebenfalls angereist war und das Foto machen sollte.

»Moment, ein Moment noch.« Hedda sah an Jannick vorbei. »Wo ist Theo?«

Jannick spürte ein leichtes Stechen. »Wir können doch schon mal das Foto machen.«

»Wir müssen auf Theo warten.« Seine Mutter drehte sich von ihm weg, um zur anderen Seite des Gartens zu schauen. »Hast du ihn gesehen, Artur?«

Jannick steckte eine Hand in die Hosentasche, so dazustehen sah ja nun wirklich erwachsen aus. Er verlagerte das Gewicht auf den Beinen und schaute in die Richtung, in die seine Mutter blickte.

Da war Theo nicht. Er konnte sich schon denken, wo sein kleiner Bruder steckte. Aber das war nicht Theos Tag heute. Einmal *nicht*.

»Bitte Mama, ich möchte jetzt nicht die ganze Zeit warten.«

Sie wandte sich ihm zu, und er erschrak ein wenig, weil ihr Blick sich verändert hatte. Den ganzen Tag über hatte er ihr angesehen, wie stolz sie auf ihn, ihren Ältesten, war, jetzt aber schien ihr Blick zu signalisieren, dass er es nicht übertreiben sollte. »Wir machen kein Konfirmationsfoto ohne deinen Bruder, Jannick.«

»Aber das meine ich doch gar nicht, natürlich nicht.« Er grinste. »Ich weiß, wo er ist. Soll ich ihn holen?«

Da war es wieder, das Lächeln auf ihrem Gesicht. Er fühlte, wie die Kälte, die sich in seinem Bauch breitgemacht hatte, verflog.

»Du weißt, wo dein Bruder ist? Dann hol ihn.«

Jannick zog die Hand aus der Tasche, machte einen Schritt auf sie zu, um sich einen Kuss zu holen, aber da hatte seine Mutter sich schon Artur zugewandt.

»Jannick holt den Kleinen, dann können wir das Foto machen.«

Er ging an ihr vorbei, die langen Beine in den unbequemen Erwachsenenschuhen schlenkerten. Und fühlte, wie er praktisch gegen seinen Willen ärgerlich wurde. Machte der kleine Prinz das extra?

Der kleine Prinz. Er wusste, wie sehr er Theo wütend machte, wenn er ihn so nannte. Aber war es nicht so? Das hier war seine Konfirmation, und um wen ging es? Um ihn? Schön wär's. Er war da, sah super in seinem Jackett aus, und was machte er? Theo suchen. Theo hier, Theo da. Theo kann dies, Theo kann das. Mamas Liebling. Es machte ihn rasend! Eines Morgens war er am Zimmer seines Bruders vorbeigekommen und hatte gehört, wie seine Mutter den Kleinen geweckt hatte. Sie hatte auf Theos Bettrand gesessen und ihm eine Geschichte erzählt. Es ging um kleine Tiere – ein ganzes Märchen. Hatte sie *ihm*, Janni, jemals so eine Geschichte erzählt? Wütend kickte er einen Kiesel aus dem Weg, der vor ihm auf den Steinplatten lag.

Der kleine Prinz. Mit seinem niedlichen Gesicht, den kleinen Patschehändchen, dem goldigen Lachen.

Ärgerlich bog Jannick um die Ecke der Villa und steuerte auf die große Buddelkiste zu, die gleich hinter dem Haus lag. Vor einigen Wochen schon hatte er dort gemeinsam mit Sophia ein ziemlich großes Loch gegraben. Sie hatten alte Baubohlen im Schuppen gefunden, die Wände abgestützt und mit Brettern ein Dach darübergelegt, das mit Sand getarnt werden konnte. Auf diese Weise war einen knappen Meter unter der Oberfläche ein abgesicherter Hohlraum in der Sandkiste entstanden, in den man über ein Einstiegsloch gelangte. Sie hatten Spielkarten da unten deponiert und ein paar Kerzen. Und das Tollste daran: Der Einstieg war so schmal, dass Erwachsene dort nicht durchkamen. Theo allerdings war mit seinen vier Jahren gerade groß genug, um sich besonders gut in der unterirdischen Höhle zu bewegen. Jannick wusste, dass Theo das Geheimversteck liebte und jede freie Minute dort verbrachte.

Er hatte das Einstiegsloch erreicht und kniete sich auf den Sand. »Theo?«

Keine Antwort.

»Hey, Theo, ich weiß, dass du da drin bist. Wir alle warten auf dich, wollen das Foto machen.«

Das kleine Gesichtchen seines Bruders tauchte unter der Einstiegsluke auf. Sand hing in seinen Haaren, und er blinzelte gegen das Licht nach oben.

»Kommst du?«

Theo lächelte. »Janni, die Höhle, die du gebaut hast – ich liebe sie.«

Janni streckte eine Hand nach unten, um dem Kleinen hochzuhelfen. Und im gleichen Moment spürte er, wie es ihn dazu drängte, etwas zu sagen, von dem er wusste, dass es Theo beschäftigen würde. Gemein? Ja, vielleicht. Aber Theo war dabei, ihm seine Konfirmation zu versauen, er musste sich wehren!

»Neulich nachts hab ich zufällig mal was gesehen hier«, sagte er beiläufig und zog an Theos Hand, um ihn hochzuholen.

»Ja?« Theo kraxelte aus dem Einstiegsloch und machte sich seine gute Hose ganz sandig.

»Ich dachte erst, ich täusch mich, aber dann war es doch ganz deutlich zu sehen.«

Theo hatte sich aufgestellt und sah ihn fragend an.

»Au Mann, ich sag dir, ich bin total erschrocken.«

Die Augen des kleinen Jungen weiteten sich. »Was war denn?«

»Es war dunkel, ich konnte kaum etwas erkennen, aber es hat sich aus dem Loch hier gewunden. Ich wollte weglaufen, doch ich hatte Angst, dass es mich dann sieht.«

Theos Gesicht verzog sich. Er wirkte verunsichert.

»Erzähl bloß nichts Mama oder Papa davon, sonst sagen sie noch, dass wir das Loch zuschütten müssen.«

Theo schüttelte seinen Kopf mit den Locken.

»Nur«, Jannick suchte nach Worten, »ich weiß nicht, was das war. Sah aus wie eine riesige Nacktschnecke oder so. Ich hab richtig Angst bekommen, dass die mal runter in die Höhle gekrochen kommt, wenn wir da unten drin sind. Oder du.«

Theo war ganz bleich geworden, und Jannick konnte sehen, wie sein kleiner Bruder abzuschätzen versuchte, ob er ihm glauben sollte oder nicht.

»In der Nacht ist das Ding da rausgekommen, und bevor es Richtung Wald über den Boden geschlängelt ist, hat es sich noch mal umgesehen. Und für einen Moment dachte ich: Klar, das ist sie, die Pfauenkranzlady. Sie wartet nur darauf, dass einer von uns mal allein ist, dann frisst sie den auf.«

Er beobachtete, wie Theos Lippen sich bewegten, aber für einen Moment schien sein Bruder nicht zu wissen, was er darauf erwidern sollte.

Nächstes Mal lässt du an meinem Tag nicht alle warten, ging es Jannick durch den Kopf, *nächstes Mal kommt die Pfauenkranzlady dich sonst holen.*

Und dann sah er – und er wusste selbst, dass es nicht richtig war, eine gewisse Genugtuung dabei zu empfinden, aber was sollte er machen? –, wie in die Augen seines kleinen Bruders Tränen traten.

»Mach dir keine Sorgen, Theo«, versuchte er einzulenken, »ich pass auf dich auf, du brauchst vor der Lady keine Angst zu haben.«

»Wirklich, Janni, bist du sicher?«, flüsterte Theo.

»Na klar, komm schon, lass uns endlich das Foto machen!«

56

Totensonntag

»Wer überwacht das denn?«, herrschte Theo seinen Bruder an. »Wir müssen das nicht machen, Janni.«

»Stimmt schon, du hast recht.« Jannick sah auf den Kanister, der zwischen ihnen auf dem Fußboden stand. »Wer überwacht es, ob ich die Hand da reinstecke? Aber Nowotny ist tot und Ruben ebenfalls. Onkel Ruben hat vielleicht einen Herzinfarkt gehabt, Nowotny aber ist nicht von allein gestorben. Und außerdem …«

»Außerdem was?«

»Außerdem … Betty, Zoe und die Kinder helfen ja jetzt auch schon suchen, aber bisher hat keiner sie gefunden.«

Theo wusste, was sein Bruder meinte. Er hatte ebenfalls mitgeholfen. Sie hatten das ganze Haus abgesucht. Das Grundstück. Wobei das bei der Dunkelheit schwierig war.

»Vielleicht versteckt sich ein Fremder auf der Insel …«, hörte Theo Jannick sagen und wartete, aber Jannick brachte den Satz nicht zu Ende.

»Oder?«, fragte Theo endlich.

»Oder einer von uns lässt uns hier springen, und der wird nicht hinnehmen, wenn wir plötzlich nicht mehr machen, was er sagt.«

»Einer von uns.« Theo atmete aus, aber Jannick fiel ihm ins Wort, bevor er noch etwas sagen konnte.

»Die Nadel schien auch ganz schlimm«, er hob den verbundenen Arm, »so übel war's dann aber doch nicht.«

Die beiden Brüder standen in der Garage der Villa, die sich gleich beim Holzplatz befand.

Jannick hatte den nächsten Umschlag geöffnet.

Wer seine Hand am tiefsten in die Salzsäure taucht, die in der Garage steht, hatte auf dem Blatt darin gestanden. *Runde 20.*

Das hatte nichts mehr mit Mama zu tun, so viel stand fest. *Jemand hat ihr die Fäden aus der Hand genommen.*

Theo sah, wie Jannick sich neben den gelblichen Kanister, der auf dem Boden der Garage stand, hockte. »Wir müssen es hinter uns bringen. Vielleicht kriegen wir dann auch einen Hinweis, wo Natascha ist, begreif doch! Je schneller, desto besser.« »Ich hab in Italien mal mit Salzsäure einen Terracotta-Fußboden behandelt.« Theo kniete neben Jannick. »Hier, ich zeig dir das.« Er kippte den Kanister, dessen Verschluss bereits geöffnet war, leicht an. Etwas Flüssigkeit schwappte auf den Boden. Augenblicklich verbreitete sich ein beißender Geruch. Die herausgeflossene Flüssigkeit verwandelte sich auf dem Boden zischend und Blasen werfend in einen gelblichen Schaum.

»Und da willst du deine Hand reinstecken?«

Jannick hatte den Einstich der Nadel desinfiziert und mit einem Pflaster verklebt, aber irgendetwas an seinem Gesicht zeigte Theo, dass die Tiefe des Stichs ihm doch mehr Probleme machte, als er zugeben wollte.

»Jannick? Theo?«, drang eine Stimme von der Garageneinfahrt zu ihnen.

Oskar kam durch die Dunkelheit auf den Lichtkranz vor dem Garagentor zu.

»Her mit dem Kanister, ich mach das.« Oskar stockte. »Oder hat einer von euch schon?«

Wer seine Hand am tiefsten in die Salzsäure taucht.

Theo schüttelte den Kopf. »Jannick wollte gerade.«

»Nein, gut.« Es ging so schnell, für einen Moment fürchtete Theo, Oskar könnte den Behälter mit der Säure umstoßen und ihnen allen die ätzende Flüssigkeit ins Gesicht spritzen. Pattys Mann nahm den Plastikbehälter hoch und stellte ihn auf den schmalen Tisch an der Garagenwand. Kippte ihn behutsam, sodass etwas von der Säure in eine flache Schale rann, die sich auf dem Tisch befand.

Theo trat einen Schritt zurück und legte die linke Armbeuge über Mund und Nase. Das Zeug roch, als würde es sämtliche Schleimhäute verätzen.

»Okay Janni, mal sehen, wie weit du gehst, aber lass mich erst mal«, knurrte Oskar und senkte zugleich seine Hand bis auf die Säure herab. Berührte die Oberfläche, schrie und zog die Hand zurück. Sein immer ein wenig dicklich wirkendes Gesicht war plötzlich gestrafft, wie Theo es noch nie gesehen hatte. Augenblicklich hatte sich die gelblich weiße Schaumflüssigkeit in der Schale rot verfärbt. Theos Blick sprang zu Oskars Hand. Wie aus weiter Ferne konnte er Pattys Mann durch die zusammengebissenen Zähne keuchen hören. Das rosige Fleisch seiner Handfläche sah aus wie gehäutet. Roh und blutig. Nur die tiefste Stelle des Handtellers war ausgespart.

»Hier, halt deine Hand unter das Wasser!« Theo war zum Wasserhahn am Garagentor gesprungen und hatte aufgedreht.

Aber Oskar stand wie gelähmt in der Mitte der Garage, der Blick auf die verstümmelte Handfläche gerichtet, das Handgelenk mit der unverletzten Hand umklammert.

Theo packte ihn an der Schulter und schob ihn zum Wasser. Nahm das Ende des Schlauchs, der an den Hahn geschraubt war, und richtete den Strahl auf Oskars Hand. Ein rosiger Film aus Blut, Fleischfetzen und Hautresten wurde heruntergespült und pladderte auf den Garagenboden.

Noch sieben Runden.

57

Betty stieß die Holztür auf. Eine einzelne Glühbirne leuchtete auf, als sie den Schalter an der Wand betätigte.

Ein dumpfes Ticken erfüllte den Raum. In seiner Mitte stand das Uhrwerk, das die Zeiger an der Stirnseite der Villa bewegte.

Pfauenkranzlady. Sie kannte die Geschichte. Mit respektvollem Abstand ging sie an der Mechanik vorbei, die stoisch vor sich hinknackte.

Ja, sie hatten schon vorhin alles abgesucht. Aber …

»Taschi? Natascha?« Betty lauschte dem Klang ihrer Stimme nach. Inzwischen waren bestimmt zwölf Stunden vergangen, seitdem jemand ihre Nichte zuletzt gesehen hatte.

Sie hatten sich vorhin aufgeteilt, um nach ihr zu suchen, allerdings bisher ohne Erfolg. Und dann hatte Sophia eine Idee gehabt.

Dass sie ein Feuer anzünden sollten – einen riesigen Scheiterhaufen, mitten auf dem Rasenplatz. In der Nacht müsste man das doch auf dem Festland bemerken! Dann müsste von der Stadtverwaltung, der Feuerwehr oder der Polizei jemand mit einem Hubschrauber kommen, um nach dem Rechten zu sehen!

Mit lautem Klappern schlug hinter Betty die nächste Holztür zu, durch die sie den Raum mit dem Uhrwerk verlassen hatte und in den Seitenflügel gelangt war.

Für einen Moment stand sie im Dunkeln, dann hatte ihre

Hand den alten Bakelit-Drehschalter an der Wand gefunden. Sie drehte ihn – die Neonröhre an der Decke flammte auf, blinkte – und verlosch.

Verdammt.

Betty drehte den Schalter erneut. Es klackte, aber die Röhre blieb dunkel. Durchs Dachfenster war schemenhaft der mondlichtbeschienene Wald am Ende der Insel zu erkennen. War die Neonröhre durchgebrannt?

Sie stieß die Tür, durch die sie gerade gekommen war, wieder auf und kehrte zurück in den Raum mit dem Uhrwerk. Sie hatte das Licht darin doch nicht ausgemacht, oder? Betty betätigte den Lichtschalter an der Wand, aber die Birne an der Decke blieb dunkel.

Sie spürte, wie sich ihre Nackenmuskeln verkrampften. Die Birne hatte vor zehn Sekunden doch noch funktioniert! Beunruhigt trat sie an die Luke, die sich in der Dachschräge befand, stemmte die Scheibe mit dem dazugehörigen Griff empor und streckte den Kopf hinaus in die Kälte. Tief unter sich konnte sie Jannick und Theo sehen, die Holz aus der Garage holten und in der Mitte des Rasenplatzes zusammentrugen. Soweit sie wusste, hatte Jannick noch ein Kuvert geöffnet. Runde 20. Bei der Aufgabe war es um eine Challenge in der Garage gegangen. Wer hatte die Runde für sich entschieden? Sie wollte es gar nicht wissen.

Ihr Blick wanderte zu dem Seitenflügel des Hauses, den sie von der Luke aus sehen konnte.

Alle Fenster waren dunkel. Die Außenbeleuchtung – verloschen. Ihr fiel auf, dass Jannick stehen geblieben war und etwas zu Theo sagte.

»Ist bei euch unten auch kein Strom?« Betty hatte sich weit nach vorn gelehnt und hinuntergerufen.

Jannick legte den Kopf in den Nacken, einen Moment irrte sein Blick das Haus entlang, dann hatte er sie entdeckt.

»Gerade eben ist die Außenlampe durchgebrannt«, rief er zu ihr hoch.

Wenn es bloß das wäre, ging es ihr durch den Kopf. »Hier auch – kein Licht«, rief sie runter. »Plötzlich war es weg.«

Theo ließ den Stapel Scheite, den er auf dem Arm hatte, fallen. Hatte er »Sicherung« gesagt?

»Seht ihr nach dem Sicherungskasten?« Sie reckte den Hals noch ein wenig weiter nach vorn.

Jannick winkte ihr. »Ich weiß, wo der ist. Pass auf, dass du im Dunkeln nicht stolperst.«

Betty zog den Kopf wieder ein und schloss die Luke. Ohne Licht hatte es keinen Sinn, hier weiter nach Natascha zu suchen. Sie fröstelte. Die Nachtluft war wirklich eiskalt. Das Uhrwerk schien im Dunklen noch einmal so laut zu ticken.

Vorsichtig trat sie den Rückweg an.

Fahl beleuchtete der Mond die Treppenstufen. Auf der Höhe der Gästezimmer verließ Betty das hintere Treppenhaus und tastete sich über den dunklen Gang nach vorn. Ihr Weg führte sie auch am Schlafzimmer ihrer Schwiegereltern vorbei.

Unwillkürlich blieb sie stehen. Die Tür stand offen. Weißlich lag das Mondlicht auf dem Parkettboden. Heddas Frisiertoilette. Der Kleiderschrank. Das Ehebett. War die Decke vom Bett gerutscht?

Sie trat an die Türöffnung heran.

Es war keine Decke.

Auf dem Boden.

Es ist Artur.

Jetzt waren es nicht nur Bettys Nackenmuskeln, die sich

verkrampften – es war, als würde ihr ganzer Leib von einem steinharten Muskelpanzer umschlossen.

Arturs Kopf war herumgerollt.

Sein Blick ist starr auf mich gerichtet.

58

»Kein Feuerzeug, kein Gas, keine Streichhölzer, und die Sicherungen muss jemand herausgeschraubt haben!«

Jannick stand im Schlafzimmer seiner Eltern und redete auf Betty ein. Sie hatten es nicht gewagt, Artur zu bewegen.

Nachdem Betty Artur gefunden hatte, war sie als Erstes auf direktem Weg zu dem Zimmer gelaufen, in dem ihre drei Kinder, Liam, Franzi und Mina untergebracht waren. Liam, der Älteste, war wach gewesen, wie sie ihn gebeten hatte, und passte auf seine beiden jüngeren Geschwister auf. Mina war erst acht Jahre alt und Franzi fünfzehn, Liam aber sah mit seinen siebzehn Jahren schon fast aus wie ein junger Mann.

Nachdem sie sich vergewissert hatte, dass der Junge noch nicht müde war, hatte sie Jannick geholt und war mit ihm noch einmal zurück ins Schlafzimmer seiner Eltern geeilt, in dem inzwischen auch Sophia und Zoe waren.

»Was ist mit der Kleinen – mit Natascha?«, fuhr Betty ihren Mann an.

»Ich weiß nicht, wo sie ist«, fauchte Jannick. »Aber versteht ihr nicht? Wir haben zu lange gewartet! Jeden Tag neun Aufgaben – *das* ist es doch, was Nowotny gesagt hat. Wir müssen weitermachen. Und zwar in der vorgeschriebenen Zeit. Ich weiß, Nowotny wollte das selbst nicht – aber er ist doch derjenige, durch den wir wissen, was von uns verlangt wird! Liegt das nicht auf der Hand?«

»Verlangt wird? Wozu? Von wem?« Betty zitterte. »Du meinst, dass Artur …«

»Kann das nicht sein!«, brauste Jannick auf. »Ruben ja, er hat vielleicht einen Herzinfarkt erlitten. Aber Nowotny? Und das?« Er kniete neben seinem Vater und deutete auf die Schnittwunde am Hals. »Wer macht sowas? Es *muss* doch einfach derjenige sein, der auch die Aufgaben in den Kuverts stellt. Salzsäure? Und jetzt einen Zahn ziehen!«

Das Kuvert mit der nächsten Challenge, das Jannick mit in das Schlafzimmer gebracht hatte, lag auf dem Tisch.

Wer sich als Erster einen Zahn zieht. Runde 21.

»Wenn wir nicht die Aufgaben erfüllen, wird es niemals aufhören!« Er drehte sich zur Tür, in der Theo stand.

Dann richtete sich sein Blick wieder auf Betty, und sie hatte das Gefühl, seine Augenfarbe hätte sich geändert. Als sei eine gewisse Warmherzigkeit, die sonst immer darin geschimmert hatte, plötzlich verflogen.

»Betty, wach auf!« Scharf wie eine Rasierklinge drang seine Stimme auf sie ein. »Meinst du, du brauchst bloß die Augen zu verschließen, und alles wird wieder gut? Wir sind nicht allein auf der Insel …«

»Ein Fremder?«, unterbrach Sophia ihren Bruder. »Und wieso? Wieso sollte ein Fremder so etwas tun? Soweit ich sehe, hat Mama verfügt, dass ihr Erbe an *einen von uns* geht. Wer auch immer alle anderen ausschaltet, erbt.«

Und wer … wer ist das?

»Das glaubst du nicht wirklich, oder?« Jannick hatte sich Sophia zugewandt.

Sie schlug die Augen nieder.

Jannicks Blick kreuzte sich erneut mit dem von Betty. »Wenn wir nicht wollen, dass es gleich den Nächsten trifft, sollten wir

Challenge einundzwanzig in Angriff nehmen«, seine Stimme änderte sich, »und zwar so schnell wie möglich.«

Bettys Hände berührten ihre Wangen, auf die sich ein kalter Schweißfilm gelegt hatte.

»Einen Zahn ... mit einer Zange, oder was?«, hörte sie Theo fragen und hatte ein Gefühl, als würde sie schweben.

Mit einer Zange sich einen Zahn ausbrechen.

Sophia sah zu Theo. »Patty ist halb verrückt vor Angst. Sie weiß nicht, wo Natascha ist.«

»Du meinst, Pattys Tochter könnte die nächste Tote sein?« Theos Gesicht zeichnete sich bleich in der Dunkelheit ab.

Sophia murmelte etwas, das eher wie ein Wimmern als wie eine Antwort klang.

»Oder ich«, entfuhr es Betty, »oder du.« Sie sah Theo an.

Sein Blick richtete sich auf sie. »Oder wir machen, was auf dem Zettel steht.«

»Was tun wir denn jetzt?« Patty. Sie war in der Tür hinter Theo aufgetaucht, musste eben zu ihnen gestoßen sein und vermied es, zu ihrem Vater auf dem Fußboden zu schauen. »Wo ist meine Tochter?«

Mit einem dumpfen Knall fiel etwas zu Boden.

Betty spürte, wie eine ungesunde Taubheit die Kälte in ihrem Körper zu verdrängen begann. Sie schaute zu Theo und sah, dass er sich bückte. Offensichtlich war ihm etwas aus der Hand geglitten und auf den Boden gepoltert.

Jannicks Stimme durchschnitt ihre Gedanken. »Hej, was soll das?«

Eine Zange. Was Theo aus der Hand gefallen war. Jetzt hob er sie hoch.

»So?«

Betty konnte sehen, wie Theo seine Oberlippe zurückzog.

Er sagte noch etwas, aber seine Stimme war undeutlich, da er das schwarze Werkzeug bereits in den Mund geschoben hatte und es darin stak wie ein entsetzlicher Fremdkörper.

»Nicht, Theo. Wir … Es gibt eine andere Lösung!« Sophia hatte ihrem Bruder eine Hand auf den Arm gelegt.

Aber statt auf sie zu hören, nahm Theo die andere Hand zu Hilfe, um die beiden Schenkel der Zange auseinanderzuziehen. Betty hörte, wie das Hartmetall suchend gegen seine Zähne klackerte. Würde es zählen, wenn er sich bloß eine Krone von den Zahnstümpfen riss?

Wie gelähmt beobachtete sie, dass Theo den Mund weiter aufriss, um mit der Zange besser an den Schneidezahn oben links heranzukommen. Das Entsetzen hatte jetzt ihren Bauch erreicht.

»Hier Patty – für deine Tochter Natascha«, kam es undeutlich aus Theos Mund – dann brüllte er so laut auf, dass Betty Tränen in die Augen schossen. Im nächsten Moment war ein unheimliches Schaben zu hören.

Nicht, wollte sie ihm zurufen, *tu es nicht!*

Theos Zange saß jetzt fest an einem Zahn, sie konnte sehen, wie die Metallschenkel sich verkanteten, als er Druck auf sie ausübte … und langsam zu ziehen begann.

Richtet sich sein seltsam nach innen gekehrter Blick auf mich? Sieht er durch mich hindurch?

Zugleich hörte sie ihn tief aus der Kehle heraus aufröcheln. Sah ihn die Zange schräg stellen, um sich die Hebelkraft zunutze zu machen, und das Werkzeug nach vorn drücken. Wodurch er mit einem Knirschen, das sie wohl nie wieder vergessen würde, den Zahn tief an der Wurzel herausbrach.

»Ahh!« Theos Stimme klang plötzlich ganz rau.

Sein Arm ging nach oben, und mit einer zornigen Bewegung riss er ihn nach vorn. Etwas Schwarzes schien aus seinem Mund zu strömen und auf seinen Pullover zu fließen. Betty konnte sogar das gräuliche Weiß der Zahnwurzel sehen, das aus dem Zahnfleisch herauskam, während die Greifbacken der Zange den Zahn festhielten. Theos Gesicht war nicht länger grau, sondern von einem fleckigen Weiß, als habe er jene Grenze überschritten, die gezogen war, um Leben und Tod voneinander zu trennen. Dann war die Zange aus seinem Mund – und zwischen den Greifern steckte etwas. Er griff danach, und seine Finger waren blutverschmiert.

Erneut war das Krachen zu hören, als die Zange auf den Parkettboden fiel.

»Hier ist er«, flüsterte Theo undeutlich. Im Mondlicht, das durch das Fenster floss, konnte sie sehen, dass er etwas Kleines zwischen Daumen und Zeigefinger hochhielt. Nicht größer als ein …

Zahn.

»Hey … Mann.« Jannick war vorgesprungen, um seinen Bruder zu stützen.

Betty sah, wie Theo den Arm um Jannicks Schulter legte, um nicht zu fallen. Sein Blick war auf Jannicks Gesicht gerichtet, und es kam ihr so vor, als würde er erleichtert aussehen. Die Lippen hielt er geschürzt, und links neben den Schneidezähnen klaffte ein Loch.

59

Für einen Moment hatte Sophia den Eindruck, sie hätte vergessen, Luft zu holen. Ihre Ellbogen bohrten sich in das Polster, und sie kam aus dem Sessel hoch wie eine Mumie aus dem Sarkophag. Rasselnd Luft holend. Die Augen von Schlaf verklebt. Im Mund ein Gefühl, als würde ein totes Tier darin liegen.

»Soph – um Himmels willen!«

Patty.

Ihre kleine Schwester stand vor dem Sessel. Sie hatte einen dicken Pullover übergeworfen und hielt die Arme um ihren Leib geschlungen. »Entschuldige bitte, ich wollte dich nicht erschrecken!«

Sophia blinzelte. Wo war sie? Sie musste gestern Nacht vor lauter Erschöpfung irgendwann in dem Sessel eingeschlafen sein. Traumgespinste, so dünn und zerbrechlich, dass sie augenblicklich zerstoben, als Sophia ihre Aufmerksamkeit auf sie richten wollte, schienen in ihr nachzubeben.

»Wie spät ist es?« Sie schielte zu Patty hoch.

»Kurz vor halb acht.«

»Sonntagmorgen?«

Patty nickte.

»Ich muss kurz eingenickt sein.« Für einen Moment hatte Sophia Schwierigkeiten, sich an all das zu erinnern, was vorgefallen war.

Ihr Blick fiel auf ihre kleine Schwester. Sie wirkte dünn und zerbrechlich wie aus Glas. *Hast du deine Tochter gefunden?* Aber sie brauchte sie nur anzusehen, um zu wissen, dass das nicht der Fall war.

Das war es, was sie gemacht hatte: Sie hatte geholfen, nach Taschi zu suchen. Musste sich einen Moment in den Sessel gesetzt haben und eingeschlafen sein.

Sophia ließ sich zurücksinken und schloss die Augen. Gleich. Gleich würde sie weitermachen, nur einen Augenblick noch wollte sie Kraft tanken.

»... aber dann haben sie noch mal nach ihnen gesehen, und sie waren nicht mehr in ihrem Zimmer«, drang die Stimme ihrer Schwester zu ihr durch.

»Hm. Was? Was hast du gesagt?« Die Augen geschlossen.

»Sie sind weg, Soph. Die Betten leer. Franzi, Mina und Liam.«

Sophias Augen gingen auf. Über ihr die Zimmerdecke. Am Rand des Gesichtsfeldes Patricia.

Sie sind weg. Für einen Moment fühlte sie nichts.

»Hast du mich gehört?«

Sophia richtete sich erneut auf, und diesmal war es, als wäre der Albtraum, aus dem Patricia sie geweckt hatte, in die Wirklichkeit geschlüpft.

»Franzi, Mina und Liam sind weg?«

In den schönen Augen ihrer Schwester stand nackte Panik. »Nachdem wir Papa gefunden hatten – gestern Nacht, erinnerst du dich?«

Papa. Sophia wollte sich dem Moment verschließen, in dem all das, was geschehen war, wieder auf sie einströmte – aber sie konnte nicht. Papa. Onkel Ruben. Nowotny.

»Betty hat die halbe Nacht bei den Kindern gewacht. Heute früh dann hat sie Jannick gesagt, er soll bei den Kindern bleiben, sie wollte sehen, ob sie irgendwo auf der Insel vielleicht doch Empfang hat.«

Empfang … mit dem Handy.

»Jannick war bei seinen Kindern, aber dann musste er aufs Klo – und Liam war ja wach und hat aufgepasst. Aber als Jannick von der Toilette gekommen ist, waren die Betten leer.«

… Betten leer.

Sophias Blick ging zum Fenster. Morgendämmerung.

Und sie sind nirgendwo. Sophia wagte nicht, es auszusprechen.

»Eben ist Jannick losgerannt, um nach Betty zu sehen. Aber vorne am Haus oder auf dem Vorplatz war sie nicht. Jetzt will er schauen, ob er sie hinten, Richtung Wald, findet.«

Die aufgelöste Stimme ihrer Schwester zerrte an Sophias Nerven. Sie zwang sich, ruhig zu bleiben.

Zoe?

»Irgendwo müssen sie doch sein.« Sophia stemmte sich aus dem Sessel, ging an Patty vorbei aus dem Wohnzimmer und in die Halle.

»Weißt du, wo Zoe ist?« Sie warf Patty einen Blick zu.

»Zoe?« Ihre Schwester schien einen Moment nachdenken zu müssen. »Heute früh hab ich sie noch nicht gesehen. Aber da ist Theo, vielleicht weiß der mehr.«

Von der Eingangstür kommend, hatte Theo gerade die Halle betreten und schaute zu ihnen.

»Irgendwas von den Kindern?« Sophia stützte sich auf die Kommode, die in der Halle stand.

Er schüttelte den Kopf. »Jannick sucht erst mal Betty.«

Ich weiß.

»Vielleicht sollten wir lieber bei Jannick bleiben«, kam es von Patty, die hinter Sophia in die Halle gekommen war.

»Wieso? Hat er was gesagt?« Theo sah an Sophia vorbei zu ihrer Schwester.

»Kommt er euch nicht schrecklich angespannt vor?«

Ja, vielleicht, musste Sophia denken.

»Betty sagt, es liegt daran, dass er Geldsorgen hat«, fuhr Patty fort. »Du kennst ihn doch am besten, Soph. Jannick. Was hast du denn für einen Eindruck?«

Sophia drehte sich um und sah, dass ihre beiden Geschwister sie musterten.

Jannick ist alt geworden – wie wir alle. Das war es, was sie denken musste.

Sie bemerkte, wie Patty zu Theo schaute, und spürte instinktiv, dass sie alle drei etwas dachten, was keiner aussprechen wollte.

»Wegen früher, weißt du?« Pattys ängstlicher Blick hatte sich wieder auf Sophia gerichtet. »Jannicks Kinder, sie sind doch noch ganz klein, Soph. Erst Taschi, jetzt diese drei ... Da war doch was damals, Sophia, oder?«

»Damals?« *Ja, da war was.*

»Kannst du nicht mit Jannick reden? Wenn er etwas weiß, meine Taschi ...« Ihre Stimme brach, und Pattys Gesicht wurde vom Schmerz regelrecht in die Länge gezogen. »Ich hab solche Angst um sie.«

60

»Mit Bauschaum. Die Spraydose lag neben ihr auf dem Waldboden. Hier!«

Jannick hielt Theo ein Handy vor das Gesicht. Ein Foto war auf dem Bildschirm zu sehen.

Theo nahm ihm das Gerät aus der Hand. »Was ist das?«

»Lies es. Kannst du es nicht lesen?«

»FRANZI, MINA, LIAM.«

»Franzi, Mina, Liam. Ganz genau. Meine Kinder. Der Typ hat Betty mit der Axt …« Jannicks Stimme brach. Er taumelte ein paar Schritte zurück und sank wie gefällt auf das Sofa im Wohnzimmer. Theos Bruder wirkte wie eine Marionette, deren Fäden gekappt worden waren. »Ihr Bein, er hat ihr Bei…« Jannick röchelte. »Und dann hat er die Namen unserer Kinder mit Bauschaum auf den Waldboden gesprayt.«

Theo sah, wie der Bildschirm des Handys in seiner Hand zitterte.

»Er hat sie. Alle drei. Und Natascha. Er hat sie nicht getötet wie Betty«, Jannicks entzündete Augen hefteten sich auf Theo, »sondern nur in seine Gewalt gebracht.«

Theo sah zu Sophia, die ebenfalls im Wohnzimmer stand. Erst vor wenigen Minuten war Jannick zurück in die Villa gekommen. Er hatte Bettys Leiche im Wald gefunden und das Foto der Schrift auf dem Boden mit ihrem Handy gemacht, das gleich neben ihr gelegen hatte.

»Der nächste Umschlag … mit der nächsten Aufgabe.« Jannicks Blick flog zu Sophia. »Die wievielte ist das dann? Zweiundzwanzig?«

»Das ist doch Wahnsinn …«, hob Theo an, aber er wurde von etwas unterbrochen, das eher wie ein gefährliches Knurren klang als wie eine menschliche Stimme.

»Was wollen wir machen, Theo? Abwarten und zusehen wie er … oder sie! Wer auch immer! Dass er oder sie sich unsere Kinder vornimmt? Ich *kann nicht warten.*« Jannick wandte sich Patty zu. »Hast du den Umschlag schon aufgemacht?«

Patricia tippte auf das Kuvert mit der 22, das auf dem Tisch zwischen ihnen lag.

»Und?«

»Stopp, hört auf!«, fiel Sophia ihnen ins Wort. »Das ist ja nicht auszuhalten.«

»Betty ist ermordet worden. Papa ebenfalls.« Jannick schoss aus dem Sofa hoch. »Meine Kinder sind in seiner Gewalt!«

»Wessen Gewalt, Janni?« Sophia ließ ihn nicht aus den Augen.

»Weiß ich nicht. Aber sie waren die ganze Nacht in ihrem Zimmer. Jetzt sind sie fort – und Betty ist …« Plötzlich wechselte sein Gesichtsausdruck. »Wo ist eigentlich Zoe?«

»Wieso?« Sophias Augen verengten sich.

»Rate mal, Schwesterlein.«

»Keine Ahnung, was du meinst!«

»Ich hab sie sehr lange nicht mehr gesehen – das meine ich. Wir alle halten uns hier im Haus auf, reden, begegnen uns – während irgendjemand offensichtlich immer dann zuschlägt, wenn wir gerade nicht hinsehen. Kannst du mir folgen?« Sein Blick schien sich in sie zu bohren. »Und der Einzige – oder besser gesagt, *die* Einzige, die ich seit Stunden nicht mehr gesehen habe, ist Zoe. Was schließen wir daraus?«

»Sag du es mir, Janni.« Sophias Stimme war flach geworden.

Er winkte ab und riss den Zettel hoch, der auf dem Tisch lag und im Kuvert mit der 22 gesteckt hatte.

»Urin? Wer am meisten von seinem Urin trinkt?«

»Janni, warte, beruhige dich …« Aber bevor Theo ihn erreichte, war Jannick schon an ihm vorbeigestürzt.

In der Halle blieb er noch einmal stehen und wandte den Blick Theo zu. »Es sind Liam und meine zwei Mädchen, Theo.« Sein Gesicht war verzerrt. »Ich kann ein Glas meines verdammten Urins trinken, wenn ich damit meine Kinder wiederbekomme.«

61

1978

»Du brauchst keine Angst zu haben.« Das Gesicht des Vierzehnjährigen glänzte. Jannick war aufgeregt, das war nicht zu übersehen. »Was damals geschehen ist, du weißt schon, mit der Uhr – auf dem Dachboden?«

»Hm.« Theo war noch ziemlich klein. Nächstes Jahr würde er eingeschult werden, bis dahin aber war alles, was er kannte – wirklich kannte – die Insel. Die Villa. Die Geschwister. Und unter diesen vor allem natürlich Janni. Sein großer Bruder.

Sophia hockte hinter Jannick und hatte eine Hand auf die Schulter des Bruders gelegt. Sie war erst zwölf, aber für Theo sah sie schon fast aus wie Mama, nur eben ein bisschen jünger.

»Sie hat die Frau mit dem hohen Kranz gesehen – die aussah, als wäre sie ein Pfau? Mit den Federn?« Jannick sah seinen kleinen Bruder aufmunternd an.

»Ja, Janni, klar. Ich weiß.« Theos Augen waren kugelrund.

»Sie hat sie nachts gesehen ...«, half Jannick ihm aus.

»Und dann ist sie selbst in das Uhrwerk gerutscht!« Theo suchte im Gesicht seines Bruders eifrig nach Zeichen, ob er auf dem richtigen Weg war. »Hat sich mit dem Schal – war es ein Schal?«

Jannick nickte. Langsam und bedächtig. Schielte zu Sophia. Sie hatte die undurchdringliche Miene des fast schon erwachsenen Mädchens aufgesetzt.

»Der Schal hat sich im Uhrwerk verfangen, sie erwürgt«, schrie Theo, »und die Zahnräder haben über ihrem Kopf in die Luft aufgeragt wie die Pfauenfedern, die sie im Traum gesehen hat!«

»Genau.« Jannick machte ein schlaues Gesicht. »Wobei ... Moment mal. Die Pfauenfedern, die Lady – hat sie sie nur im Traum gesehen? Oder auch in Wirklichkeit?« Er spitzte die Lippen.

Theo sah ihn an und versuchte eine Antwort auf diese irgendwie schwierige Frage zu finden. »Im Traum oder in Wirklichkeit?« Er hatte ein bisschen den Eindruck, sich auf schwankendem Boden zu befinden. »Du meinst, sie hat die Lady nicht im Traum gesehen, sondern in echt?«

Jannick zog die Schultern hoch, setzte zu einer Antwort an, schien es sich dann aber doch anders zu überlegen und meinte nur: »Klar, vielleicht hast du recht.«

Theo hing an seinen Lippen. Recht? Womit jetzt genau?

»Vielleicht war es wirklich nur ein Traum«, fuhr Jannick fort. »Obwohl ... ich bin mir da nicht ganz sicher. Das ist es, was es so verwirrend macht.«

»Aber oben, das mit dem Uhrwerk – das war dann kein Traum mehr, oder Janni?« Sophia sah kurz zu Theo und schien an seinem Gesicht erkennen zu wollen, was er darüber dachte. Er wusste nicht, wie sie es machte, aber manchmal klang ihre Stimme wie Samt. »Dass sie sich dort oben erwürgt hat, meine ich.« Der Blick ihrer grünen Augen schwenkte von Theo weg und landete bei Jannick.

Der drehte sich zu ihr um, und ihre Blicke verschmolzen miteinander. Für einen Moment hatte Theo das Gefühl, die beiden hätten ihn völlig vergessen. Gaben sie sich gerade ein Zeichen?

»… wenn man Glück hat und alles richtig macht, kann man ihr auch selber begegnen.«

Theo schrak zusammen und begriff, dass Sophia etwas zu ihm gesagt hatte. Einen Augenblick lang hatte er nicht aufgepasst.

»Was?«

»Ich sagte, wenn du willst, kann Janni dafür sorgen, dass du die Pfauenkranzlady siehst.«

Theo fühlte, dass unterhalb seiner Bauchdecke ein Flattern eingesetzt hatte, als würde sich ein Vögelchen dorthin verirrt haben.

Oder eingenistet.

Nein, das wollte er nicht. Diese Lady … sie war doch tot, oder nicht?

»Sie ist so schön«, Sophia hatte sich jetzt ganz nah zu Theo heruntergebeugt, und er bemerkte, dass sie sich geschminkt und Parfüm aufgetragen hatte. »Als Janni sie gesehen hat, hat er sich sofort in sie verliebt. Stimmt's?« Sie lehnte sich zurück, und Theo verfolgte, wie Jannick ihr auf den Mund schaute.

»Komm, Theo.« Sophia rollte sich auf den Rücken – sie lagen zu dritt auf Jannicks Bett – und holte ein Tuch unter dem Kopfkissen hervor. »Ich verbind dir die Augen.«

Das Flattern in Theos Bauch nahm zu. Er suchte nach Worten. *Sie ist so schön, ich werd mich gleich in sie verlieben.*

Er liebte es, sich zu verlieben. Und wenn Sophia das sagte – Sophia war schön. Wenn die Lady noch schöner war … Er spürte die zarten Hände seiner Schwester, die behutsam begonnen hatten, das Tuch um seinen Kopf zu schlingen. Mama und Papa waren den Abend über in der Stadt. Seit gestern schon war es Mama nicht so gut gegangen. Sie hatte eine Stimmung verbreitet, dass alle ganz fahrig geworden waren.

Er hob eine Hand an die Augen. Das Tuch war fest gespannt. Er konnte nichts mehr sehen. Und fühlte, wie sich die Matratze, auf der er lag, bewegte.

»Soph?«

»Keine Angst, Theo. Ich bin hier.«

»Was ist denn jetzt?«

Statt einer Antwort hörte er, wie Sophia leise zu flüstern begann.

»Kann ich das Tuch abnehmen?«

»Warte, Theo.« Das war Jannick. »Ganz kurz noch.«

Er legte sich auf den Rücken und hörte, wie die beiden leise miteinander sprachen – oder war es nur ein schweres Atmen?

»Was macht ihr?«

»Hmmm«, etwas schmatzte, Sophia gluckste hell.

»Kannst du was sehen?« Wieder Jannick.

»Nein?«

»Na gut, Theo«, sagte Sophia, und er spürte, dass sie sich auf der Matratze zu ihm beugte. »Wir gehen jetzt rüber in den anderen Flügel und rufen dich. Aber du darfst das Tuch nicht abnehmen, okay? Auf keinen Fall, egal was du hörst. Hast du verstanden?«

»Und dann seh ich die Frau mit den Pfauenfedern? Ohne das Tuch abzunehmen?«

»Wenn du Glück hast«, flüsterte sie. »Aber ich hab dich gewarnt. Du wirst dich in sie verlieben und vielleicht nie mehr von ihr loskommen.«

Aber … Doch bevor er noch etwas sagen konnte, hatte sie sich vom Bett erhoben, und er hörte, wie sie zusammen mit seinem Bruder den Raum verließ. Die Schritte der beiden entfernten sich über den Läufer auf dem Flur.

Wir rufen dich, hatte Sophia gesagt.

Er lag auf dem Bett und hörte sich leise keuchen.

Irgendetwas stimmte nicht. Als hätte die bittere Verstimmtheit der Mutter das ganze Haus im Griff. Dabei kannte Theo das schon. Je mehr sich Mama und Papa stritten, desto enger schienen Jannick und Sophia zusammenzurücken.

»Theo?«

Er fühlte wie sein Herz einen Schlag aussetzte.

Das war Sophia gewesen – ziemlich weit weg.

»Ja?«, rief er.

»Kommst du?«

Ohne das Tuch abzunehmen. Das hatte Sophia ja ganz deutlich gesagt. Er richtete sich auf dem Bett auf. Tastete über die Matratze. Erhob sich. Und hatte den Eindruck, einen kühlen Luftzug zu spüren. Das musste von der Tür kommen. Er wandte sich in diese Richtung. Hörte seine nackten Füße über die Dielen tapsen. Die Hände vorgestreckt, den Kopf zwischen die Schultern gezogen. Erreichte den Türrahmen, schob sich hindurch und begann, den Flur entlangzugehen. Eine Hand an der Wand, eine nach vorn ausgestreckt.

»Janni? Soph?«

Keine Antwort.

Er schritt weiter. Ob er wirklich gleich die Lady treffen würde? Jannick hatte so oft schon von ihr erzählt. Einmal hatte Theo Mama davon berichtet, und sie hatte Jannick gesagt, dass er damit aufhören sollte. Aber dann hatte Sophia Janni doch wieder gefragt, wie genau die Lady aussähe, und Jannick hatte angefangen, von ihr zu sprechen. Wie weich ihre Haare wären, wie rot ihre Lippen, wie klein ihre Hände. Einmal hatte er sogar davon erzählt, wie sie ein Bad genommen hat. Sophia war ganz still geworden und hatte Jannick nicht aus den Augen gelassen. Theo hatte erst ganz gebannt zugehört, aber dann hatte sich Jannick zu Sophia gebeugt und ihr etwas ins Ohr geflüstert, das Theo nicht hören konnte. Er hatte nur gesehen, wie Sophias Mund sich öffnete. Sie hatte eine Hand auf die Lippen gelegt, aber Jannick hatte immer weiter in ihr Ohr geflüstert. Bis sie schließlich einen Finger auf Jannicks Mund gelegt hatte, als wollte sie ihn zum Schweigen bringen. Gleichzeitig aber war ihr Blick auf Theo gerichtet gewesen, und er hatte den Eindruck gehabt, in ihren Augen würde ein Funke glühen, der irgendwie ungesund wirkte.

Er blieb mitten im Flur stehen. Was war das? Hatte gerade etwas sein Gesicht berührt? Ganz sanft, nicht unangenehm eigentlich – aber vielleicht war es ja auch eine Spinnwebe gewesen.

»Hört ihr mich?«

»Das Tuch nicht abnehmen, okay?«

Und dann hörte er es. Das Ticken der Uhr. Die mächtige Standuhr, die hier am Ende des Flurs aufragte, bevor man zum Absatz gelangte, an dem die Wendeltreppe nach oben und die große Haupttreppe nach unten ging. Er kannte die Uhr, sie stand immer hier, und doch hatte er den Eindruck, das Ticken noch nie so laut gehört zu haben.

Ihr Schal hat sich in dem Uhrwerk verfangen ...

Er tastete nach dem Tuch, das ihm die Augen verschloss.

Genauso ein Tuch ... in dem Uhrwerk ... sie hatte sich darin ... *aufgehängt?*

Und wenn sich jetzt sein Tuch genauso verfing?

Dann siehst du sie, Theo, musste er unwillkürlich denken. »Ist das wahr?« Seine Stimme klang hell und brüchig. »Dann seh ich die Lady, wenn ich mich so wie sie mit einem Tuch in dem Uhrwerk erwürge. Aber – Janni? – das wollt ihr doch nicht, oder?«

Warum antworteten sie ihm denn nicht? Er fuhr mit den Armen durch die Luft. Hatte ihn wieder diese Spinnwebe an den Lippen berührt?

»Sophia? Janni? Ich hab Angst! Ich will die Lady nicht sehen.« Ich will nicht sterben. »Ich nehm das Tuch jetzt ab. Das ist doch nicht schlimm, oder?« Er hatte zu weinen begonnen. »Darf ich das Tuch jetzt bitte abnehmen? Ich seh doch gar nichts.« Und mit einem Mal war das Gefühl so kalt und klar, dass es ihm vorkam, als würde er davon durchbohrt.

Sie ist hier. Die Pfauenkranzlady ist hier bei mir.

»Ahhhh!« Außer sich vor Entsetzen riss er die Binde von den Augen – blinzelte und erschrak so sehr, dass er meinte, nie wieder Luft zu bekommen. Direkt vor ihm, die Zähne gefletscht, die Haut kalkweiß, das schwarze Haar zu einem widerlichen Nest verklebt, stürzte ein Wesen auf ihn zu, dass er unwillkürlich zurückprallte. Schrie. Fühlte, wie hinter ihm, dort, wo er hingetreten war, der Boden aufhörte – die Treppe nach unten ging. Er schlug mit den Armen um sich, um nicht das Gleichgewicht zu verlieren.

»Hey, Theo, pass auf!« Er hörte Jannis Stimme, konnte aber nicht sehen, wo sein Bruder war – denn im gleichen Augenblick begann er zu fallen. Sein Blick wurde herumgerissen, als er auf die Stufen aufschlug, in roten Impulsen zog kochender Schmerz durch seinen Körper. Er war so heftig vor dem Wesen zurückgesprungen, dass er den Schwung, mit dem er die Treppe hinunterkrachte, nicht mehr aufhalten konnte. Schwarz floss es ihm über die Augen, als sein linker Arm beim nächsten Aufprall zerbarst, er sich überschlug und vier Stufen weiter unten, mit dem Kopf zuerst, hart auf der nächsten Kante aufkam.

62

Totensonntag mittags

»Da könnte auch draufstehen: ›Bringt euch gegenseitig um‹«, fuhr Sophia auf. »Würden wir das dann machen?«

Patty hielt das Kuvert mit der 23 hoch. Sie ließ sich von Sophias Ausbruch nicht ablenken. »Die Kinder sind weg. Papa, Jannis Frau und der Notar sind ermordet worden. Jemand hat sich diese Wettkämpfe ausgedacht. Er …«

»Oder sie«, warf Sophia ein.

»… richtig. Er oder sie … oder beide. Wie auch immer.« Patty versuchte sich zu sammeln. »Sie haben die Liste mit den Aufgaben gemacht. Was weiß ich, vielleicht wussten sie, was Mama vorhatte. Vielleicht hat Mamas Plan, das Erbe so zu verteilen, sie dazu gebracht, diese Liste zu schreiben. Als wollten sie Mamas Testament … sozusagen ad absurdum führen.«

»›Ad absurdum führen‹, ja, sicher, das wird's sein.« Theo klang bitter – und auch ein bisschen vernuschelt, nach dem, was er mit seinen Zähnen angestellt hatte.

»Runde dreiundzwanzig«, las Patty vor. »Wer verführt als Erster einen der anderen, mit dem er oder sie nicht verheiratet ist?«

»Au Mann!« Theo sprang auf. »Und? Was? Ich bin nicht mit dir verheiratet, Patty. Was sagt uns das jetzt. Hm?«

Ihre Unterlippe zitterte.

»Gar nichts«, platzte es aus ihm raus. »Jannick hat seine

verdammte Pisse getrunken. Wir haben alles gemacht. Hat das was gebracht? Nicht das Mindeste.«

»Ja klar, ganz schlimm«, sagte Sophia, und ihre Augen schienen ein wenig glasig zu werden. »Seinen eigenen Urin trinken. Schlimm, aber … wie soll ich sagen? Erst war ich ja auch dagegen, sich diesen Wettkämpfen zu beugen.« Sie blickte auf ihre Hände.

»Sooo schlimm auch wieder nicht«, fiel Theo ein. »Das ist wahrscheinlich, was du sagen willst. Und weißt du, was ich sage? Mein ganzer Kiefer brennt. Ich wollte, ich hätte die Zange nicht angelegt!« Er unterbrach sich und sah zur Tür. »Da bist du ja. Wo warst du denn?«

Oskar kam durch den Flur auf das Wohnzimmer zu, in dem Sophia, Patty und Theo standen.

»Nein, wegen der Kinder?« Oskar sah etwas rot im Gesicht aus.

Theo bemerkte, wie Patty ihren Mann musterte.

Sophia ging auf Oskar zu. »Alles in Ordnung?«

Oskar blieb stehen und sah seiner Schwägerin in die Augen. »Wir … ich meine, ich …« Er hielt inne, gab sich dann jedoch einen Ruck. »Die Aufgabe mit der Verführung? Ich … das Kuvert – ich hab es vorhin schon geöffnet. Ich … ich weiß nicht so genau, wie ich es sagen soll.«

»Was sagen?«, durchschnitt Pattys Stimme den Raum.

»Wer zuerst einen der anderen verführt, mit dem er oder sie nicht verheiratet ist?«

Nein.

»Es ist mir nicht um den albernen Punkt gegangen, Patty.« Oskars Stimme klang wie gesprungen. »Habt ihr das nicht gerade auch gesagt? Uns bleibt doch gar nichts anderes übrig. Wir müssen die Aufgaben machen. Deshalb. Verstehst du?«

Patty starrte Oskar an. Auf ihre Wangen waren hellrote Flecken getreten. Ihre Hände umkrampften einander.

»Was hast du gemacht?« Ihre Stimme war so leise, man konnte sie kaum verstehen.

»Moment – wo ist Zoe?«, fiel ihre Schwester ihr ins Wort.

»Sie hatte jetzt Angst, euch gegenüberzutreten.« Oskar wischte seine Handflächen an seinem inzwischen völlig verknitterten Maßanzug ab. »Ich weiß nicht, wo sie hingegangen ist.«

»Angst – wieso?«, flüsterte Patty. »Was war denn?«

Oskar räusperte sich. Er sah so aus, als bräuchte er dringend eine Dusche.

Patty war vor ihm stehen geblieben. »Für die Kinder? Hab ich das richtig verstanden?«

Er hielt den Kopf gesenkt und antwortete nicht mehr.

Patty bewegte sich ruckartig. Sie beugte sich zu dem Tisch, auf dem noch vier Kuverts lagen, suchte das mit der 24 heraus und riss es auf. Theo sah, wie ihre Augen die Zeilen überflogen, die auf dem Zettel standen. Dann richtete sich ihr Blick wieder auf ihren Mann.

»Wer sich als Erster den kleinen Finger abhacken lässt«, hörte Theo Patty zu Oskar sagen.

Sie wusste es. Sie hat das Kuvert schon vorher geöffnet.

»Challenge Vierundzwanzig, Oskar. Für die Kinder – was meinst du?«

»Patricia, hör zu …«, aber sie ließ ihn nicht aussprechen.

»Theo?« In ihren dunklen Augen schimmerte eine gefährliche Glut. »Hilfst du mir?«

Er sah, wie sie sich zum Kamin beugte. Gleich neben dem Korb mit den Holzscheiten lagen eine Feuerzange, ein Kehrblech mit Besen und ein kleines Beil.

Theo brauchte tatsächlich einen Moment, um zu begreifen. Als er aufschaute, fiel sein Blick auf Oskar. Er wirkte krank. Seine Haare, die ohnehin bereits in Unordnung gewesen waren, schienen fettig an seinem Schädel zu kleben. Er sah zu Patty, aber die hatte das Beil schon in der Hand.

Sie will ihm einen Finger abhacken? Weil sie wütend ist? Jetzt erst – oder länger schon?

»Hast *du* dir die Aufgaben ausgedacht, Patty?«, brach es aus Theo heraus, bevor er darüber nachdenken konnte. Ging es ihr die ganze Zeit nur darum, sich an ihrem Mann zu rächen?

»Was?« Sie schien ihn nicht verstanden zu haben. Theo sah, dass ihre kleine, dünne Hand das Beil umklammert hielt.

Oskars Blick suchte den seiner Frau. »Patty ... bitte ...«

»Es geht um Taschi, Liam, Mina und Franzi! Und du denkst ans *Ficken*?« Pattys Stimme klang, als wäre eine Hemmschwelle durch die Überforderung der letzten Stunden hinweggespült worden. »Halt ihn fest, Theo. Oskar, knie dich vor den Tisch! Ja, genau. Theo, hast du ihn?«

Theo fühlte, wie seine Hände zitterten.

»Lass mich nicht los, Mann«, fauchte ihn Oskar an, als er vor dem Tisch auf die Knie sank. »Sonst zuck ich noch zusammen, und sie erwischt meine Nase oder was weiß ich.«

Der ganze Mann schien zu vibrieren. Theo stand breitbeinig neben ihm, hielt mit der Rechten Oskars linken Arm fest, dass der kleine Finger direkt vor Patty am Rand der Tischplatte lag. Mit der anderen Hand stützte er Oskars Rücken.

Für einen Moment schien die Gruppe wie in einem Blitzlicht gefroren. *Ist sie kräftig genug, um den Knorpel ...*

Der Schlag kam trotz aller Vorbereitung unerwartet und mit erschreckender Wucht. Die Zeit schien stehen zu bleiben. Theo sah etwas, das aussah wie das Ende eines Wiener Würstchens, über die Mahagoniplatte des Tischs hüpfen. Direkt vor ihm flossen Pattys schwarze Haare über ihren gekrümmten Rücken. Sie hatte das Beil mit beiden Händen emporgerissen und mit voller Kraft heruntersausen lassen. Oskars Rücken war von Muskelknoten durchzogen. Seine Hand schwebte jetzt ein paar Millimeter über der Tischplatte und aus dem Stumpf des kleinen Fingers quoll tiefdunkelrot und dickflüssig sein Blut.

»Wer sich als Erster den kleinen Finger abhacken lässt und *aufisst*«, schrie Patty.

Ihr Kopf flog herum. Ihr Blick war auf Oskar gerichtet, aber Theo konnte sie genau sehen. Sie hatte das bereits vorhin auf dem Blatt gelesen, aber nichts gesagt?

Sein Blick fiel auf das Blatt auf dem Tisch.

›... und ihn aufisst‹ – es stand dort.

Patty hat es absichtlich erst nicht gesagt. Sie rächt sich nicht nur, sie quält ihn.

Oskars Gesicht wirkte schlaff, beinahe als wäre sein Fleisch von den darunterliegenden Schädelknochen ein bisschen abgerutscht.

»Oskar? Hier, das ist ...« Sophia kam zurück ins Zimmer gestürzt. Sie hatte im Bad nach Medikamenten gesucht. »Oxycodon? Das Zeug hatte Papa wohl für Mama besorgt.« In der anderen Hand hielt sie ein Glas Wasser. »Oskar!« Sie herrschte ihn an. »Du musst das nehmen, hörst du?«

Theo hatte Mühe, ihn zu halten.

»Und ein bisschen was Angstlösendes. Aber du darfst nicht einschlafen«, hörte Theo Sophia auf Oskar einreden. »Hier, die Koffeintabletten.«

»Wir müssen die Wunde abbinden«, warf Theo ein, aber Sophia schüttelte den Kopf.

»Verbinden ja, nicht abbinden.« Sie beobachtete, wie Oskar die Tablette herunterspülte. »Es sieht schlimmer aus, als es ist. Das Adrenalin hilft. Und das Oxycodon ist wirklich sehr stark. Nein, lass ihn, er soll sich ruhig langmachen.« Sie hatte ordentlich Desinfektionsmittel auf die Wunde geschüttet und schaute jetzt in Theos Richtung. »Hilf mir mal.«

Patty stand mit aufgerissenen Augen neben dem Tisch und sah ihnen dabei zu, wie sie Oskar auf das Sofa legten. Das Blut hatte sich über den Teppich, die Sofabezüge und den Tisch ausgebreitet. Sophia begann, die Wunde zu verbinden, um den Blutverlust zu stoppen.

»Er muss ihn essen.«

Theo richtete sich auf. Hatte Patty etwas gesagt?

»Er muss ihn essen!«, schrie sie, von dem, was sie getan hatte, offensichtlich halb um den Verstand gebracht. »Oskar, hörst du mich? Den Scheißfinger hätten wir dranlassen können, wenn du ihn jetzt nicht isst.«

»Sie hat recht.«

Theo fuhr herum. Es war Jannick, der von dem Tumult offenbar angelockt worden war.

»Tu's mir zuliebe, Mann.« Jannick hatte den Blick auf Oskar gerichtet. »Meine Kinder.« Theo konnte sehen, dass sein großer Bruder völlig am Ende war. »Ich kann sie nicht finden.«

Jannicks Augen schwammen wie riesige Monde in den dunkelgrauen Höhlen. Die Veränderung, die sich seit Anbruch des Tages an ihm vollzogen hatte, würde er wahrscheinlich nie mehr rückgängig machen können.

Er nahm etwas vom Tisch hoch, von dem Theo erst Sekunden später begriff, dass es der abgehackte Finger war, und trat zu Oskar ans Sofa.

Aber Oskars Augen waren verdreht, die Pupillen in die Augenhöhlen verschoben, dass nur das Weiße zu sehen war. Sein Gesicht war von kaltem Schweiß bedeckt.

63

1988

Papa und Mama sind in der Stadt, Papa hält einen Vortrag.

Patricia saß auf dem Hocker ihrer Mutter und betrachtete sich im Spiegel der Frisiertoilette, die im elterlichen Schlafzimmer stand. Das linke Auge hatte sie bereits fertig. Erst war die Wimpernzange dran gewesen, dann der Eyeliner. Die Lippen sahen ebenfalls schon ganz gut aus. Übung hatte sie noch nicht viel, es war erst das zweite Mal, dass sie das machte. Aufregend war es auf jeden Fall, im Spiegel zu sehen, wie sie sich mit ein bisschen Schminke in eine völlig andere Person verwandelte.

Sie begann, sich mit dem rechten Auge zu beschäftigen. Beugte sich ganz weit vor und nahm mit den Greifern der Zange die Wimpern auf.

Jannick und Sophia waren in Sophias Zimmer. Tür zu. Theo war wie meistens allein in seinem Zimmer und las. Sonst war niemand da.

Fasziniert beobachtete sie, wie sich ihre Wimpern den Rundungen der Zange anpassten. Sie löste das zerbrechliche Besteck und blinzelte sich zu.

Zwei Scheinwerfer. Womit sie ihre Augen meinte. Sie musste lächeln. Ein wenig war es ja so, dass sie ihrem Gegenüber keine Wahl ließ, oder? Wenn sie so zurechtgemacht war, musste man sich doch einfach in sie verlieben. Sie jedenfalls würde es sofort tun.

Sie zog die mittlere Schublade in dem Schminktisch auf, um noch einen geeigneten Puder zu suchen. Nagellack, Lippenstifte, Puderquasten … Vorsichtig wühlte sie durch die Geheimwaffen ihrer Mutter. Ein Döschen klebte an dem Papier, mit dem die Schublade ausgelegt war. Offensichtlich war etwas Nagellack ausgelaufen. Patty versuchte, die Puderdose abzulösen, dabei kam das ganze Wachspapier mit. Auf den Puder verzichten? Sie warf ihrem Spiegelbild einen Blick zu. Klar, das würde auch gehen. Andererseits hatte sie neulich schon diesen Puder ausprobieren wollen. Wenn nicht heute, wann dann?

Behutsam zog sie die Dose mit dem Papier aus der Schublade, wodurch alle Maskarastifte, Bürstchen und Spieglein auf das bloße Holz des Schubladenbodens rollten.

Patty stutzte.

»Aufgenommen von Ruben am Tag von Jannicks Konfirmation.«

Das war Mamas Handschrift. Die Notiz stand auf der Rückseite eines Fotos, das sich unter dem Wachstuch befunden hatte und jetzt zum Vorschein gekommen war.

Patricia legte die Puderdose neben sich auf das Tischchen, nahm das Foto hoch und drehte es um. Wie süß. Wie lange war *das* denn her?

Es war eine Farbfotografie. Pattys Blick fiel auf ein Baby, das in einem Kinderwagen lag. Das musste sie sein. Neben ihr standen – eindeutig erkennbar – alle Mitglieder der Familie. Papa. Mama. Jannick in seinem Konfirmationsanzug. Gleich neben Jannick Sophia. Und … richtig, das konnte ja nur Theo sein.

Sie spitzte die Lippen und spürte den pudrigen Geschmack des Lippenstifts. Fühlte etwas über ihr Rückgrat rieseln und merkte, dass sich ihre Brustwarzen aufstellten.

»Kinder?«

Im nächsten Augenblick war ihr ganzer Körper wie vereist. Das Frösteln schien von ihrer Haut auf ihre Knochen zu tröpfeln.

Jäh richtete sie sich auf und sah im Spiegel vor sich ein Mädchen sitzen, das in seiner Verwirrung geradezu erschreckend zurechtgemacht wirkte.

»Wir sind wieder da-*haaa.*«

Mama. Sie waren früher als geplant zurück. Pattys Lippen zitterten. Sie durfte nicht hier sein. Sie durfte Mamas Schminksachen nicht benutzen. Mama hätte es vielleicht nicht so streng gesehen, aber Papa wollte das nicht.

Hastig versuchte sie, das Foto zurück in die Schublade zu stopfen und das Auslegpapier darüberzubreiten, aber die Stifte und Bürstchen lagen ja noch auf dem blanken Holzboden und ließen sich so schnell nicht aus der Schublade holen.

Entnervt ließ sie von der Schublade ab und begann, sich mit bloßen Händen die Schminke aus dem Gesicht zu wischen – während entfernt hinter ihr Schritte die Treppe zum Schlafzimmer hochkamen. Rechts von ihr war das laute Schlagen einer Tür zu hören. Sophia und Jannick – offensichtlich war Jannick gerade Hals über Kopf aus dem Zimmer der Schwester gestürzt.

»Patty?«

Ihr Blick zuckte zurück in den Spiegel. Darin konnte sie die Schlafzimmertür sehen. Ein großer Umriss füllte den Türrahmen aus.

Papa.

Ihre Lippen bewegten sich. Sie sah, wie sich sein Gesichtsausdruck änderte, als er begriff, was ihn am Erscheinungsbild seiner jüngsten Tochter so irritierte.

»Ich …«

»Wie siehst du denn aus?«

Ich weiß, dass ich mich nicht schminken darf. Ich mache es gleich ab. Es ist nur ein bisschen Farbe, Papa – die Worte taumelten durch ihren Kopf. Nur ihn bloß nicht böse werden lassen. Aber *ja!* Sie griff nach dem Foto und wirbelte auf dem Hocker herum. »Hier sieh mal, was ich gefunden habe!«

Er hob sein Kinn ein wenig, und sie bemerkte, wie sich sein Blick von ihrem Gesicht auf das Bild in ihrer Hand senkte. »Das sind wir. Hier im Kinderwagen? War ich nicht süß?«

Aber warum sagte er denn gar nichts?

»Warst du wieder an meinen Schminksachen, Patty?«, kam es von der Tür, und als Patty an ihrem Vater vorbeiblickte, sah sie, wie ihre Mutter hinter dem Vater ebenfalls ins Schlafzimmer kam.

Bevor sie jedoch etwas sagen konnte, drehte sich Artur zu seiner Frau um. »Schon gut, Hedda. Ich … rede mit Patricia. Lässt du uns kurz allein?« Dabei stellte er sich so vor seine Tochter, dass für Patty ihre Mutter von seiner Gestalt verdeckt wurde.

Nein Mama, geh bitte nicht, hörte Patty etwas in sich rufen. Aber ihre Mutter konnte das natürlich nicht hören.

»Sicher.« Heddas Stimme entfernte sich. »Sag ihr, sie soll sich bettfertig machen, es ist zehn Uhr durch.«

Pattys Hand umklammerte noch immer das Foto. Mit unregelmäßigem Atmen schaute sie ihrem Vater dabei zu, wie er die Schlafzimmertür langsam schloss. Fieberhaft suchte sie in ihrem Kopf nach etwas, das sie sagen konnte.

Was hab ich denn so Schlimmes gemacht, Papa?

Was sie gemacht hatte? Wie eine kleine Nutte sah sie aus, das war, was sie gemacht hatte!

»Hast du das Foto heute gefunden, Patricia?«

Er war mitten im Raum stehen geblieben und sah sie an.

Ja. Sie schluckte. »Ja?« Kaum hörbar.

»Ist dir auf dem Foto was aufgefallen?«

Ihr Blick senkte sich auf das Bild. Papa, Mama …

Ja, mir ist was aufgefallen, Papa.

»Hm?«

In ihren Augen lösten sich zwei Tränen und begannen, über ihre Wangen zu laufen. »Ja, Papa, natürlich ist mir was aufgefallen, aber ich sag nichts, ich schwör's dir.« Ihr Blick hob sich, und sie suchte seine Augen, aber er sah sie jetzt nicht mehr an. Ihre Stimme verlor sich. Ihre Sicht verschwamm. Alles schien begonnen zu haben zu fließen.

»Wie soll ich dir glauben, Patricia? Das Schminken? Hast du uns letztes Mal nicht versichert, du würdest Mamas Sachen nicht mehr anfassen.«

Sie fühlte, wie dort, wo sie saß, alles warm wurde, feucht und rutschig. Sie hatte sich in die Hose gemacht. Auf Mamas Hocker! Sie wagte es nicht mehr, in Papas Gesicht zu schauen.

Leise und mit unaufhaltsamer Gewalt drangen seine Worte durch den feuchten Film, der sie ganz umschloss.

»Ich werde dich verfolgen bis in deine Träume, das ist kein Spiel, das ist Ernst. Ich mache dein Leben zu einem Albtraum, du wirst mich nie wieder los. Wenn du jemals dieses Foto erwähnst, komme ich in dein Zimmer, wenn du schläfst, und trage dich hinaus in den See. Du erwachst, während ich dich in dem eiskalten Wasser ertränke. Es ist zu viel passiert, Patty, ich kann das nicht dir überlassen.«

Sie kam sich vor, als würde sie vollkommen auseinanderfallen. Als wäre sie eine Puppe, von der er Arme und Beine abschraubte und den Kopf schon herausgedreht hätte.

Ihr Körper wurde von einem heftigen Schluchzen, das durch sie hindurchging, geschüttelt. Es war, als würde sie bereits in dem See liegen, das eiskalte Wasser um sich, und keine Luft mehr bekommen.

»Hast du mich verstanden?«

Sie rang nach Luft. Ihre Beine …

»Papa«, verzweifelt versuchte sie Luft zu bekommen. Ihre Beine, sie waren ganz taub! Sie konnte sie gar nicht mehr fühlen!

»Ich kann meine Beine nicht mehr bewegen, Papa.« Pattys Augen gingen nach oben. Hörte er denn nicht, was sie sagte? Sie wollte ihm die Hände entgegenstrecken, aber jetzt waren auch ihre Arme ganz taub, und in ihren Händen kribbelte es, als würden sie gleich abfallen. Wie Stein – *ich werde zu Stein*, schoss es durch sie hindurch, und die Taubheit schien sie langsam ganz auszufüllen.

Hinter ihm hörte sie ein Klopfen, dann das Quietschen der Tür. Verschwommen sah sie ihre Mutter erneut in das Schlafzimmer kommen.

»Ist alles in Ordnung mit ihr, Artur?«

Pattys Vater sah sich zu seiner Frau um. »Ja, sicher.«

Patricia fühlte einen Klaps auf der Schulter und rutschte, als wäre sie ein Automat, vom Hocker. Hörte das Aufstöhnen ihrer Mutter, als sie sah, dass das Sitzkissen des Hockers ganz nass war. Fast kam es Patty vor wie ein Wunder, dass ihre Füße und Beine sie trugen. Sie vernahm die Stimme ihrer Mutter, die zu ihrem Vater etwas sagte, hielt aber nicht mehr inne, sondern stolperte auf Beinen, die zerbrechlich schienen wie Glasröhren, zur Schlafzimmertür. Während in ihr Herz etwas eingedrungen war, das sich anfühlte wie ein Eissplitter, und das in ihrem Leben nie mehr schmolz.

64

Es war Ruhe eingekehrt.

Totenstarre.

Sophia lag in ihrem Bett, und ihre Zähne klapperten aufeinander. Sie konnte nichts dagegen machen. Seit Stunden hatte sie nichts gegessen, und auch jetzt hatte sie Mühe, beim Gedanken an etwas Essbares nicht zu würgen.

Ihr Blick sprang zu dem Wecker auf dem Nachttisch. Kurz nach zwei.

Totensonntag.

Sie hatten Oskar mit dem Oxycodon und dem Midazolam wieder einigermaßen hinbekommen. Aber wenn sie ihm ins Gesicht sah, wurde sie das Gefühl nicht los, dass seine beiden Pupillen nicht mehr die gleiche Größe hatten. Sein ganzer Anblick machte einen seltsam verschobenen Eindruck.

Er hatte sogar ein paar Worte gesagt, aber sie waren undeutlich gewesen und hatten auf Sophia einen eher zusammenhanglosen Eindruck gemacht. Als er Patty das knorpelige Fleischstückchen … *seinen Finger* … aus der Hand genommen und sich in den Mund gesteckt hatte, hatte Sophia sich abgewandt. Schmatzen hatte sie ihn trotzdem gehört. Etwas von »zäh«, »gummiartig« murmeln.

Kurz darauf hatte er sich auf den Weg gemacht. Zu dem Turm. In der Hoffnung, dort vielleicht einen Hinweis auf den Verbleib der Kinder zu finden.

Sophia drückte mit der geschlossenen Faust von unten

gegen ihr Kinn. Doch statt das spasmenartige Vibrieren des Kiefers zu stoppen, vibrierte ihr Unterarm jetzt mit. Selbst die Decke, die sie über sich gezogen hatte, zitterte.

Es war bitterkalt. Mit dem Strom war auch die Heizung ausgefallen. Zunächst hatte sich die Wärme in der Villa noch ein wenig gehalten, inzwischen aber hatte sich die Winterluft fast überall in dem Gebäude ausgebreitet. Ausgehungert wie sie war, hatte Sophia das Gefühl, der Kälte nichts entgegensetzen zu können. Als würde der Eiswind, der über den See strich, glatt durch sie hindurchfegen.

Nachdem sie Oskar notdürftig verarztet hatte, hatte sie sich auf den Weg gemacht, um nach Zoe zu suchen. Im ersten Moment hatte sie Mühe gehabt sich vorzustellen, ihrer Freundin in die Augen zu sehen. Aber je länger sie nach ihr gesucht hatte, desto mehr war das verflogen. Zoe hatte es für sie alle getan! Es war das Richtige gewesen. Und dann hatte der Einfall plötzlich kristallklar und entsetzlich in Sophia gestanden: Dass Zoe versucht haben könnte, über das Eis die Insel zu verlassen. Sophia hatte das Ufer abgesucht und wäre auch auf den gefrorenen See hinausgelaufen, wenn Jannick sie nicht zurückgehalten hätte.

Und wenn es das war, wo die Kinder geblieben waren? Hinausgelaufen aufs Eis und eingebrochen?

Jannick hatte ein altes Fernglas von Artur im Arbeitszimmer des Vaters aufgetrieben, und sie hatten vom oberen Stockwerk aus das Loch in der zerkratzten weißen Oberfläche des Sees ausgemacht. Natürlich konnte alles Mögliche dort eingebrochen sein. Oder es war Zoe gewesen.

Sophia vermochte den verzweifelten Wimmerton, der sich zwischen ihren Lippen hervorpresste, nicht zu unterdrücken.

Ich hätte sie niemals mit hierhernehmen dürfen.

Das geliebte Gesicht der Freundin tauchte vor ihrem geistigen Auge auf, und der Schmerz schien für einen Moment unerträglich. Warum hatte sie die Tage, die ihr mit Zoe vergönnt gewesen waren, nicht mehr genossen? Besser genutzt. Sie hatte alles – einfach alles an ihr geliebt. Hatte sie ihr das oft genug gesagt? Deutlich genug gesagt?

Sophia rollte sich unter der Decke zusammen und versuchte, das Schütteln, das sie gepackt hatte, zu kontrollieren. Vergeblich. Steuerlos trieb sie über einen Ozean von Kummer und Verlorenheit.

Stille.

Totenstille.

Auch früher, als sie noch Kinder waren, war es zu Hause oft still gewesen. Nur manchmal war aus Theos Zimmer Musik gekommen. Meist, wenn er seine Platten hörte, trug er seine Kopfhörer, aber manchmal war seine Musik durch die Türritzen gedrungen. Jannick legte, wenn er Musik hörte, wie ihr Vater immer nur klassische Musik auf. Beethoven, Mozart … Erst Theo hatte angefangen, Rock- und Popmusikplatten zu kaufen.

Sophia hatte es geliebt. Manchmal morgens hatte Hedda Theo geweckt, indem sie den Plattenspieler in seinem Zimmer anstellte. »Ich will auch mal deine Musik hören«, hatte sie zu ihm gesagt, und dann lag Sophia in ihrem Bett und lauschte den Klängen aus dem Zimmer ihres kleinen Bruders.

Totenstille. Totensonntag.

65

Zur gleichen Zeit auf dem Aussichtsturm

Oskar stutzte. Hatte er die Wendeltreppe klappern gehört? Er fühlte eine sanfte Berührung am Fuß und schaute nach unten. Ein Seil? Irritiert beugte er sich hinab, um seinen Knöchel zu untersuchen. Aber die Medikamente, der wilde, dumpfe Schmerz in der Hand … Er war völlig benebelt und sich kaum auf den Beinen.

Im gleichen Moment spürte er einen harten Stoß. Prallte gegen das Geländer und riss an dem Seil, das sich tatsächlich um seinen Knöchel geschlungen hatte. Doch statt sich zu lockern, schien es sich nur noch fester zusammenzuziehen. Vom Schwindel gepackt, richtete sich Oskar auf – war die Glastür durch den Wind aufgeflogen und ihm in den Rücken geschlagen? Da traf ihn der nächste Stoß.

Er spürte, wie der obere Abschluss des Geländers an seinen Schenkel schlug. Sich sein Schwerpunkt darüber hinwegbewegte und gleichzeitig der Strick so angezogen wurde, dass er jedes Gleichgewicht verlor. Für einen Moment hing sein Fuß in der Luft – im nächsten Augenblick wurde ihm mit erschreckender Kälte bewusst, dass er sich bereits auf der falschen Seite des Geländers befand. Verzweifelt versuchte er noch, mit den Händen die Metallstreben zu erreichen – und spürte zugleich, wie er stürzte. Kopf unten, Beine oben. Wie sich das Seil mit einem fürchterlichen Ruck spannte, alles

Blut in seinen Kopf schoss, der Schmerz explodierte, und er hing.

Bitte lieber Gott, lass mich nicht sterben.

Oskar bäumte sich auf, um nach oben zu sehen, doch dort war nur das Geländer, über das der Strick hing, an den er gefesselt war.

»Ich liebe dich, Patty, es tut mir leid. Es … war falsch und dumm und …«

Jannick?

Das Seil gab nach, und er rauschte einen guten Meter in die Tiefe, kam mit einem so brutalen Ruck wieder zum Stillstand, dass er meinte, sein Bein würde ihm ausgerissen. Er hing an dem Seil und fühlte, wie sich das Blut in seinem Schädel staute. Wie der Druck zunahm und jeder Herzschlag rote Schlieren durch sein Blickfeld pumpte.

»Es ist nicht deine Schuld, Patty.« Er versuchte, deutlich zu sprechen, und konnte doch hören, dass es bereits mehr wie ein Lallen klang. Patricia hatte ihm von dem Foto erzählt. Von dem Foto der vier Geschwister. Das sie gefunden hatte. Was genau es damit auf sich hatte … er hatte nie zu sehr in sie dringen wollen, denn es war klar gewesen, dass ihre seelische Gesundheit, die immer schon gefährdet gewirkt hatte, daran hing. Er wusste, dass das, was Jannick und Sophia gemacht hatten, in irgendeiner Verbindung mit dem Foto stand. Und dass Patricia, als sie das Foto gefunden hatte, auf etwas gestoßen war, das sie niemals hätte erfahren dürfen. Dass ihr Vater sie deshalb eingeschüchtert hatte.

Artur. Sophia. Jannick.

Er wollte schreien, aber es kam nur ein Krächzen aus seiner Kehle.

Seine Arme baumelten in die Tiefe, sein rechtes Bein hing

herunter, sein linkes Bein, um dessen Knöchel das Seil geschlungen war, brannte wie Feuer. Aber es hielt. Oder würde sein Fuß abreißen?

Das Brausen in seinen Ohren war so laut, es schien selbst das Rauschen des Windes in den Blättern zu übertönen.

»Ich weiß von nichts, Jannick«, presste er hervor.

Sie töten mich aus dem gleichen Grund, aus dem Patricia als Kind eingeschüchtert worden ist!

»Jannick? Sophia? Patty hat mir nichts gesagt!«

Was konnte so schlimm sein, dass einer nach dem anderen hier deshalb getötet wurde?

»Hat es etwas mit Jannicks Kindern zu tun? Ist ein Kind gezeugt worden von Sophia und Jannick – ist es Liam?«

Er riss seinen Oberkörper nach oben, seine Bauchmuskeln spannten sich, sein Blick sprang über sein Bein zum Seil, am Seil entlang bis nach oben zu der Plattform, über deren Geländer er gestoßen worden war.

Das Seil. Es schabte über die Kante des Metallgeländers. Schon waren einzelne Fäden zu erkennen, die durchgescheuert waren.

Niemand stand dort oben – wer auch immer ihn in die Tiefe gestoßen hatte, war aus dem Türmchen längst wieder verschwunden.

»Patty, verzeih mir«, flüsterte er, sah das Seil über die Kante schaben, hörte es reißen und fühlte sich kopfüber auf die Steinplatten zurasen, die direkt unter ihm an der Hauswand verlegt waren.

66

In Sophias Zimmer

Sophia hatte das Kuvert geöffnet, nachdem Oskar seinen Finger geopfert hatte.

Wer zapft sich am meisten Blut ab? Runde 25.

Die drittletzte.

Jannick war in die Küche gegangen, hatte ein Messer aus der Schublade genommen, nicht eins von den halbstumpfen Silbermessern, sondern ein kleines, entsetzlich scharfes, mit Plastikgriff, das Sophia früher immer zum Kartoffelschälen benutzt hatte – war damit ins Wohnzimmer zurückgekehrt, hatte sich in den Sessel fallen lassen und sie angeschaut. Weiß im Gesicht, der Blick wie zerfasert.

Er hatte das Messer angesetzt und einen kräftigen Schnitt in den Handballen gedrückt. Den Kopf hochgerissen. Und sie entgeistert angesehen – plötzlich wieder wie ein kleiner Junge. »Viel zu tief!«

Das verdammte Messer. Sie war in die Küche gelaufen, um ein Handtuch zu holen, und hatte ihn hinter sich stammeln gehört.

»... blutverdünnendes Mittel, das ich nehmen muss. Das hab ich völlig vergessen. Das hemmt die Blutgerinnung – jetzt werde ich die Blutung niemals stoppen können!«

Wer zapft sich am meisten Blut ab?

Der Einstich mit der Nadel war im Vergleich mit dem

Schnitt im Handballen winzig gewesen. Durch den Nadelstich war trotz des Blutverdünners, den Jannick nahm, kaum Blut geflossen. Bei dem Messer war das anders.

Als sie zurückkam, ein Handtuch, Küchenrolle, Tape unterm Arm, war Jannick bereits in dem Sessel zusammengesunken, und das Blut, das unablässig aus seiner Hand über seinen Arm, seinen Schoß und seine Knie strömte, hatte sich zu einem riesigen, schwarzen, klebrigen Fleck um ihn herum ausgebreitet. Sie hatte gespürt, wie sie durch den warmen Körpersaft glitschte, als sie auf ihn zustürzte, um ihn zu verbinden. Seinen entblößten Arm berührt und die eisige Kälte seiner Haut gefühlt.

»Liam, Mina und Franzi, Soph, du musst dich um sie kümmern. Du musst sie finden.« Schlaff hatte er in dem Sessel gehangen, die Lider nur noch halb geöffnet.

Sie umschlang mit den Händen ihre Beine und zog sie an den Bauch, um sich zu wärmen, aber es nutzte nichts. Gleichzeitig konnte sie fühlen, dass der Angstschweiß die Laken, zwischen denen sie lag, schon ganz durchfeuchtet hatte.

Wer zuerst einen Anwesenden tötet.

Die vorletzte Aufgabe.

Sie hatte den Umschlag aufgerissen, nachdem Jannick sich in die Hand geschnitten hatte.

Runde 26.

Ihr war schwindlig geworden, und sie hatte das Gefühl gehabt umzukippen. War in ihr Zimmer getaumelt und auf dem Bett zusammengebrochen.

Wer zuerst einen Anwesenden tötet.

Sie schlug die Decke zurück.

Mina, Franzi, Liam und Natascha.

Was blieb ihr denn anderes übrig?

Vielleicht konnte sie den Albtraum ja doch noch rechtzeitig beenden. Rechtzeitig, damit sich ein Notarzt um Jannick kümmern konnte. Wie lange blieb ihrem Bruder noch? Eine halbe Stunde? Eine ganze?

Wer zuerst einen Anwesenden tötet.

Nicht: einen *anderen* – das stand da nicht. Sondern: einen Anwesenden.

»Was ich auch selbst bin.«

Mit einem Mal hatte sie das Gefühl, klar zu sehen.

Sie wusste nicht, wo Oskar war, aber mit der verstümmelten Hand hatte er ausgesehen, als hätte der Tod ihn bereits im Schwitzkasten. Jannick genauso.

Ein Totenhaus.

Ich, Patty und Theo. Mehr blieben ja nicht.

Sollte sie Patty töten? Theo?

Ausgeschlossen.

Es blieb nur sie selbst.

Er? Sie?

Wer war es, der sie hier jagte?

Patty. Theo.

Musste es nicht einer der beiden sein?

»Und ich soll mich für einen von ihnen opfern?«

Mina, Franzi, Liam und Natascha. Nicht für den Mörder. Für die Kinder.

Warum tat er … sie … warum tat er oder sie das?

Kommt dafür nicht nur ein Grund in Frage?

Das Erbe.

Er tötete sie, um an das Erbe zu kommen?

Oder Hass. Auf diese Familie. Wegen der Dinge, die in der Vergangenheit in diesem Haus geschehen waren.

Sophia schob den Gedanken gewaltsam beiseite. Sie war

nicht schuld an dem, was hier geschah – das konnte nicht sein! Das durfte nicht sein!

Theo oder Patty. Patty oder Theo.

Oder hatte Oskar sich verstümmeln lassen, um sich als Täter zu tarnen?

Sie fühlte sich wie zerschlagen. Und riss sich von der Matratze hoch. Jannick kämpfte im Wohnzimmer um sein Leben. Mit den Handtüchern – ein bisschen hatte sie den Blutfluss ja gestoppt. Vielleicht reichte es.

Wer zuerst einen Anwesenden tötet.

Barfuß schlich sie über die Dielen zur Tür. Trat auf den Flur hinaus.

»Patty? Theo?«

Sie wusste nicht, wo sie waren. Sophia war immer eine kräftige, mutige, lebensbejahende Frau gewesen. Zoes Verschwinden – das Loch im Eis – es war, als hätte der Verlust der Freundin ihren Lebensmut einfach durchschnitten.

Sie kam beim Treppenhaus heraus. Das Geländer. Als kleines Mädchen hatte sie sich einmal entsetzlich wehgetan, als sie den Arm zwischen zwei Geländerstangen hindurchgesteckt und sich darin verfangen hatte, kaum dass sie ihn rasch wieder herausziehen wollte.

Sie stellte sich auf die oberste Treppenstufe und sah über das Geländer in die Tiefe.

Jetzt. Sie brauchte sich bloß nach vorn fallen zu lassen – sie würde über das Geländer kippen – und kurz darauf unten zerschellen.

Für die Kinder.

Der Entschluss schien wie ein helles Licht zwischen ihren Augen aufzugehen – und wurde beinahe im gleichen Augenblick von etwas anderem überlagert.

Es sei denn …

Sie fühlte ein Kribbeln in den Füßen und merkte, wie ihr Blutdruck, der ohnehin bereits viel zu hoch gewesen sein musste, noch einmal in die Höhe schnellte.

Warum hatte sie daran nicht früher gedacht!

Ihr Blick fokussierte sich wieder. Der Schacht inmitten der Treppe vor ihr.

Sie musste das überprüfen, bevor sie sich hier in den Tod stürzte!

Sie stieß sich von der Balustrade zurück – der Entschluss, sich zu töten, verflogen – und fühlte im gleichen Moment, wie zwei Hände sie von hinten packten. So überraschend, fest, unerbittlich, dass ein Schrei sich aus ihrer Kehle löste.

»Ahhhhh – nicht!«

Ihr Kopf drehte sich, ihre Haare klatschten ihr vor die Augen – schon lösten sich die Hände wieder – aber es war bereits zu spät. Eine rot glühende Stichflamme der Angst ging durch sie hindurch. Und sie flog.

67

»Ich schwöre es dir, Theo, sie muss sich selbst den Treppenschacht hinuntergestürzt haben. Wegen der Aufgabe! ›Wer zuerst einen Anwesenden tötet.‹ Sie hat sich selbst getötet! Um die vorletzte Runde zu machen!«

Theo starrte seine jüngere Schwester an. Er hatte Oskar zerschmettert auf den Steinplatten draußen am Haus liegen sehen, ein Seil um den Fuß geschlungen. Er hatte seine Schwester Sophia im Treppenhaus liegen sehen, auch sie aus großer Höhe gestürzt – und tot. Er hatte Jannick gesehen, der in einem See aus Blut auf dem Sofa im Wohnzimmer lag. Tot auch er.

Patty.

Und ich.

Sie waren die einzigen beiden, die noch blieben.

»Sie hat sich in die Tiefe gestürzt? Das glaube ich nicht!«

»Das haben wir doch vorhin schon gesagt. Möglichst schnell die Aufgaben bewältigen. Für die Kinder. Ich bin sicher, sie wollte sich für die Kinder opfern.« Patty flüsterte. »Versteh doch – wer hier mordet, tut es für das Geld! Die Kinder aber«, Tränen schossen ihr in die Augen, »Natascha nicht, aber Mina, Franzi und Liam. Sie sollten nicht erben. Deshalb wird er – oder sie – sie am Leben lassen. Das *muss* der Grund gewesen sein, dass Sophia sich getötet hat. Um die Kinder zu retten! Begreifst du?«

»Ich habe sie schreien hören, Patty«, stieß er hervor.

»›Nicht!‹ Sie hat ›Nicht!‹ geschrien – danach war der dumpfe Knall zu hören, mit dem sie im Treppenhaus auf dem Boden aufgeschlagen ist. ›Nicht‹?! Wenn sie sich selbst töten wollte?« Er trat einen Schritt vor und fasste seine jüngere Schwester, die Einzige, die außer ihm und den Kindern von ihnen noch geblieben war, ins Auge. »Das kann nicht sein, Patty. Sag du es mir. Was ist hier los?«

Sie stemmte die Hände mit den manikürten Nägeln gegen Theos Brust und schaute ihn angsterfüllt an.

»Hast du sie in die Tiefe gestoßen, Patty? Um die Aufgabe zu erfüllen. Um die Kinder zu retten?«

»Was? Ich – nein! Ich … was soll das?«

Er ließ sie nicht aus den Augen. Vorhin schon war ihm etwas aufgefallen.

»Hast du deine Tochter inzwischen gefunden, Patty?«

Ihre Lippen zitterten. Für einen Moment sah es aus, als würden sich die hübschen Züge der jüngsten Laurent-Tochter regelrecht auflösen.

»Ich – Theo, ich …«

»Ja?«

»Ich hatte solche Angst um sie.«

»Hattest?«

»Habe!« Ihre Hand fuhr an die Stirn. »Ich habe solche Angst um sie.«

»Es sind nur noch wir beide, Patty.«

»Ich weiß.« Sie zog sich an ihn heran und drängte sich in seine Arme. »Was geht hier vor, Theo? Kannst du nicht machen, dass es aufhört?«

»Hast du sie gestoßen, Patty?« Seine Stimme war nur noch ein Flüstern an ihrem Ohr. »Fügen sich endlich alle Mosaiksteinchen zusammen?«

»Hm?« Sie blinzelte zu ihm hoch. Noch nie war ihm seine kleine Schwester so sehr vorgekommen wie eine Katze. Die süß sein konnte – oder ein Raubtier.

Er wusste, dass sie labil war. Vielleicht schon immer gewesen. Wie sonst hätte Jannick ihr schon vor Jahren eine solche Angst mit der Geschichte der Pfauenkranzlady einjagen können? Oder war sie labil, *seit* Janni ihr diese Geschichte erzählt hatte?

Er legte den Arm um ihre Schultern und hielt sie fest. »Erinnerst du dich an damals? Als Jannick uns die Geschichten vom Haus erzählt hat, dass es hier ... du weißt schon ... spukt?«

Der Geruch, der von ihrem Haar aufstieg, war ihm vertraut. Sie alle rochen ein bisschen so. Nach Zuhause. Familie. Geborgenheit. Nur dass die Geborgenheit in dieser Familie vergiftet war.

Und dann fiel es ihm wieder ein. Sie hatten sich als Kinder ja sogar darüber unterhalten. Er muss damals etwa acht Jahre alt gewesen sein. Dass Patricia sich irgendwie geändert hatte. Verändert. Weil sie und Papa aneinandergeraten waren?

»Wir haben damals darüber gesprochen, Patty. Ich und Sophia und Jannick. Selbst mit Mama. Aber Mama wollte ... konnte nichts sagen«, sagte er langsam. »Du bist unsere Schwester gewesen. Später hat es sich gebessert ... aber jetzt musste ich wieder dran denken. Nach all dem, was hier vor sich geht.« Er beugte sich etwas zurück, um in ihrem Gesicht lesen zu können. »Was hat Papa dir damals angetan, Patty? Wieso? Was hattest du denn falsch gemacht?«

Sie hatte den Kopf geneigt und weinte. Als würde ein Schmerz, der sie ihr Leben lang gefangen gehalten hatte, plötzlich hervorbrechen.

»Hast du Taschi hier auf dem Grundstück versteckt?« Er berührte ihr Kinn und hob ihr Gesicht an, um ihr in die Augen zu blicken.

»Bitte? Aber wie kommst du denn darauf?« Sie blinzelte, und zwei Tränen lösten sich von ihren Wimpern.

»Zoe war auch plötzlich verschwunden, aber das Loch im Eis ist vom oberen Stockwerk des Hauses gut sichtbar, Patty. Es gibt nur ein Loch im Eis. Die anderen … Betty, Ruben … wir haben ihre Leichen gefunden. Deine Tochter hingegen: Von ihr fehlt jede Spur. So wie von den anderen Kindern auch.« Er überlegte kurz, und ihre Blicke verschränkten sich. »Sollte Taschi das, was du hier vorhattest, nicht miterleben?«

Pattys Blick sprang von Theos einem Auge zu seinem anderen. Sie wirkte wie ein gehetztes Tier. Tausend Gedanken schienen gleichzeitig in ihren Pupillen aufzuleuchten und zu verlöschen.

Theo ließ ihr Kinn los. »Oskar hat dich unglücklich gemacht, habe ich recht? Wolltest du das Geld, das Erbe, um dich endlich von ihm lösen zu können?« Er strich ihr eine Träne von der Wange. »Der eigentliche Grund aber ist, dass du dich rächen wolltest. An Papa, für das, was er dir angetan hat. An Sophia, Jannick und mir, weil wir geschwiegen haben. Nur Taschi – deine Tochter – sie wolltest du verschonen. Wo ist sie, Patty, wo hast du Taschi versteckt?«

68

Pattys Blick zuckte über Theos Schulter, im gleichen Moment spürte er den Schlag. Als hätte ihn ein Güterzug gerammt. Ein hohles Gefühl in der Brust breitete sich blitzschnell in seinem ganzen Körper aus. Etwas schien sich in ihm gelöst zu haben.

Er sah Pattys Gesicht vor sich, und sie schrie. Aber er hörte nichts als das Rauschen in seinen Ohren. Gleichzeitig schien das Zimmer, in dem sie standen, plötzlich ein wenig gekippt zu sein. Pattys Gestalt vor ihm verschwamm, zog sich wieder zusammen, und erst jetzt wurde ihm bewusst, dass seine linke Seite vollkommen taub war.

Verwirrt griff er mit der Rechten an seinen Hals. Seine Finger rutschten über eine warme Flüssigkeit, und als er sie sich vors Gesicht hielt, sah er, dass seine Hand in einen dunklen Saft getaucht war.

»Du wusstest es?!«, drang Pattys Stimme zu ihm durch. »Du hast die ganze Zeit nur so *getan*, als wüsstest du nichts?!«

Theos Lippen öffneten sich, und er spürte, wie sich warme Blasen darauf bildeten. Er schmatzte, jede Bewegung schien plötzlich unendliche Mühe zu erfordern.

»Nicht ich bin derjenige von uns beiden, der hier mordet, Theo. Du bist es!«

Artur trug noch seinen guten Anzug, als sie nach Hause kamen. An Abenden wie diesem, wenn er und Hedda bei Freunden waren, die Gespräche kultiviert, das Essen delikat – dann spürte er, wie die Hoffnung in ihm wieder aufkeimte. Hatte Hedda sich etwa nicht gut unterhalten? Mochte sie es nicht so wie er, sich im Kreis gewitzter und gebildeter Menschen zu bewegen? Sicher, sie war dort »nur« als seine Frau. Aber spielte das wirklich eine so große Rolle?

Er hielt ihr die Tür auf und sog ihren Geruch ein, als sie an ihm vorbei die Villa betrat. Er steuerte mit seiner Laufbahn die gesellschaftliche Position bei, sie diese herrschaftliche Villa, die sie von ihrem Vater geerbt hatte. Sie waren ein unschlagbares Team, gab es daran denn überhaupt einen Zweifel?

In der Halle brannte kein Licht, und das Haus empfing sie mit seltsam eisernem Schweigen. Inzwischen musste es bereits zwei Uhr nachts durch sein. Mit Sicherheit schliefen die Kinder bereits.

»Artur?«

Er schälte sich aus seinem Mantel und hängte ihn an die Garderobe.

»Ja?«

Hedda stand, noch immer im Mantel, inmitten der Halle, den Blick zur großen Treppe gewandt. Tatsächlich, da lag etwas. Er runzelte die Stirn. Ziemlich groß. Ein Hund oder was? Aber es bewegte sich nicht. Vorsichtig machte er an Hedda vorbei ein paar Schritte auf den Umriss dort am Fuß der Treppe zu. Hörte einen verzerrten Laut von Hedda hinter sich und sah, wie sich das Bündel im Dunkel der Halle – sie hatten noch immer kein Licht gemacht – mit einem Mal zu einer vertrauten Gestalt verdichtete.

Im nächsten Augenblick kniete er bei dem leblosen Körper auf dem Marmorfußboden. Über ihm flammten die sechzig Glühbirnen des Kronleuchters auf. Warm ergoss sich das Licht durch die Halle, die über Haupt- und Wendeltreppe bis hinauf in das Türmchen der Villa führte, und tauchte die Leiche seines vierjährigen Sohns in einen glanzvollen Schimmer.

Theo.

Die Lider des Knaben waren geöffnet. Seine Pupillen matt. Dem Kleinen war Blut aus Mund und Nase gelaufen, aber es war bereits angetrocknet. Arturs Hand lag auf Theos Brust. Der kleine Körper fühlte sich falsch an. Seelenlos. Zerborsten.

Hinter ihm pulsierten Laute durch die Halle. Hedda. Er drehte sich um. Sie stand dicht bei ihm, ihr Gesicht war um Jahre gealtert. Ihre Augen waren ein wenig hervorgetreten, und die ganze Eleganz seiner Frau, die er den Abend lang bewundert hatte, schien sich in nackte Verzweiflung gewandelt zu haben.

Die Treppe.

Er konnte nicht klar denken. Jannick. Sophia. Das Baby.

Er spürte, wie sich sein Kopf automatisch dem Mund seines kleinen Sohnes näherte. Theos Lippen waren eiskalt. Es war kein Atmen zu fühlen. Kein Puls in der Halsschlagader.

Arzt.

Ein jäher Kopfschmerz durchfuhr ihn. Die Treppe heruntergestürzt? Einfach so?

Mit einem Aufstöhnen riss er sich empor. Und sah, dass Jannick, sein Ältester, oben am Ende der Treppe erschienen war.

»Jannick! Wieso – was – habt ihr keinen Arzt gerufen?« Arturs Stimme klang erstickt.

Jannick kam die Stufen herunter. Er trug seinen Schlafanzug, und seine Bewegungen wirkten unkoordiniert und linkisch. Sein Gesicht war verzerrt. Er lief an seinem Vater vorbei und wühlte sich in die Arme seiner Mutter. Als Arturs Blick auf Hedda fiel, war es, als würde die Angst wie eine Eiskugel durch sein Herz gehen. *Das Ende. Dieser Familie. Meiner Familie.*

»Wir wollten das nicht, es war nur ein Spiel. Theo hat sich die Augen verbunden und dann – er hat die Treppe nicht gesehen.« Stoßweise war Jannicks noch vom Stimmbruch gezeichnete Stimme zu hören.

Ich verliere sie, ging es Artur durch den Kopf, als er das vom Kummer verformte Gesicht seiner Frau sah.

Augen verbunden …

»War Sophia auch dabei?« Er zwang sich, einen klaren Gedanken zu fassen.

Jannicks tränenüberströmtes Gesicht hob sich von der Schulter der Mutter, und der Junge sah ihn an, nickte. »Sie wollte ihn nicht so erschrecken.«

Artur wusste, dass zwischen den beiden – Jannick und Sophia – Dinge vor sich gingen, die niemals passieren dürften. Er hatte nicht gewagt, es zur Sprache zu bringen. Gehofft, dass Hedda sich darum kümmern würde. Mit seiner Arbeit doch wahrlich genug zu tun gehabt!

Jannick und Sophia …

Nein, nichts war jemals in Ordnung gewesen in diesem Haus.

Sie hat die Kinder nicht haben wollen. Er hatte Hedda gezwungen, ihm Kinder zu schenken. Er hätte das niemals tun dürfen.

***

Stunden später.

Berlin. Ummauert. Eine schlecht verheilte Ruinenlandschaft. Noch immer tief gezeichnet von den Bomben des Zweiten Weltkriegs, auch wenn dessen Ende bereits über dreißig Jahre zurücklag.

Artur hatte mit Hedda geredet. Mit Jannick und Sophia. Patty war so klein, sie hatte nichts mitbekommen.

Nun saß er hinter dem Steuer seines Wagens, der gleich beim Anlegesteg auf dem Festland seinen Parkplatz hatte. Er war kurz gefahren, stand jetzt wieder. Ganz in der Nähe befand sich ein moderner Flachbau am Waldrand.

Artur stieß die Tür seines Autos auf. Dem Jungen würde es bei ihnen gut gehen. Er musste an seine Familie denken.

Herabgefallene Äste knackten unter seinen Schuhsohlen. Er hatte einen weiten Bogen geschlagen und näherte sich dem Garten des Kinderheims vom Wald aus. Wo der Spielplatz direkt an die Bewaldung grenzte. Artur trug seine grüne Arbeitsjacke, Cordhose, Turnschuhe. Er ging hinter einer Baumgruppe in Deckung. Und wartete.

In dem Waisenhaus nahmen sie die ganz Kleinen auf. Es war noch nicht lange geöffnet. Er hatte in der Zeitung darüber gelesen.

Welches Heimkind träumte nicht davon, in eine Familie aufgenommen zu werden? Aber er konnte nicht den üblichen Behördenweg nehmen. Zu langwierig. Er brauchte …

Hedda brauchte …

Ich brauche …

Wir …

Das Kind heute.

Gebannt beobachtete er, wie eine Betreuerin mit einer Gruppe von Kindern aus dem Gebäude kam. Ein paar Kinderwägen, drei oder vier Kinder so klein, dass sie noch nicht zur Schule gingen.

Die Stunden vergingen. Arturs Rücken schmerzte. Die Angst vor dem, was er dabei war zu tun, schien sich in einem Stechen in der Seite niedergeschlagen zu haben. Sein Herz. Vielleicht. Er konnte jetzt nicht mehr zurück. »Wir melden es nicht.« Das war, was er Hedda, Jannick und Sophia gesagt hatte. Wenn er seine Familie verlor, war alles vorbei. Das durfte nicht sein. Er musste das, was er sich aufgebaut hatte, verteidigen.

»Wir haben nichts falsch gemacht. Es war ein Unfall. Niemand hat etwas davon, wenn wir zulassen, dass diese Familie zerstört wird.«

Ein Unfall – wie damals bei Vincent.

Sein Blick fokussierte sich. Die Betreuerin hatte ihre Schützlinge einen Moment allein gelassen. Zwischen dem Wald, in dem Artur kauerte, und dem Spielplatz befand sich kein Zaun.

Er dauerte nur ein paar Sekunden. Feucht hörte er den Waldboden rascheln, während er in wenigen Schritten den Abstand zum Spielplatz durchmaß.

Das Köpfchen des Knaben, der in dem Sandkasten saß, drehte sich zu ihm hoch, als er über ihm aufragte. Die Augen des Jungen waren eisblau. Wie es Theos Augen gewesen waren.

Artur fühlte den kompakten kleinen Körper des Buben in seinen Händen, dann hatte er ihn emporgehoben. Wandte sich ab, bevor die anderen Kinder ihm zu genau ins Gesicht sehen konnten. Und begann zu rennen. Eine Hand auf dem Mund des Jungen. Die aufgerissenen Augen des Knaben direkt vor sich. Die weichen Locken des Kinderkopfs an seiner Wange.

»Theo. Endlich«, flüsterte er am Ohr des Jungen. »Ich hab dich schon überall gesucht.«

Als hinter ihm die Rufe der Kinder begannen, war er zwischen den Ästen des Unterholzes längst verschwunden.

***

Er hat es gewusst.

Immer schon. Und sich nichts anmerken lassen.

Patty hockte bei Theo. Dem Mann, der aus dem Jungen aus dem Kinderheim geworden war.

Es war ihre Tochter Natascha gewesen, die ihm von hinten mit dem Beil in den Hals geschlagen hatte.

»Sind die anderen Kinder bei dir?« Patricia sah über ihre Schulter zu Natascha – und hielt Theos Hand.

»Ja.« Natascha hatte ihre Mutter von hinten umschlungen.

Patricia war zehn Jahre alt gewesen, als sie das Foto in der Frisiertoilette ihrer Mutter gefunden hatte. Das Foto von dem Tag, an dem Jannick konfirmiert wurde. Sie alle waren darauf zu sehen. Artur, Mama, Jannick, Sophia. Und Theo. Aber das auf dem Foto war nicht der Theo gewesen, den sie als ihren Bruder kannte. Es war ein anderer Junge gewesen. Sie selbst war auf dem Foto ein Baby. Sie konnte sich nicht erinnern an einen »anderen Theo«. Aber das auf dem Foto war nicht der Theo, den sie kannte. Und dann hatte ihr Vater ihr mit seiner Reaktion nur bestätigt, was sie bereits ahnte. Dass etwas nicht stimmte. Hatte sie es die ganze Zeit über nicht schon gespürt? Daran, wie Jannick und Sophia miteinander umgingen. Daran, wie Mama und Papa Theo behandelten. Etwas war faul in dieser Familie, zutiefst faul. Und nachdem Artur sie mit einer Rücksichtslosigkeit eingeschüchtert hatte, von der sie sich nie mehr erholt hatte, war das Gift, das in dieser

Familie einen nach dem anderen infizierte, schließlich auch bei ihr angekommen.

Bis zur Beerdigung hatte sie noch geglaubt, es für sich behalten zu können. Aber dann war der See zugefroren – die Handys waren ausgefallen …

Sie hatte Natascha selbst versteckt. Aus Angst um ihre Tochter. Niemandem etwas davon gesagt. Wem hätte sie denn trauen können? Versteckt unter den Bohlen eines kleinen Holzschuppens im Wald. Wo sich ein Hohlraum befand, den Patty als Kind einmal entdeckt und auch damals schon als Geheimnis für sich behalten hatte.

Es waren alle tot jetzt. Es blieben nur Theo und sie. Und sie war es nicht. Derjenige, der wie ein Rasender hier wütete, konnte nur Theo sein. Theo, der dort vor ihr in seinem Blut lag.

Weil er es immer gewusst hatte. Er hatte *nur so getan*, als glaubte er, wirklich ihr Bruder – der Sohn von Mama und Papa zu sein.

In Wirklichkeit *wusste* er, wer er war. Kannte er die Wahrheit.

Und hatte auf eine Gelegenheit gewartet, *um sich das Erbe zu holen und uns alle zu töten.*

»Wegen Spielschulden?« Patty kniete bei Theo. Er pokerte seit vielen Jahren. »Sind dir irgendwelche Geldeintreiber auf den Fersen? Deshalb … all das?«

In seinen Augen stand, dass er ihr antworten wollte, und seine Lippen bewegten sich.

Nein, nicht wegen des Geldes. Es ging ihm darum, sich zu rächen für das, was ihm angetan worden war. Gezwungen, eine Lüge zu leben.

Sie hatte ihn immer geliebt.

Er hat nie wirklich zu uns gehört, musste sie denken, *und wusste es. Mama, Papa – es waren nicht seine Mama, sein Papa. Sie haben ihn nur benutzt. Deshalb ist er fort von zu Hause, kaum dass er mit der Schule fertig war. Aber er hat sein Leben nie in den Griff bekommen.*

Sie fühlte, wie er sie zu sich heranziehen wollte, neigte sich vor. Seine Augen schienen nach ihr zu greifen. Vorsichtig beugte sie ihr Ohr dicht vor seine Lippen. Spürte den schwachen Hauch seines Atmens – und hörte ihn etwas flüstern.

1982

Die Oberfläche des Sees zerfiel in endlose Kaskaden funkelnder Dreiecke. An den kleinen Sandstränden des Ufers planschten Kinder. Segelboote kreuzten. Ein strahlender Sommer in der ummauerten Stadt. Ein bisschen verschlafen. Friedlich.

Am Steg der Insel Sandwerder legte ein Boot mit Außenmotor ab. Ein Ehepaar setzte zum Festland über. Zwei kreisrunde Gläser reflektierten das Sonnenlicht. Die Gläser folgten dem kleinen Boot. Die Linsen eines Fernglases.

Der Mann nahm das Fernglas herunter. Und wartete. Sah zu, wie Hedda und Artur das andere Ufer erreichten, an Land gingen und zu ihrem Wagen liefen, der gleich dort in der Nähe parkte. Abfuhren.

Er setzte sich in Bewegung. Machte ein Schlauchboot, das unweit vertäut war, los, und begann, zur Insel zu paddeln. Es dauerte länger als die Fahrt mit dem Außenmotor, aber nach etwa vierzig Minuten legte er an der Insel an. Nicht am Steg, sondern am Ufer beim Waldrand. Er zog das Schlauchboot ins

Gebüsch und verharrte einen Moment. Das Sonnenlicht. Die Sommerstimmung. Die Vögel. Er war allein auf der Insel.

Einem Schatten gleich glitt der Mann auf die friedlich daliegende Villa zu. Orientierte sich Richtung Vorplatz, immer am Ufer entlang, vorbei am Bootsschuppen und auf den großen Findling zu, der ganz in der Nähe des Schuppens im Gras lag.

Es war nicht das erste Mal, dass der Mann die Insel besuchte. Ging es ihm um den Tod eines jungen Komponisten namens Vincent, der sich angeblich auf der Insel erschossen hatte?

Der Mann mit dem Schlauchboot ging einem Verdacht nach, den er seit Jahren verfolgte. Unermüdlich hatte er die gesamte Gegend um den See abgesucht. Es hatte ihm keine Ruhe gelassen. Seit jenem Nachmittag, an dem er erfuhr, was passiert war, hatte er an nichts anderes mehr denken können.

Die Insel hatte er erst vor ein paar Tagen entdeckt. Diesmal hatte er einen Kurzspaten mitgebracht. Er erreichte den Findling, betrachtete nachdenklich die übereinander geschriebenen Bronzelettern P und X darauf und rammte schließlich den Spaten in den Sand. Schon nach wenigen Hieben rann ihm der Schweiß in kleinen Bächen den Rücken herunter. Er wusste nicht, wie viel Zeit ihm blieb. Ohne innezuhalten arbeitete er sich voran. Nach gut einem Meter traf die stählerne Kante seines Werkzeugs auf einen Widerstand. Das hohle Geräusch pflanzte sich als unangenehmes Ziehen bis ins Herz des Mannes fort. Er warf den Spaten beiseite und sprang in das kleine Loch, das er ausgehoben hatte. Wischte mit bloßen Händen den Sand zur Seite. Vermoderte Holzbohlen kamen zum Vorschein. Beim Aufprall hatte der Spaten eines der Bretter angeknackst. Der Mann griff nach seiner Schaufel, stieß sie zwischen die Bohlen und hebelte die mittlere Latte auf. Darunter befand sich ein Hohlraum, der jetzt langsam mit Sand vollrann. Der Mann setzte die Spatenkante erneut an und brach zwei weitere Bretter nach oben durch. Griff nach den Splittern und riss sie zur Seite. Zwinkerte, weil ihm der Schweiß in die Augen lief. Dann hatten sich seine Augen an den Schatten in dem Loch, das er gegraben hatte, gewöhnt.

Es war ein ausgebleichter Rippenkorb, der unter den Brettern aufgetaucht war. Eingebettet in den Sand, mit dem der Hohlraum vollief. Mit fahrigen Bewegungen stemmte der Mann oberhalb der grätenartig hochstehenden Knochenpaare die Überreste des Holzes zur Seite. Die Augenhöhlen, das furchterregende Grinsen, die Zähne. Ein kleiner Schädel. Der Schädel eines vierjährigen Jungen.

Reglos stand der Mann in dem Grab, den Blick auf das Skelett gerichtet. Seit Jahren hatte er nur dafür gelebt, endlich die Wahrheit zu erfahren.

Sein Atem ging unregelmäßig, trockenes Schluchzen schüttelte ihn. Sie hatten ihm das Wertvollste gestohlen, was er hatte.

Sein Kopf legt sich in den Nacken, die randlosen Brillengläser, die er trug, reflektierten das Sonnenlicht. Der Schweiß rann ihm über die beginnende Glatze. Er riss die erdverkrusteten Hände dem Himmel entgegen.

Konrad Nowotny schwor Rache.

***

Er hatte ihn ins Kinderheim geben müssen. Seinen Sohn. Den er selbst später nur noch Theo nannte, weil er zu lange gebraucht hatte, um ihn zu finden.

Was würde das mit dem Jungen machen, wenn er die Wahrheit erfuhr? »Theo« hatte – das hatte Nowotny ja in den vergangenen Wochen, nachdem er ihn endlich, endlich ausfindig gemacht hatte, beobachtet – längst ein glückliches Leben zu führen begonnen. Und das sollte er ihm wieder entreißen? Das durfte er nicht!

Theo. Obwohl Nowotny und die Mutter des Jungen sich ursprünglich einen ganz anderen Namen für ihn überlegt hatten.

1974 war der Knabe zur Welt gekommen, aber die Mutter bei der Geburt gestorben. Und Nowotny noch ein Student. Er hatte sich außerstande gesehen, den Sohn allein großzuziehen. Es hatte nur auf Zeit sein sollen. Nur so lange, wie Nowotny brauchte, um sein Studium abzuschließen. Dann hatte er ihn zu sich nehmen wollen. Alles gutmachen, was er versäumt hatte. Doch dazu war es nie gekommen.

Eines Nachmittags im Jahr 1978 erreichte ihn ein Anruf von dem Heim, in dem er seinen Sohn untergebracht hatte. Was sie ihm zu sagen hatten – er konnte es nicht fassen.

Als er eintraf, mit der Polizei redete, die Gegend tagelang vergeblich abgesucht wurde, begann das Unfassbare langsam in ihn einzusickern. Es war tatsächlich geschehen: Jemand hatte seinen Sohn aus dem Heim entführt.

***

Von diesem Tag an wurde aus Konrad Nowotny ein anderer Mensch. All sein Denken, Fühlen und Handeln galt nur einem Ziel. Er musste herausbekommen, was aus seinem Sohn, den er über alles liebte, geworden war.

Alles war denkbar. Eine Frau, die kein Kind bekommen konnte? Aus irgendeinem Grund war ihr der Weg, ein Kind zu adoptieren, versperrt? Also hat sie sich den Jungen gestohlen?

Die Aussagen der Kinder, die mit dem Kleinen an jenem

Nachmittag gespielt hatten, deuteten allerdings darauf hin, dass derjenige, der das Kind entführt hatte, ein *Mann* gewesen war.

Und damit brach eine Lawine von Befürchtungen und Ängsten los, die dem verzweifelten Vater endgültig den Schlaf raubten. Jeden Tag erwartete er, von der Polizei benachrichtigt zu werden, dass eine Kinderleiche gefunden worden war, auf die die Beschreibung seines Sohnes passte.

Aber dieser Anruf kam nie.

Stattdessen durchforstete Nowotny selbst in jeder freien Minute seiner Zeit die Gegend. Berlin. Er konnte sich nicht vorstellen, dass jemand das Kind über die Grenze und durch die DDR geschmuggelt hatte. Nein, er war sich absolut sicher: Sein Sohn war hier irgendwo in der Stadt, er musste ihn nur finden.

Es vergingen Jahre, in denen er seine Ausbildung abschloss und seine Laufbahn als Jurist begann. Jahre, die er mit der Suche nach seinem Sohn verbrachte. Kein Tag, ohne dass er an ihn dachte. Bis er eines Morgens ein Kind sah, dessen Anblick ihn traf wie ein Stahlstab mitten ins Herz.

Es war das Jahr 1982. Er hatte seinen Sohn zuletzt im Alter von vier Jahren gesehen. Dieser Junge war mindestens acht. Was vom Alter passte.

Theo.

Der Name des Jungen, den er, nicht einmal sehr weit weg von dem Kinderheim, eines Vormittags auf dem Schulweg erblickte, war *Theo*.

Theo Laurent, das dritte Kind der Laurents, die auf Sandwerder lebten.

Das hatte Nowotny schnell herausgefunden. Und im Grunde seines Herzens wusste er es. Das war er. Das war sein Sohn.

Er hatte sich verändert. War vier Jahre älter geworden – aber der gleiche Mensch geblieben.

Der Junge führte das Leben eines kleinen Prinzen, in einer Art Wolkenschloss. Die Insel. Die Villa. Diese Familie. Der Kleine hatte Glück gehabt. Was für ein Unterschied zwischen dem zutiefst traurigen Kinderheim, in das Nowotny ihn notgedrungen gesteckt hatte – *nur auf Zeit! Ich wollte dich im nächsten Jahr schon zu mir nehmen!* – und dem Luxus, in dem er nun hauste, umsorgt von einer wunderbaren Familie.

In Nowotny starb etwas ab. Sie hatten ihm seinen Sohn gestohlen. Der Junge bedeutete ihm mehr als alles andere. Ja, er sah die viel zu früh verstorbene Mutter, die er geliebt hatte, in den Augen des Kleinen. Und doch wusste er: Für den Jungen war dieser Schicksalsschlag, entführt zu werden, vielleicht das Beste gewesen, was ihm damals hatte passieren können. Es war ja ganz offensichtlich, wie gut es dem Jungen bei der Familie jetzt ging! Er durfte seinem Sohn dieses neue Leben nicht zerstören.

Hätte er ihn ansprechen sollen? *Du bist nicht Theo, du bist kein Laurent, du bist mein Sohn, ich habe dich in ein Kinderheim gegeben, nachdem deine Mutter gestorben ist*? Was hätte das mit dem Gemüt des Achtjährigen angestellt? Würde er daran nicht zerbrechen? Würde er es nicht hassen, dieser Familie entrissen zu werden? Nowotny konnte doch sehen, wie unbeschwert der Kleine mit seinen Geschwistern spielte, wenn er aus der Ferne die Familie beobachtete. Musste der Junge nicht *ihn* hassen, wenn er in dort herausriss?

Es kam nicht in Frage.

Aber es ließ ihm keine Ruhe – natürlich nicht. Also beschloss er, zuerst einmal sicherzugehen, dass er sich nicht täuschte – und suchte die Insel auf. Während die Kinder in der Schule und die Eltern auf dem Festland waren. Als er auf das Skelett unter dem Findling stieß, wusste er, dass er sich nicht geirrt hatte.

Er verschloss das Grab wieder, ohne Spuren zu hinterlassen, und hatte es bald in Erfahrung gebracht: Die Laurents hatten nicht plötzlich seit 1978 einen fremden Vierjährigen bei sich gehabt, sie hatten 1974 einen Sohn bekommen und Theo getauft. Aber die Familie führte ein zurückgezogenes Leben auf der Insel, seitdem sich ein Freund des Hauses eines Silvestermorgens dort erschossen hatte. Es konnten Wochen vergehen, ohne dass man die Kinder sah, wenn sie noch nicht zur Schule gingen.

Sie hatten also auch schon, bevor sie seinen Sohn entführt hatten, einen Jungen diesen Alters gehabt. Es konnte für die Entführung somit nur *einen* Grund geben: Etwas musste mit ihrem eigenen Sohn geschehen sein. Als Nowotny auf das Skelett bei dem Findling stieß, gab es keinen Zweifel mehr: Das musste er sein. *Ihr* Sohn, dessen Tod sie dazu gebracht hatte, *seinen* Sohn zu entführen. Damit er den Platz ihres Sohns einnahm.

Im gleichen Moment schwor Nowotny Rache. Es war undenkbar, dieses Unrecht auf sich beruhen zu lassen. Aber er konnte auch nicht einfach zu der Familie gehen und sein Kind zurückfordern. Es gab nur einen Weg. Er musste sich rächen, aber es würde eine Rache sein, die seinen geliebten Jungen nicht treffen durfte.

***

Die Jahre vergingen. Konrad Nowotny wurde ein ausgezeichneter Anwalt. Und Notar. Er behielt die Familie, in der sein Sohn lebte, im Auge. Und suchte ihre Nähe. Gewann über den älteren Laurent-Sohn Jannick das Vertrauen des mütterlichen Familienoberhaupts – das Vertrauen von Hedda Laurent. Seine Besessenheit trieb ihn an. Machte ihn unwiderstehlich. Der perfekte Notar. Er *wusste*, dass Hedda Laurent meinte, sich glücklich schätzen zu können, so einen erstklassigen Juristen für die Angelegenheiten der Familie gewonnen zu haben.

Als er mitbekam, dass sie krank geworden war – so krank, dass es Zeit wurde, ernsthaft über den Nachlass nachzudenken – begann ein Plan in ihm zu reifen. Wie er Gerechtigkeit an die Stelle des Unrechts, das geschehen war, setzen konnte.

Zu diesem Zeitpunkt hatte sein Sohn – »Theo« – dem »Elternhaus« bereits lange den Rücken gekehrt. Ja, sie hatten ihn aufgenommen. Ja, sie hatten ihn in Luxus aufgezogen. Aber warum hatte »Theo« dem »Elternhaus«, kaum dass er die Schule abgeschlossen hatte, den Rücken gekehrt – und war nie wieder zurückgekommen? Musste er nicht trotz allem gespürt haben, dass etwas nicht stimmte?

Jahr für Jahr hatte der Junge in einer Lüge gelebt. Er musste es an den Augen der Frau gesehen haben, die vorgegeben hatte, seine Mutter zu sein – auch wenn sie sich noch solche Mühe gegeben haben sollte, ihn das nicht fühlen zu lassen: Dass sie ihn anlog, wenn sie vorgab, seine Mutter zu sein. Vielleicht hatte sie ihn geliebt und er sie ebenfalls. Es war dennoch eine Unwahrheit gewesen.

Als klar war, dass Nowotny sich als Notar um Heddas Nachlass und Erbe kümmern sollte, beschloss er, einen Brief an sie zu schreiben. Und zwar im Namen »Theos«. Seine Rache begann.

***

Liebe Mama,

»Mama« … »Hedda« …
Ich habe lange mit mir gerungen, ob ich diesen Brief schreiben soll. Jahre – Jahrzehnte. Aber nun ist es doch so weit. Und ich glaube, du kannst dir fast schon denken, was mein Anliegen ist.
Wie ich gehört habe, geht es dir nicht so gut. Das tut mir leid. Ich wünschte, ich könnte dir gute Besserung wünschen – aber was ich gehört habe, deutet auf etwas Ernstes hin. Mir bleibt also nicht viel Zeit, mich zu entscheiden.
Du weißt, dass ich nicht ich bin, Hedda.
Du weißt, was Artur getan hat.
Ich habe versucht, euch der Sohn zu sein, den ihr hattet.
Es war nichts als ein Albtraum. Ich hätte euch als Kind sagen können, dass ich weiß, nicht derjenige zu sein, als den ihr mich überall ausgegeben habt.
Theo.
Ich bin nicht Theo.
Aber du, Hedda, hast mich immer Theo genannt.
Es stimmt, dein Blick war liebevoll, wenn du mich angesehen hast. Bis dir einfiel, dass ich gewissermaßen eine Fälschung bin. Dann wurde er matt. Dein Blick, deine Züge verschlossen sich, und ich wusste, dass ich selbst als Fälschung nichts taugte.
Ich habe nie wirklich zu euch gehört. Lass mich beweisen, dass ich es doch tue. Dass ich euch gewachsen bin. Den Laurents.
Ich möchte, dass du etwas für mich tust. Habe ich das Recht, dich um etwas zu bitten? Nach all dem, was ich für dich

getan habe? Ein falsches Leben für dich geführt – reicht das? Ich möchte, dass du in deinem Testament dein Erbe auf eine ganz bestimmte Weise regelst. Lass uns gegeneinander antreten. Uns alle. Jannick, Sophia, Patricia, mich, auch die Partner. Nimm auch Ruben dazu, deinen Bruder. Lass uns um das Erbe einen Wettkampf abhalten. Wer am schönsten singt. Wer am meisten isst. Wer am schnellsten läuft. Drei Tage lang jeweils neun Runden, insgesamt siebenundzwanzig Wettkämpfe. Für jeden Sieg gibt es einen Punkt. Am Ende erbt, wer die meisten Punkte gesammelt hat. Ist das fair? Darf ich zeigen, dass ich euch gewachsen bin? Dass ich es verdient habe, zu euch zu gehören?

Vielleicht stößt dich der Vorschlag ab, über dein Erbe auf diese Weise zu verfügen. Aber ich will es so, Mama – darf ich dich Mama nennen, obwohl ich weiß, dass du meine Mutter nicht bist?

Ich weiß, was damals geschehen ist. Ich weiß, dass Artur – Papa – mich aus dem Kinderheim entführt hat. Ich habe so getan, als hätte ich es nie richtig begriffen, weil ich hoffte, auf diese Weise ganz zu euch zu gehören. Natürlich war es besser, bei euch zu leben als in dem Heim. Ich wollte nicht zurück. Wundert dich das? Also habe ich den Mund gehalten. Vergessen aber habe ich es nie. Möchtest du die letzten Wochen damit zubringen, dass der Entführungsfall, der nie aufgeklärt wurde, nun doch noch aufgerollt wird? Möchtest du Artur das antun? Wie ist Theo, der wahre kleine Theo, denn zu Tode gekommen? Das ist er doch, oder? Warum sonst hätte ich seinen Platz einnehmen müssen? Hatte es etwas mit Jannick und Sophia zu tun? Möchtest du, dass diese Dinge nun endlich, nach all den Jahren, ans Tageslicht kommen? Möchtest du reinen Tisch machen, Mama?

Oder willst du die Lügen mit ins Grab nehmen? Dann tu das, worum ich dich bitte, und sage dem Notar, dass er mich kontaktieren soll, damit ich nach all den Jahren nach Hause kommen kann und bei dem Wettkampf zeigen, wer der wahre Erbe der Laurents ist.

Sechs Monate vor Totensonntag

»Nein, sicher, das ist mir bewusst.« Hedda musterte den kleinen Mann mit Glatze und Brille, der vor ihr an dem Kaffeetisch Platz genommen hatte. Nowotny. Sie hatte die absolute Zuverlässigkeit des Notars immer zu schätzen gewusst. Wie waren sie an ihn eigentlich gekommen? Hatte Jannick nicht erzählt, einen gewieften Juristen kennengelernt zu haben?

»Natürlich wäre so ein Testament schwerlich durchsetzbar. Verstehen Sie, mein lieber Herr Nowotny, der Punkt ist nur: Ich liebe meinen Sohn Theodor. Und … das wissen Sie doch: Es ist nicht immer ganz einfach mit Kindern. Manchmal muss man auch dafür sorgen, dass man einander nicht verliert. Können Sie mir folgen?«

Die intelligenten Augen des Notars blinzelten hinter den runden Gläsern. »Selbstverständlich.«

»Gut, und … verstehen Sie, ich möchte, dass Theodor wieder zu uns findet. Nach all den Jahren. Er hat sich immer ein bisschen schwergetan. Ich möchte, dass er weiß, er wird hier mit offenen Armen empfangen. Dafür aber muss ich ihm das Gefühl geben zu verstehen, was ihm wichtig ist. Kurzum, ich will, dass er zunächst den Eindruck gewinnt, ich würde durchaus das tun, was er verlangt. Er soll herkommen in dem Glauben, die Dinge würden so geregelt, wie ihm das vorschwebt. Ist er erst mal hier, haben wir alle erst die Jahre der Trennung – und vielleicht noch ein paar andere persönliche Hürden – überwunden, gelingt es mir sicher auch, sein Vertrauen zurückzugewinnen. Verstehen Sie, ich möchte unbedingt verhindern, dass er etwas Unüberlegtes tut und damit die ganze Familie ins Unglück stürzt.«

Nowotny lächelte. Es wirkte, als würde er einfach nur Verständnis für das Anliegen seiner besten Klientin haben. In Wahrheit aber war es das Lächeln des Anglers, der spürt, dass der Fisch seinen Köder geschluckt hat.

***

Es ging Nowotny nicht um den Wettstreit. Keinesfalls wollte er das Risiko eingehen, dass sein Sohn in einem solchen Wettstreit am Ende gar unterlag. Was ja durchaus möglich war. Nein, es ging ihm nicht um den Wettstreit als Mechanismus, um den Erben zu ermitteln. Der Wettstreit hatte eine ganz andere Funktion. Er sollte eine Atmosphäre schaffen, in der alles möglich war. Eine Atmosphäre der Angst. Der Isolation. Des Grauens. In der Nowotny im Verborgenen seine Rache ausführen konnte. Töten konnte, bis nur noch einer übrig blieb.

Der Erbe.

Sein Sohn.

Er selbst, Nowotny, würde im Hintergrund die Fäden ziehen und dafür sorgen, dass sein Junge entschädigt wurde für das, was ihm angetan worden war. Er selbst würde es nicht überleben. Und Theo würde – *durfte* – die Wahrheit niemals erfahren.

***

Die Wochen vergingen. Es wurde Winter. Ein Winter, in dem die Meteorologen begannen, von einem bevorstehenden Kälteeinbruch zu sprechen. Und Nowotnys Vorstellungen nahmen konkrete Formen an. Viel Zeit hatte er mit Hedda und der Ausarbeitung des Testaments verbracht. Viel Zeit hatte er damit verbracht, die Insel und das Haus – wenn das Ehepaar seine Besuche bei den Ärzten absolvierte – unbemerkt besser kennenzulernen.

Es war klug gewesen, den Abschluss der Arbeit am Testament hinauszuzögern. Der bittere Winter war für Nowotnys Vorhaben ideal. Das Wasser würde eiskalt sein und sich nicht durchschwimmen lassen. Einen Festnetzanschluss gab es nicht, Handys konnte er mit einem Störsender lahmlegen.

Es war eine Phase, die er durchlebte wie einen Fiebertraum.

Systematisch begann er, alles vorzubereiten. Zu einem Zeitpunkt, als der bevorstehende Tod Heddas bereits alle Gedanken des alten Ehepaars fesselte.

Wie ein böser Schatten bewegte sich Nowotny durch das Anwesen, wenn sie fort waren. Schaffte Streichhölzer und Feuerzeuge beiseite. Kümmerte sich darum, wie er für einen Stromausfall sorgen konnte. Längst stand sein Entschluss fest, die harmloseren Wettbewerbsaufgaben, die er mit Hedda festgelegt hatte, in den späteren Runden durch solche zu ersetzen, die die Eingeschlossenen restlos aushöhlen und verunsichern würden. Sodass sie unfähig sein würden, sich gegen seine heimtückischen Attacken zur Wehr zu setzen.

Am Abend vor der Beerdigung tauchte er zum letzten Mal im Kreis der Familie auf. Und verließ die Insel daraufhin nicht mehr. War auch telefonisch nicht mehr erreichbar. Hatte die Aufgaben aber in einem Stoß von Umschlägen zurückgelassen. Die Herdplatte. Das Aus-dem-Zimmer-drängen …

Er wusste, dass er einen Weg ohne Umkehr eingeschlagen hatte. Riss sich die Fußnägel aus, schützte sich mit professioneller Thermounterwäsche und quetschte sich in die Kühltruhe. Dass seine Haut eiskalt war, gefrorene Tropfen in seinen Wimpern hingen und die blutverschmierten Zehenspitzen echt.

Unter den Familienangehörigen gab es keinen Arzt. Alles griff ineinander. Etwas verschlucken? Tränen? Erbrechen? Niemals hätte Hedda ihnen das zugemutet. Es konnte nur eine Erklärung geben. Nowotny war überwältigt und erpresst worden, diese Wettkämpfe zu verkünden. Er war das erste Opfer – es konnte nicht anders sein.

Nur dass es eben doch anders war.

Denn er war kein Opfer – er war derjenige, den sie suchten. Er war gekommen, um sie zu richten.

***

Artur, Betty, Oskar. Er schnitt dem Mann, der seinen Sohn aus dem Heim entführt hatte, in dessen Schlafzimmer die Kehle durch. Schlug der Frau Jannicks mit der Axt ein Bein ab und tötete sie. Folgte Oskar auf den Turm und hängte ihn auf.

Natürlich würde die Polizei die Leichen finden. Und tatsächlich würde Nowotny am Ende auch als Täter identifiziert werden – nachdem er sich als Letzter selbst getötet haben würde. Die Polizei würde glauben, er habe versucht, irgendwie das Erbe an sich zu reißen. Runde Siebenundzwanzig? *Gewinnt, wer sich das Erbe aneignet.*

Vielleicht würden für die Polizei ein paar Fragen offenbleiben. Aber darauf kam es nicht an. Klar würde sein, dass er derjenige war, der getötet hatte. Ihm war es egal. Alles, was für ihn zählte, war, dass zwischen ihm und Theo keine Verbindung hergestellt wurde. Theo würde von nichts wissen, er würde unschuldig sein – und der rechtmäßige Erbe des Vermögens.

Rubens Tod brauchte Nowotny nicht herbeizuführen – der alte Mann erlitt einen Herzinfarkt, als er von seiner Nichte Patricia zur Rede gestellt wurde. Wegen des Fotos, das ihr Zeit ihres Lebens keine Ruhe gelassen hatte, zu einem Zeitpunkt, als ihrer aller Nerven bereits blank lagen, weil sie Nowotnys »Leiche« entdeckt hatten und Natascha verschwunden war. Zoe kam beim Fluchtversuch im eisigen Wasser des Sees ums Leben. Jannick verblutete.

Sophia hatte zuletzt begonnen, etwas zu ahnen, und wäre beinahe dazu gekommen, noch einmal nach der Kühltruhe im Keller zu sehen. Aber da war er bereits hinter ihr und hatte sie in die Tiefe gestürzt.

Nur mit einem hatte Nowotny nicht gerechnet. Dass Patricia ihre Tochter in Sicherheit bringen würde. Und niemandem davon etwas sagen, weil sie keinem aus ihrer Familie mehr traute, als alles begann, aus dem Ruder zu laufen.

Natascha.

Die hinter Theo aufgetaucht ist, als von allen, die als Täter in Frage gekommen waren, bloß noch ihre Mutter und ihr Onkel Theo am Leben waren.

Für Natascha gab es nur eine Antwort. Sie wusste, dass sie ihrer Mutter trauen konnte – dass ihre Mutter niemals so wüten konnte. Onkel Theo hingegen kannte sie nicht – sie hatte ihn in ihrem Leben noch nie gesehen. Niemand hatte ihn in den letzten Jahrzehnten gesehen. Hatte nicht sogar die Frage im Raum gestanden, ob das überhaupt ihr Onkel war? Ein Pokerspieler, der seit etlichen Jahren umherzog und in letzter Zeit offenbar weniger Glück gehabt hatte. Sie musste innerhalb von Sekunden entscheiden. Der Mann stand ihrer Mutter gegenüber – Tante Betty, Onkel Jannick, Oskar … Großvater … Ruben … das ganze Haus schien in Blut zu baden. Und nur einer blieb übrig, der dafür verantwortlich sein konnte. Theo.

Sie hat ihn von hinten mit dem kleinen Beil erschlagen, das noch im Wohnzimmer gelegen hatte.

Nowotny hatte es gerade noch gesehen, als er aus dem verschatteten Gang, in dem er lauerte, herauskommen wollte. Seit Stunden hatte er in den Schatten und Ecken der Villa immer wieder auf seine Gelegenheiten gewartet. Ein Todgeweihter auf Rachefeldzug.

Als Natascha zuschlägt, sieht er, wie alles, was er seit Jahrzehnten aufgebaut hat, im Bruchteil einer Sekunde einstürzt. Blutüberströmt bricht sein Sohn zwischen Patricia und Natascha zusammen.

Mit einem Aufschrei stürzt Nowotny aus seinem Versteck. Kniet neben dem Mann, der für ihn immer sein über alles geliebter Sohn bleiben wird.

Im ersten Moment kann Patricia das, was geschieht, nicht einordnen. Es ist Nowotny, der plötzlich bei ihnen ist. Sie erhascht einen Blick in sein Gesicht und erkennt die tief eingeschnittenen Züge der Verzweiflung darin. Einer Verzweiflung, die sich endgültig Bahn bricht, als Nowotny begreift, dass sein Sohn tödlich getroffen ist. Dass er dem Jungen alles zu Füßen legen wollte – und nur erreicht hat, dass er vor seinen Augen verblutet.

Theos Blick tastet über das Gesicht des Anwalts, und was er darin sieht, durchflutet ihn wie ein entsetzlicher Albtraum. Aber es ist kein Albtraum.

»Er hat dich aus dem Heim entführt«, stammelt Nowotny

an Theos Ohr. »Du bist mein Sohn. Sie haben dir dein Leben geraubt. Ich …«

Ich wollte es wiedergutmachen. Ich hätte dich niemals ins Heim geben dürfen.

Zermartert vergräbt der Mann sein Haupt an der Brust seines Sohnes – aber Theo wendet seinen Blick von ihm ab. Er sieht Patricia bei sich hocken. Patricia, die für ihn immer die kleine Schwester war. Sie wusste es – aber sie hat geschwiegen.

Und jetzt, wo sich ihre Blicke treffen, erkennt auch sie es. Dass Theo es all die Jahre über geahnt hat. Die Lüge. Die Verstellung. Aber er wollte nicht zurück ins Heim. Er war erst vier Jahre alt. Seine leibliche Mutter hat er nie kennengelernt. Für ihn ist Hedda wie eine Mutter gewesen. Er hatte immer gespürt, dass sie und er eine gewisse Art von Versehrtheit teilten. Er hat sie wie eine Mutter geliebt.

Patricia. Jannick. Sophia. Und er. Sie sind wie vier Geschwister gewesen.

Seine Lippen bewegen sich. Blut tritt dazwischen hervor, und es bilden sich rot glänzende Blasen vor seinem Mund.

Patricias Blick ist auf ihn gerichtet, ihre Hände halten einander umschlungen. Von dem Notar, der ihn bedrängt, hat er sich abgewendet. Er kann die Verzweiflung des für ihn Fremden fühlen, will im Moment seines Todes jedoch damit nichts mehr zu tun haben. Das, was in den vergangenen Tagen geschehen ist, ist die Tat dieses Wahnsinnigen gewesen.

Für einen Moment kann sich Theo an die Zeit zurückerinnern, als sie zu viert manchen Abend allein zu Hause verbracht haben, wenn Mama und Papa zu einer ihrer zahlreichen Abendveranstaltungen unterwegs waren.

Oftmals hatte er sich in sich zurückgezogen, wie entzündet von dem düsteren, bedrückenden Gefühl, nicht wirklich dazuzugehören. Nicht wirklich der Bruder zu sein. Es nur spielen zu müssen. Aber waren diese Abende nicht eigentlich das Glück gewesen? Glücklicher als damals ist er in seinem verpfuschten Leben – in dem er alles falsch gemacht hat – jedenfalls nicht mehr geworden.

Er blinzelt. Seine Sicht wird trübe. Die Züge Patricias verschwimmen vor seinen Augen. Und als seine Lider sich endgültig öffnen, versinkt er im Schacht des Todes.

Nowotny erhebt sich, als würde er an Fäden emporgezogen, kehrt den beiden Frauen und dem Toten, die in der Halle beieinanderkauern, den Rücken und schreitet durch die Haustür ins Freie. Eisig trifft ihn der Wind, während er über den Vorplatz zum Ufer des Sees läuft – während er über das knackende tauende Eis schreitet. Als er durch die gläsern-klare Schicht in das weiche Wasser des Sees einbricht, sind es die Finger der Finsternis, die auch nach ihm greifen. Sein Herzschlag verlangsamt sich, er versinkt. Und hofft, dass er im Reich des Todes seinen Sohn finden kann, den er so lange entbehren musste.

Epilog

»Mama – also meine Mama, eure Großmutter, Oma Hedda, ihr wisst schon – sie hat immer gesagt, dass es ein Katzengrab ist.« Patricia steht vor dem Findling gleich beim Ufer. Sie hält Mina und Franzi an den Händen, neben ihnen sehen Liam und Natascha auf den Stein.

Natascha war es, die die drei Kinder von Jannick und Betty zu sich in das sichere Versteck geholt hat, als ihr Großvater Artur bereits tot war. Sie hat niemandem etwas gesagt – nur ihre Mutter ahnte, dass das der Grund für das Verschwinden der drei sein könnte.

Offensichtlich hat Natascha Nowotny mit dem Verschwinden der Kinder überrascht. Aber solange niemand wusste, was aus ihnen geworden war, passte das Verschwinden der Kinder in seinen Plan. Er hat ihre Namen mit Bauschaum neben die Leiche ihrer Mutter gesprüht. Er selbst hatte vorgehabt, das Leben der Kinder als Druckmittel einzusetzen, aber Natascha ist ihm zuvorgekommen.

»Sie haben den kleinen Theo hier begraben? Unter dem Stein?« Liams Mund steht ein wenig offen.

Patty wirft ihrem Neffen einen Blick zu. Sie weiß es nicht. Das P und das X sind zwar kaum noch zu erkennen, aber auf einem Tiergrab? Sie kann sich gut daran erinnern, ihre Mutter immer mal wieder bei dem Stein stehen gesehen zu haben. Jedes Mal hatte Hedda gewirkt, als sei sie weit weg. In Gedanken bei der Katze, die angeblich unter dem Stein lag?

»Kommt Kinder, das Eis schmilzt.«

Sie gehen zu fünft Richtung Steg.

Sie werden ihr Leben lang mit dem zu kämpfen haben, was sie erlitten haben. Liam, Mina und Franzi haben ihre Eltern verloren – aber die beiden Kleineren ahnen es bisher erst. Noch hat Patricia ihnen nicht gesagt, was mit ihren Eltern geschehen ist. Sie müssen betreut werden, sie werden es früh genug begreifen.

»Was hat Theo noch zu dir gesagt, Mama?« Nataschas dunkler Blick ist auf Patricia gerichtet. Auch sie ist von den Ereignissen der letzten Stunden zutiefst aufgewühlt, und offenbar noch nicht bereit, sich allem auszusetzen. Auf die Antwort auf ihre Frage aber wartet sie.

Theo hatte Patricia mit letzter Kraft zu sich herangezogen und etwas in ihr Ohr geflüstert.

Patty wirft ihrer Tochter einen Blick zu. »Er hat Spielschulden gemacht«, sagt sie langsam, »das Kind einer Freundin von ihm ist bedroht worden – ich soll mich darum kümmern. Das mach ich gern.«

Sie tritt zu dem Ruderboot, das sie bereits vorhin in den tauenden See gelassen haben. Klettert über den Rand in den Kahn, hilft den Kindern, ihr nachzukommen.

Patricia weiß nicht, was sie als Erstes tun soll. Sie weiß nur eins: Dass sie nie wieder einen Fuß auf Sandwerder setzen wird.

Natascha stößt das Boot vom Steg ab. Und ohne dass sich einer von ihnen noch einmal umdreht, steuern sie auf das gegenüberliegende Ufer zu.

–ENDE–

Die Aufgaben

Runde 1	Wettlauf
Runde 2	Singen
Runde 3	Schönheit
Runde 4	Schreien
Runde 5	Wissen
Runde 6	Worträtsel
Runde 7	Mutter
Runde 8	Wettessen
Runde 9	Tauchen
Runde 10	Lachen
Runde 11	Ohrfeige
Runde 12	Tequila
Runde 13	Herdplatte
Runde 14	Verschlucken
Runde 15	Herausdrängen
Runde 16	Blind
Runde 17	Tränen
Runde 18	Erbrechen
Runde 19	Nadel
Runde 20	Salzsäure
Runde 21	Zahn
Runde 22	Urin
Runde 23	Verführen